JULIA ARDEN

Worte nur für dich

Lesbian Romantic Suspence

Lesbisch

Romantisch

Spannend

www.julia-arden-autorin.de

kontakt: julia.arden@hotmail.com

Covergestaltung: Julia Arden

Coverillustration: © stock.adobe.com – PhotographyFirm / 641176410

Coverillustration: © istockphoto.com – IvelinRadkov / 475803452

Herausgeber: Julia Arden

KAPITEL 1

Theresa warf krachend die Tür hinter sich zu und stürmte über den Flur der Anwaltskanzlei in ihr Büro. Auch diese Tür fiel hart hinter ihr ins Schloss. »Das lasse ich mir nicht bieten!", schnaubte sie wutentbrannt. Vor ihrem Schreibtisch stoppte sie, stützte sich mit den Händen ab und legte schnaufend das Kinn auf die Brust. »Das kann er nicht mit mir machen. Nicht mit mir!"

Doch noch während Theresa ihrem Ärger Luft machte, formte sich in ihren Gedanken die glasklare Erkenntnis, dass Jörg Seiferth, ihr Chef und Inhaber der Anwaltskanzlei Seiferth & Partner, sie einfach aufs Abstellgleis schieben und dort versauern lassen konnte. Und genau das würde er auch tun, wenn sie auf sein Ultimatum – freiwillige Kündigung bis Ende der Woche – nicht einging, weshalb sie ein inbrünstiges »Scheiße!« hinterherschob und das Telefon mit Wucht vom Schreibtischtisch fegte. Es fiel polternd zu Boden.

Die Tür ging auf und ein dunkelblonder Lockenkopf schob sich langsam durch den Spalt. »Ist alles in Ordnung, Frau Kerner?« Zwei braune Augen sahen Theresa durch schwarzumrandete Brillengläser forschend an, während Vera Rotschild zögernd das Büro betrat. »Ihr Streit mit dem Chef war bis auf den Flur zu hören.«

Was fragen Sie dann so blöd, lag es Theresa auf der Zunge.

Doch ihre Erziehung verbot es ihr, die ältere und zudem besorgte Frau so anzufahren. Sie riss sich zusammen. Die Rechtsanwaltsgehilfin konnte nichts für den ganzen Schlamassel und wollte nur helfen. »Schon gut, Vera. Ich bin okay.«

»Soll ich Ihnen einen Kaffee bringen?«

Die Frage vergegenwärtigte Theresa, wie desolat der Eindruck sein musste, den sie gerade machte. Vera hatte jedem Anwalt dieser Kanzlei klargemacht, dass sie *keine* Servicekraft war. Und nun bot sie selbst an, die Koffeindroge zu bringen. »Das würden Sie tun?«

Die kleine drahtige Frau verschwand so leise wie sie gekommen war.

Theresa straffte sich und strich ihr Kostüm glatt. Dann griff sie sich mit beiden Händen in das lange brünette Haar, um es aufzulockern. Dabei schüttelte sie den Kopf hin und her. Es war eine Geste des Trotzes. Sie musste jetzt einen kühlen Kopf bewahren. Seiferth suchte offensichtlich einen Sündenbock. Aber sie hatte sich nichts vorzuwerfen. Weder falsche Beratung noch fehlerhafte Prozessführung waren der Grund, warum der Scheidungsprozess für den Mandanten mit einer saftigen Unterhaltszahlung sowie einer eindringlichen Ermahnung des Richters ausging. Allein die Tatsache, dass der frisch Geschiedene sich für ein schlaues Schlitzohr hielt, er den Sachverhalt im Vorfeld der Verhandlung falsch geschildert und wichtige Details verschwiegen hatte, waren schuld daran. Es bestand daher nicht der geringste Anlass, den Beschwerden des Mandanten Gehör zu schenken oder sich durch seine Schadensersatzforderung einschüchtern zu lassen. Abgesehen davon, dass man für solche Fälle die Versicherung in Anspruch nehmen konnte. Seiferth ging es einzig und allein darum, den Mandanten nicht zu vergraulen, der ein angesehener Arzt und gutzahlender Klient war. Aber leider ein schlechter Verlierer.

Woher hätte sie denn wissen sollen, dass Kim Winter zu dem Zeitpunkt, da sie den Ehevertrag mit Doktor Winter unterschrieb, kein Wort Deutsch verstand, weil sie erst einen Monat zuvor aus Irland gekommen war. Dort hatte der Arzt sie kennengelernt und ihr die Ehe versprochen. Kim klang nicht besonders fremdländisch. Der Name war seit Jahrzehnten ein sehr beliebter Mädchenname auch bei deutschen Eltern. Der charmante Doktor Winter hatte im Ehevertrag jede Unterhaltszahlung im Falle einer Scheidung ausgeschlossen. Entsprechend sicher war er sich nun, fünf Jahre später, gewesen, seine Frau loszuwerden, ohne bezahlen zu müssen. Das sah der Richter anders. Der Ehevertrag war in betrügerischer Absicht geschlossen worden. Doktor Winter musste zahlen und zwar kräftig. Das wurmte Winter außerordentlich, denn dieses Geld fehlte ihm, um seine neue Freundin bei Laune zu halten.

Vera Rotschild kam mit zwei Tassen Kaffee zurück. Theresa nahm ihr dankbar eine ab, schloss einen Moment die Augen und sog den aromatischen Duft in die Nase. Das entspannte sie ein wenig. Allerdings nur kurz. »Ich werde hier wohl nicht mehr viel Kaffee trinken«, murmelte sie vor sich hin.

»So schlimm?«, forschte Vera Rotschild.

»Offenbar gibt es mehr gute Anwälte als gutzahlende Kunden in dieser Kanzlei. Mich kann man leicht entbehren.«

»Das ist doch Quatsch. Sie sind eine der Besten hier, das wissen alle. Aber Sie gehören nun einmal nicht zu den Lieblingen des Chefs.«

»Ich weiß. Mir fehlt es an Witz und Charme.«

»Das haben Sie jetzt gesagt.«

»Ich kenne meine Schwächen.« Theresa nippte an ihrem Kaffee. »Aber wenn ich schon gehen muss, werde ich Seiferth ordentlich für seine Feigheit zur Kasse bitten. Mit der Abfindung mache ich mich selbständig. Ich denke schon länger darüber nach.« Eigentlich schon kurz nachdem Theresa bei Seiferth anfing. Vier Jahre lag das zurück.

Wie die Zeit verging.

Vielleicht war dieser vermaledeite Scheidungsfall ein Wink des Schicksals. Er riss sie aus dem Alltagstrott und erinnerte sie an ihre ursprünglichen Pläne, von deren Verfolgung sie abgekommen war, ohne es recht zu bemerken.

»Brauchen Sie dann vielleicht eine Anwaltsgehilfin?«, fragte Vera.

Theresa schaute verwundert auf. »Gefällt es Ihnen in der Kanzlei nicht mehr? Sie sind doch schon ewig bei Seiferth.«

»Jetzt sagen Sie bloß nicht, wie ein altes Möbel.« Vera Rotschild rümpfte die Nase. »Oder wollen Sie andeuten, mit fast fünfzig bin ich zu alt für eine Veränderung? Die ist ja wohl nicht jungen Hühnern wie Ihnen vorbehalten.«

Theresa lachte. »Ich bin ebenso wenig ein junges Huhn, wie Sie ein altes Möbel. Und Ihr Angebot ehrt mich. Jemand Besseren wie Sie bekäme ich nicht so leicht.«

»Dann sehen Sie das hier als meine offizielle Bewerbung und melden sich, wenn es so weit ist.«

»Aber ich ...«

»Sie wissen nicht, wieviel Sie mir zahlen können, nur dass es weniger sein wird als hier? Schon klar.«

»Zumindest für den Anfang«, musste Theresa zugestehen.

Ein lässiges Abwinken war die Antwort. »Ich arbeite in dieser Kanzlei seit zweiundzwanzig Jahren, bin früh geschieden, habe keine Kinder und wegen meiner Katze fuhr ich nie länger als eine Woche in den Urlaub. Ich will jetzt nicht sagen, ich könnte auch gratis für Sie arbeiten, aber es plagt mich keine finanzielle Not.«

»Also wenn das so ist ...«, Theresa streckte Vera die Hand hin, »... dann du und Theresa.«

Vera lächelte. »Du darfst mich weiter Frau Rotschild nennen.«

Theresa stutzte. Dann bemerkte sie das Zucken um Veras Mundwinkel. »Das war ein Witz?«

»Natürlich. Du musst wirklich lockerer werden, Mädchen. Übrigens kenne ich jemanden, der für eine Bürogemeinschaft einen neuen Partner beziehungsweise eine Partnerin sucht. Jedenfalls bis vor einer Woche. Soll ich mal nachfragen, ob es noch aktuell ist?«.

»Warum nicht.«

KAPITEL 2

Theresas Blick glitt neugierig über die gletscherblaue Fassade des vierstöckigen Altbaus und blieb an dem Praxisschild neben der Eingangstür hängen. Sie kniff die Augen zusammen und verglich die Hausnummer mit der Zahl, welche auf dem Zettel stand, den Vera ihr gestern gab. Vierundsechzig. Das stimmte. Das Schild informierte Theresa, dass sich im ersten Stock, ihrem Ziel, eine Praxis für Paartherapie befand. Selina Sonntag hieß die Therapeutin und ein Doktortitel vor dem Namen sollte wohl Vertrauen in ihre Leistung suggerieren. Theresa verzog spöttisch den Mund. Als wenn eine Therapeutin eine Ehe retten könnte. Als wenn *irgendjemand* eine Ehe retten könnte, wenn sie erst einmal richtig ins Wanken geraten war. In den vier Jahren als Scheidungsanwältin hatte sie, was das anging, eine klare Meinung gefasst.

»Vera, das ist hoffentlich ein Scherz«, murmelte sie kopfschüttelnd. Kurz überlegte sie, den Besichtigungstermin an dieser Stelle abzubrechen, doch die Blöße wollte sie sich nicht geben. Also drückte sie auf die Klingel. Der Türsummer schnarrte. Theresa drückte die Tür auf und stand in einem Flur mit grauem Linoleumfußboden. An der weiß getünchten Wand reihten sich tannennadelgrüne Briefkästen aneinander. Dass die Holztreppe unter ihren Füßen leise knarrte, empfand Theresa wie eine Begrüßung und deshalb als angenehm.

Im ersten Stock angekommen, ließ Theresa ihren Blick über die Wohnungstüren zu ihrer Linken und Rechten schweifen. Neben der rechten Tür erspähte sie dasselbe Praxisschild wie schon unten am Eingang. Neben der linken wiesen vier Löcher in der Wand darauf hin, dass auch dort mal ein Schild angebracht war.

Stimmen näherten sich und die Praxistür wurde geöffnet.

»Siehst du, ich habe es dir doch gesagt«, zischte ein Jennifer Aniston Verschnitt um die dreißig einem bärtigen Mann zu. Theresa schätzte ihn auf gut zehn Jahre älter. »*Du* weißt nicht, was du an mir hast.«

»Das hat sie *so* nicht gesagt. Sie sagte, *wir* sollen uns besinnen, was wir an dem anderen lieben.« Sein Gesicht sagte: Oder geliebt haben, warum auch immer. Theresa war kurz davor, ihm ihre Karte zuzustecken. Sie ließ das Paar an sich vorbeigehen und betrat die Praxis.

»Hallo«, vernahm sie eine freundliche, warme Stimme. »Wie kann ich Ihnen helfen?« Zu der Stimme gehörte ein aufmerksamer Blick. Schmale Lippen formten sich zu einem Lächeln, in einem von blondem welligem Kurzhaar umrahmten Gesicht. »Möchten Sie einen Termin machen?«

»Nein. Ich *habe* einen Termin. Ich komme wegen der Bürobesichtigung.«

»Oh, Sie sind die Anwältin?«

»Ja.«

Das Lächeln wurde tiefer. »Hallo. Freut mich. Meine Tante hat …«

»Vera ist Ihre Tante?«

»Ja. Hat sie Ihnen das nicht gesagt?«

»Nein. Sie sagte mir auch nicht, was für eine Art Praxis Sie haben.« Theresa nahm sich vor, ein Hühnchen mit Vera zu rupfen.

»Wieso? Ist das ein Problem?«

»Ich weiß nicht.«

»Sie sind doch keine Mafiaanwältin oder so etwas in der

Art?«

»Schlimmer. Jedenfalls in Ihren Augen, nehme ich an. Ich bin Anwältin für Familienrecht. Mein Spezialgebiet sind Scheidungen. Und dieses Gebiet habe ich aus Überzeugung gewählt.«

Stille. Dann ein erneutes Lächeln. »Ich meines auch. Ich finde es gut, wenn Paare einen zweiten Anlauf versuchen, statt gleich die Flinte ins Korn zu werfen. Man darf eine Partnerschaft nicht so leicht verloren geben. Und ebenso wenig die Liebe.«

Theresa konnte gerade noch verhindern, mit den Augen zu rollen. *Das hat mir gerade noch gefehlt. Eine Romantikerin.*

»Soll ich Ihnen jetzt die Räume zeigen?«, fragte Selina Sonntag mit freundlicher, sanfter Stimme.

»Wenn Sie keine Angst haben, dass ich Ihnen die Kunden abspenstig mache.«

Selina lachte leise. »Meine Tante sagte mir, sie arbeitet daran, Ihren Humor zu entwickeln. Offensichtlich hat sie erste Erfolge.« Sie wies mit einer ausholenden Handbewegung durch den Raum. »Auf dieser Seite befinden sich mein Büro und mein Therapieraum.« Sie schwenkte nach links und ging voran. »Von diesem Flur gehen die Gemeinschaftsküche und Toiletten ab.« Theresa warf einen flüchtigen Blick durch die offene Tür der Küche und folgte Selina Sonntag in den nächsten Raum. »Das ist Ihr Eingangsbereich.« Selina öffnete nacheinander zwei Türen. »Und Ihre Büros.« Sie drehte sich zu Theresa um. »Die Räume sind von der Größe etwa identisch mit meinen«, erklärte sie weiter. »Der Vermieter hat die zwei Wohnungen für einen früheren Mieter miteinander verbunden. Der Mietvertrag läuft auf meinen Namen. Es gibt nur eine Betriebskostenabrechnung. Zweimal in der Woche kommt eine Reinigungskraft. Wir teilen uns alle laufenden Kosten halbe-halbe.«

»Wie hoch wäre meine Hälfte?«

»Neunhundertfünfzig.«

Theresa nickte. »Klingt ganz passabel.«

»Ich kann Ihnen den Untermietvertrag ausdrucken, wenn Sie möchten.«

Auch wenn Theresa noch skeptisch war, ein Blick darauf konnte nicht schaden. »Ja, danke. Wer war denn vorher hier Mitmieter?«

»Eine Ernährungsberatung.«

»Und warum ist die ausgezogen? Klingt doch eigentlich nach einer guten Ergänzung. Kochen zu zweit, als Paartherapie. Gesund ernähren, gemeinsam schlank.«

Selina Sonntag zögerte sichtlich. Offenbar suchte sie die passenden Worte. »Es gab, wie es so schön heißt, unüberwindbare Differenzen mit der Ernährungsberaterin.«

Theresa verzog spöttisch den Mund. »Hat sie den Damen die Männer abspenstig gemacht und es Ihnen und Ihrer Therapie überlassen, die Scherben der Beziehungen zusammenzufegen?«

Zum ersten Mal bildeten sich auf der Stirn der Therapeutin deutliche Unmutsfalten. Theresa wollte sich schon entschuldigen, es ging sie ja eigentlich gar nichts an. Doch sie kam nicht dazu.

»Was soll´s«, seufzte Selina. »Sie erfahren es früher oder später sowieso von Vera. Franziska und ich, wir waren ein Paar. Sie hat mich betrogen. Und ja, mit einer meiner Kundinnen.«

So sehr sich Theresa auch auf die Zunge biss, es nützte nichts. »So etwas passiert also auch Paartherapeuten? Sieh an.« Der Blick, den sie für diese Bemerkung erntete, war zutiefst verletzt und lies Theresa ihre Spitzte sofort bereuen. Umso erstaunter hörte sie Selinas Antwort, die eine ebenbürtige Revanche war.

»Vera sagte mir schon, dass Sie sehr gewöhnungsbedürftig sind. Ihre Worte waren in etwa: Sie ist kühl, sieht das Glas immer halb leer statt halb voll und besitzt eine für Workaholics wohl typische Unfähigkeit, soziale Bindungen einzugehen. Jedenfalls ist sie Single und ich habe sie auch nie mit einem der Anwälte flirten sehen. Dabei mangelte es nicht an Versuchen von anderer Seite. Vera meinte auch, Sie haben vermutlich keine sonstigen Freunde. Was mich, ehrlich gesagt, gerade nicht wundert.«

Theresa holte einmal tief Luft. »Ich wüsste nicht, was Sie mein Privatleben angeht.«

»Nicht mehr als meines Sie angeht.«

»*Sie* haben mir doch Ihre Beziehungsgeschichte erzählt.«

»Aber nicht, damit Sie sich über mich lustig machen.«

Theresa verkniff sich die Frage, was Vera ihrer Nichte noch alles erzählt hatte. Sie wollte es gar nicht wissen.

Selina Sonntag fand zu ihrem Lächeln zurück. »Soll ich den Vertrag nun ausdrucken, oder hat sich das erübrigt?«

In einem ersten Impuls wollte Theresa den von Selina Sonntag bereits geebneten Weg des Rückzuges gehen, doch etwas hielt sie davon ab. Sie hätte das Gefühl gehabt, einen falschen, weil schlechten Eindruck bei der Therapeutin zu hinterlassen. Und irgendwie widerstrebte ihr das. »Unsere Büros haben ja separate Eingänge. Das heißt, wir begegnen uns höchstens ab und zu in der Küche. Wenn Sie damit leben können, kann ich es auch.«

KAPITEL 3

Seiferth deckte sie bis zum letzten Tag mit Arbeit ein. Er lauerte auf einen Fehler, in der Hoffnung, die Abfindungszahlung umgehen zu können. Doch den Gefallen tat Theresa ihm nicht. Sie biss sich durch die letzten vier Wochen und schloss ihre Fälle so weit wie möglich ab. Parallel koordinierte sie die Renovierungsarbeiten in ihrem neuen Büro.

Dort stand sie jetzt mit dem Handy am Ohr.

»Wieso acht Wochen Lieferzeit? Es hieß, die Möbel sind auf Lager. Wie soll ich denn Ihrer Meinung nach in der Zwischenzeit arbeiten? Auf dem Fußboden?«, fuhr Theresa die Frau am anderen Ende des Telefons barsch an. »Diese Verzögerung ist inakzeptabel.«

»Ein bedauerlicher Computerfehler. Der Lagerbestand war falsch hinterlegt. So etwas passiert schon mal. Da es sich nicht um Standardware handelt, dauert die Nachbestellung leider so lange.«

»Na toll.« Theresa schnaufte. Fehlte nur noch, dass die Frau jetzt versuchte, ihr irgendeine der langweiligen Standardmöbellinien als Ersatz schmackhaft zu machen. Der Maler hatte die Räume schon passend zu dem speziellen Rosenholzfurnier der Möbel in einem Hauch von Türkis gestrichen.

»Es tut mir sehr leid«, bedauerte die Frau vom Möbellieferanten noch einmal, bevor sie auflegte.

»Und mir erst«, brummte Theresa vor sich hin. Sie stopfte das Handy in die Gesäßtasche ihrer Jeans. Und nun? Vera hatte ihren Job bei Seiferth bereits gekündigt, um beim Einrichten zu helfen. Sie sagte zwar, sie könne anfangs für weniger arbeiten, aber von *für lau* war natürlich nicht die Rede gewesen. Das würde sie Vera auch nie zumuten. Die Abfindung von Seiferth steckte aber in der Büroausstattung, in notwendigen Versicherungen und Werbeanzeigen samt Webdesigner. Das Geld wurde bald knapp, wenn nicht neues nachkam.

»Ist schön geworden«, hörte Theresa hinter sich die ihr mittlerweile wohl bekannte, sanfte Stimme Selinas sagen.

Theresa drehte sich um. »Hallo.«

»Hallo.« Das ihr typische sanfte Lächeln begleitete Selinas Begrüßung.

Das muss man ihr lassen, lächeln kann sie, schoss es Theresa durch den Kopf. Laut sagte sie: »Schön, aber leer. Die Möbel kommen nicht wie geplant am Montag.« Ein miesepetriges Lächeln folgte. »Also schon am Montag, aber erst in acht Wochen.«

»Oh, und nun?«

Theresa zuckte mit den Schultern. »Gute Frage. Sicher gibt es irgendwo zwei Schreibtische und ein paar Aktenschränke, die den Zweck erfüllen. Aber ich kann doch meine Mandanten nicht in einem Provisorium empfangen.«

»Kommt auf das Provisorium an. Wenn es nicht wie eines aussieht, geht das schon.«

»Denken Sie da an etwas bestimmtes?«, fragte Theresa eher skeptisch.

Die Therapeutin nickte. »Haben Sie Zeit für einen Ausflug?«

»Ich schon, aber Sie haben doch sicher Termine.«

Selina schaute auf ihre Armbanduhr. »Erst wieder in zwei Stunden. Das schaffen wir. Kommen Sie.«

Theresa wusste zwar nicht, was Selina Sonntag im Sinn

hatte, aber es klang, als würde sie einen Ausweg aus der vertrackten Möbelsituation kennen. Wenig später saßen sie in Selinas Wagen, einem weißen VW Passat Kombi nicht mehr ganz neuen Baujahrs, wie Theresa aus dem Kilometerstand von einhundertzehntausend schließen konnte.

»Wo fahren wir hin?«, wollte sie wissen.

»Bürohalle Karaman. Da gibt es gebrauchte, aber sehr gute Büromöbel. Ich habe meine Erstausstattung dort gekauft.«

»Kennen Sie da jemanden?«

»Nein, wieso?«

»Weil …« Theresa brach ab. »Ach nichts.« *Warum haben Sie mir nicht einfach die Adresse genannt?*, hatte sie fragen wollen. Sie hätte es so gemacht.

Selina fragte nicht weiter. Nach etwa zwei Minuten blinzelte sie jedoch und sah Theresa an. »Oh, verstehe. Sie … ich … ich dachte wohl, es ist für Sie angenehmer, wenn ich dabei bin.« Selina schüttelte den Kopf. »Klingt, jetzt wo ich es sage, auch für mich komisch.«

Theresa fühlte sich ertappt. Gleichzeitig überkam sie leichtes Unbehagen. Sie wusste, ihre Gedanken standen ihr nicht gerade klar im Gesicht geschrieben. Selina schien sie dennoch leicht lesen zu können. Das war vermutlich so ein Psychologen Ding, immer die Gedanken der anderen zu erforschen. Theresa wusste nicht recht, was sie davon halten sollte. Sie räusperte sich. »Ich fühle mich aber auch nicht schlechter, weil Sie dabei sind«, erwiderte sie. Sie wollte Selinas Worte nicht so stehen lassen. Das wäre undankbar.

Selina lachte herzhaft. »War das jetzt der Versuch, nett zu sein?«

Theresa überdachte das eben Gesagte und fiel in Selinas Lachen ein. »Sie haben recht. Das war echt kläglich.«

Das Aussuchen der Möbel machte zu Theresas Erstaunen dann tatsächlich Spaß. Auch wenn sie sich durch die Menge, der in der riesigen Halle lieblos zusammengepferchten Schreibtische, Aktenschränke und Bürostühle zunächst erschlagen vorkam. Gemeinsam pickten sie und Selina aus dem Überangebot zielsicher ein farblich stimmiges Ensemble heraus. Ehe Theresa es sich versah, schob sie ihre Bankkarte in das kleine Zahlterminal und hielt die Rechnung in der Hand. Sechshundert Euro für ihr eigenes und Veras Büro. Das ließ sich verschmerzen.

»Wann können Sie liefern«, fragte Theresa.

»Wann Sie wollen.«

»Morgen früh, neun Uhr?«

»Wir sind da, mit den Möbeln.«

Als sie zum Wagen zurückgingen sagte Theresa: »Danke, dass Sie mitgekommen sind. Ohne Sie hätte ich Stunden für den Einkauf gebraucht.«

Selina grinste. »Na also, geht doch.«

***

Der Lieferwagen kam tags darauf wie angekündigt. Der Fahrer und sein Kollege schleppten die Möbel in den ersten Stock. Hier erkannte Theresa einen deutlichen Vorteil der Gebrauchtmöbel. Sie waren bereits aufgebaut. Vera und sie benötigten lediglich einen Eimer mit Wasser, etwas Spülmittel und ein Tuch, um sie vom Staub zu befreien. Nachdem sie damit fertig waren, bauten sie die Technik auf. Router, PC, Multifunktionsdrucker. Gegen Mittag gelang der erste Testdruck über WLAN.

»Jetzt kann es losgehen«, sagte Theresa zufrieden.

Vera nickte. »Der Wartebereich könnte noch etwas mehr Chic vertragen. Ich gehe Deko und Blumen kaufen.«

Weil Selina sich bisher nicht hatte blicken lassen, ging Theresa durch den Flur in die Praxis der Therapeutin. Irgendwie war es ja auch Selinas Verdienst, dass sie jetzt ihr Büro beziehen konnte und sie wollte Selina das fertige Ergebnis zeigen, das Gefühl der Freude mit ihr teilen.

Obwohl, warum sollte Selina sich freuen? Sie hatte sicher anderes im Kopf. Theresas Schritte wurden langsamer. Schließlich blieb sie kurz vor Ende des Flures stehen, machte kehrt – und stieß fast mit Selina zusammen.

»Wollten Sie zu mir?«

»Ähm ja, nein … doch …«, stammelte Theresa.

Verdammt! Was ist das denn? Warum stottere ich?

Selina legte den Kopf leicht zur Seite und sah sie prüfend an.

Theresa griff nach dem erstbesten Gedanken, der ihr kam. »Ich wollte Sie fragen, ob ich einen Kartenhalter mit meinen Visitenkarten bei Ihnen aufstellen darf.«

Heute lachte Selina nicht. Ihre Augenbrauen verschoben sich Richtung Nasenwurzel, über der sich Falten bildeten. »Ich dachte, über diese Art Scherze wären wir hinweg.« Kopfschüttelnd ging sie an Theresa vorbei.

Theresa überkam ein merkwürdiges Gefühl von Erleichterung bei gleichzeitigem Unbehagen, wobei letzteres am Ende überwog. Verwirrt ging sie zurück in ihr Büro, zum Schreibtisch und um diesen herum. Uneins mit sich, ließ sie sich in ihren neuen gebrauchten Bürosessel fallen.

Ihr Handy, das auf dem Tisch lag, klingelte. Sie nahm es. »Kerner«, meldete sie sich.

»Na, Gott sei Dank erreiche ich Sie«, bohrte sich eine aufgeregte Stimme in Theresas Ohr. »Irene Bachmann hier. Bei Seiferth hat man mir gesagt, dass Sie gekündigt haben und mir so einen Schnösel als Ersatz vor die Nase gesetzt. Glauben die dort wirklich, ich überlasse meine Scheidung einem Mann? Ganz sicher nicht! Ich bleibe bei Ihnen. Zu Ihnen habe ich Vertrauen.«

Theresa straffte sich automatisch in ihrem Stuhl. Irene Bachmann gehörte zu den Mandantinnen der Kanzlei Seiferth, mit denen sie eigentlich erst kurz zu tun gehabt, offenbar aber trotzdem einen bleibenden Eindruck hinterlassen hatte. »Das ist kein Problem, Frau Bachmann. Sie geben mir eine neue Vollmacht und ich fordere die Akte bei Seiferth an. Sollte man sie nicht rausrücken, müssten Sie sie selbst holen. Das kann man Ihnen nicht verweigern.«

»Alles klar. Wann kann ich vorbeikommen?«

»Jederzeit, wie es Ihnen passt.« Theresa nannte ihre neue Adresse.

»Bereiten Sie schon einmal das Formular vor.« Irene

Bachmann legte auf.

Theresa ballte eine Hand zur Faust. »Ja!«

Das lief doch gut an. Mit ein bisschen Glück blieb Frau Bachmann nicht die einzige Mandantin, die von Seiferth zu ihrer Kanzlei wechselte. *Ha!* Das würde ordentlich an dem Ego des arroganten Wichtigtuers kratzen. *Na, ja. Oder auch nicht.* Seiferths Narzissmus war ziemlich ausgeprägt, fast schon exhibitionistisch. In seiner eigenen Überzeugung war er ein Gottesgeschenk für jeden. Und sollte er merken, dass ihm Kundinnen weg und zu ihr hinliefen, dann lag es nicht an ihm, sondern ausschließlich daran, dass diese »Schnepfen« seine Genialität nicht erkannten. An sich selbst zweifelte Seiferth nie. Das wusste Theresa aus vier Jahren Erfahrung.

KAPITEL 4

Heißes Wasser traf auf frisches Kaffeepulver und verbreitete einen aromatischen Duft in der kleinen Küche. Theresa lehnte abwartend an der Tischkante neben der Kaffeemaschine, als Selina in die Küche kam.

»Sie sind schon dabei, Kaffee zu kochen. Schön.« Selina sandte ihr ein freundliches Lächeln. »Guten Morgen, erst einmal.« Sie lehnte sich entspannt gegen den Türrahmen.

Theresa spürte Selinas neugierigen Blick. Es machte sie merkwürdig nervös, wie er sie durchdrang. Warum schaute Selina so? Versuchte sie etwa, ihre Gedanken zu lesen?

Quatsch, Theresa.

Aber selbst wenn, da gab es nichts Besonderes zu lesen. Außer vielleicht, dass sie sich langsam fragte, wo Selina gelernt hatte, so zu lächeln. Das Glimmen ihrer Augen und die leicht gekräuselten Lippen zogen Theresa in einen seltsamen Bann, mit dem sie nicht recht umzugehen wusste. Die Frage drängte sich ihr auf, ob es in Selinas Absicht lag, sie zu verunsichern. Aber was hätte sie davon?

»Warum spezialisiert man sich auf Scheidungen?«, fragte Selina jetzt.

Theresa brauchte einen Moment, ihre Gedanken abzuschütteln und sich auf die Frage zu konzentrieren. »Weil es häufig gebraucht wird. Das sollten Sie ja wissen.« Ihr

Mundwinkel zuckte spöttisch. »Oder denken Sie, es bereitet mir ein besonderes Vergnügen, die Leute scheitern zu sehen?«

»Ich weiß nicht.«

»Dem ist *nicht* so«, betonte Theresa. »Tatsächlich finde ich, die Leute sollten besser überlegen, ob und wen sie heiraten. Aber wenn die Karre im Dreck steckt, ist es sinnvoll, sie wieder herauszuziehen, und zwar so, dass es fair zugeht und niemand dabei unter die Räder kommt.«

»Da bin ich ebenfalls für, allerdings verstehe ich unter *die Karre aus dem Dreck ziehen* etwas anderes, als zum Scheidungsanwalt zu gehen.«

»Besser ein Ende mit Schrecken als ein Schrecken ohne Ende«, stellte Theresa ihre Ansicht dazu klar. »Es bringt doch nichts, sich an etwas zu klammern und sich durchs Leben zu lügen, nur weil es einfacher scheint.«

»Einfacher? Es ist ganz sicher nicht einfacher, an einer Beziehung zu arbeiten. Aber nehmen wir an, ich gebe Ihnen recht. Was kommt nach dem Ende? Doch nur der Versuch, mit einem neuen Partner und den alten Mustern weiterzumachen. So landet man in aller Regel in derselben Situation. Soll das die Lösung sein?«

»Notdürftig zu kitten finden Sie besser?«

»Ich sage ja nicht, dass alle Paare es schaffen, nur dass man es versuchen sollte. Geht man den Ursachen für die Partnerschaftsprobleme nicht auf den Grund, ist das Beziehungsleben wie ein Lauf im Hamsterrad.«

Theresa zuckte mit den Schultern. »Ist im Gebälk der Wurm drin, kann man noch so viel Holzschutz darauf schmieren, man erwischt nie alle Nester. Der Wurm kommt immer wieder vor.«

Selina schüttelte nachsichtig mit dem Kopf und schmunzelte. »Ihnen ist aber schon klar, dass es den perfekten Partner oder die perfekte Partnerin nicht gibt?«

»Mein reden! Die Menschen verlieben sich in eine idealisierte Vorstellung von ihrem Partner und wenn sich herausstellt, dass diese Vorstellung der Realität nicht standhält, dann sind sie enttäuscht und machen einander das

Leben schwer.«

Selina drückte sich vom Türrahmen ab. »Verraten Sie mir doch, wie man es Ihrer Meinung nach anstellt, eine glückliche Beziehung zu führen.«

»Ich habe nicht behauptet, dass ich weiß, wie das geht.« Theresa wandte sich der Kaffeemaschine und damit Selina den Rücken zu. Das Gespräch nahm einen Verlauf, der ihr nicht behagte.

»Verstehe.« Selina trat neben Theresa.

»Was verstehen Sie?« Theresa öffnete den Hängeschrank zu ihrer Rechten und nahm zwei Kaffeebecher heraus.

»Sie wurden enttäuscht«, stellte Selina ruhig fest.

Theresa lachte kurz auf. »Wer nicht!«

»Es ist noch nicht so lange her.«

Theresa goss den Kaffee in die Becher und reichte Selina einen davon. »Sie müssen wohl jeden analysieren, was?«

»Entschuldigung. Berufskrankheit«, räumte Selina augenzwinkernd ein. »Ich nehme wohl besser den Kaffee und verschwinde in mein Büro.« Sie lächelte Theresa noch einmal zu und verließ die Küche.

Theresa sah ihr kopfschüttelnd nach. Was war das denn? Warum verwickelte Selina sie in dieses merkwürdige Gespräch?

Und ich lasse mich auch noch darauf ein!

Sie nippte an ihrem Kaffee und starrte auf die dunkelbraune Flüssigkeit. Enttäuscht. Ja, das wurde sie allerdings. Von einem Tag auf den anderen ausgetauscht zu werden, ohne eine einzige Erklärung, das war keine angenehme Erfahrung. Und genau die hatte Maja ihr beschert. Nach fünf Monaten Beziehung. Ach ja, zum Abschied hatte sie sie netterweise noch als Gefühlslegasthenikerin bezeichnet. Theresa schnaufte bei der Erinnerung.

Na, Schwamm drüber. Das lag sechs Monate zurück. Sie war darüber hinweg! Und es war nichts Schlechtes daran, Single zu sein. Bei genauer Betrachtung war es der ideale Zustand.

Theresa ging in ihr Büro. Auf dem Weg dorthin kam sie an der offenen Tür zu Veras Büro vorbei und stutzte. War das nicht …? Während Vera zur Tür gehuscht kam, drehte sich die Frau für eine Sekunde um.

Ja, sie ist es!

Vera drückte die Tür zu.

Was macht denn die Seiferth hier?

Theresa stellte die mitgebrachte Kaffeetasse auf ihrem Schreibtisch ab und sank in den für einen Notkauf erfreulich bequemen Bürosessel. Sie sann dem Gespräch mit Selina nach. Bis sie von lauter werdenden, aufgeregten Stimmen, welche dumpf durch die Wand drangen, abgelenkt wurde. Was lief da in Veras Büro ab?

Theresa konnte nicht verstehen, was gesprochen wurde, aber dass es ein Streit war, stand außer Frage. Spätestens als die Tür von Veras Büro geräuschvoll geöffnet wurde und eine aufgebrachte Frau Seiferth durch den Flur nach draußen stürmte.

Danach breitete sich Stille aus.

Theresa erhob sich, um nach Vera zu schauen.

Sie stand am Fenster und starrte hinaus. Theresa trat neben Vera. Draußen stieg Konstanze Seiferth in ihr silberfarbenes Cabrio.

»Ich habe mich also nicht verguckt«, sagte Theresa. »Hat ihr Mann sie geschickt, dich wieder abzuwerben?" Aber das machte keinen Sinn, denn Frau Seiferth hatte mit der Kanzlei ihres Mannes nicht das Geringste zu tun. In den vier Jahren dort, hatte Theresa sie höchstens ein Dutzend Mal gesehen und immer nur zu offiziellen Anlässen. Also blieb als einzig mögliche Schlussfolgerung: »Ihr kennt euch?«

Vera wandte sich wortlos vom Fenster ab. Sie setzte sich an ihren Schreibtisch und zog die Tastatur zu sich heran, auf der sie auffallend geräuschvoll zu tippen begann.

Theresa beobachtete ihre Assistentin eine Weile. Dann machte sie ein paar Schritte um den Tisch herum und stellte sich vor ihn. »Was ist denn los mit dir?«

Vera schnaufte frustriert und hob ruckartig den Kopf. Mit einer energischen Geste strich sie sich eine Strähne ihres langen Ponys aus dem Gesicht. »Sag mal, hast du mir wirklich geglaubt, als ich sagte, ich wolle mich einfach nur verändern, als ich meinen Job in der Kanzlei sausen ließ?«

»Ja.« Theresa blinzelte irritiert.

»Nun, zu deiner Information, ganz so war es nicht. Ich wollte da weg, weil ich, wann immer mir Seiferth über den Weg lief, an Konstanze denken musste.«

»Wieso?«

»Weil wir ein Verhältnis haben. Mein Gott. Frag nicht so dumm«, blaffte Vera mürrisch.

Theresa starrte ihre Gehilfin mit großen Augen an. »Du hast was? Nein!«

»Doch.«

»Seit wann?«

»Knapp vier Monate.«

»Wie?«

Veras irritierter Blick ließ Theresa die Frage genauer stellen: »Wie kam es dazu?«

Aus Vera sprudelte es jetzt förmlich heraus »Wir haben uns das ein oder andere Mal auf verschiedenen Firmenevents unterhalten. Sie ist Fotografin und hat ein Auge für Details. Und zwar nicht nur für Äußerlichkeiten. Die Unterhaltung mit Konstanze wirkte immer lange in mir nach. Auch auf der Fünfundzwanzigjahrfeier der Kanzlei kamen wir sofort wieder ins Gespräch. Die Feier fand, wie du weißt, in Seiferths Villa statt. Deshalb fragte ich sie, ob sie mir einige ihrer Arbeiten zeigt. Sie nahm mich an der Hand und führte mich ins Wohnzimmer. Die Berührung ging mir durch und durch. Konstanze holte einige Fotomappen und wir setzten uns auf das Sofa. Sie blätterte und erzählte und ich … ich spürte ihre Nähe überdeutlich. Der Wunsch, mich an sie zu lehnen, überraschte mich dennoch. So etwas war mir bis dahin noch nie passiert. Als Konstanze vorschlug, uns von der Feier abzuseilen, stimmte ich zu. Wir fuhren mit ihrem Cabrio in der Gegend herum und landeten im Nirgendwo. Für die Rückfahrt war es zu spät. Wir waren froh, als wir ein kleines Hotel fanden. Ich dachte mir nichts dabei, als sie meinte, wir können doch ein Doppelzimmer nehmen.«

»Hat sie dich überrumpelt?«

»Emotional, ja. Ich stürzte in ein Wechselbad der Gefühle. Aber ich habe jede Sekunde genossen. Für Konstanze war es nicht das erste Mal mit einer Frau.«

»Für dich schon.«

Tiefes Seufzen statt einer Antwort.

Theresa zuckte mit den Schultern. »Ja und? Jetzt fragst du dich, wie du es deiner Katze beibringst? Oder was? Wo ist das Problem?«

»Sie will unsere Beziehung geheim halten. Ich nicht. Eine Beziehung ohne Perspektive, so etwas brauche ich nicht. Ich habe ihr gesagt, sie muss sich entscheiden.«

»Oh«, entfuhr es Theresa. »Hast du dir das gut überlegt?«

»Natürlich nicht!« Vera sprang von ihrem Stuhl auf. »Sie kam vorbei, um sich anzuschauen, wo ich jetzt arbeite. Dann fragte sie mit skeptischem Blick durch den Raum und über die Möbel, ob es wirklich nötig war, dass ich die Kanzlei ihres Mannes verlasse. Was ich damit erreichen wolle. Als ich es ihr, übrigens nicht zum ersten Mal, sagte, nämlich dass ich es nicht ertragen kann, täglich ihrem Mann über den Weg zu laufen und dabei mit mir selbst zu hadern, ob ich mich nun zurückgesetzt oder als Lügnerin fühlen soll, habe ich wohl vorwurfsvoll geklungen. Ein Wort ergab das nächste. Ich wurde wütend und habe …« Veras Stimme brach weg. Sie musste mehrmals durchatmen, bevor sie weitersprechen konnte. »… sie vor die Wahl gestellt. Verdammt. Sie wird sich niemals für mich entscheiden. Ich hätte ebenso gut gleich mit ihr Schluss machen können.«

Als Single lebt es sich ohnehin besser, lag es Theresa auf den Lippen. Doch sie verschluckte die Worte angesichts Veras verzweifelter Miene. »Wenn du das weißt, ruf sie an und sag, es war nicht so gemeint«, schlug sie stattdessen vor.

Vera sank zurück in ihren Stuhl. »Meinst du?« Ihr Gesicht drückte Zweifel aus.

»Was willst du denn jetzt?« Theresa rollte leicht genervt mit den Augen. »Dass sie bleibt oder dass sie geht?«

»Ich habe keine Ahnung. Ich bin zu alt für so einen Mist.«

Offenbar nicht!

Auch diese Worte verkniff sich Theresa. Vera hockte da wie ein Häufchen Elend. Theresa wusste, sie sollte etwas tun, um sie aufzubauen, nur was? »Vielleicht … renkt sich ja alles von selbst ein«, meinte sie halbherzig. »Jetzt warte einfach ein paar Tage.«

Ein langer Seufzer drang aus Veras Mund.

Für Theresas Geschmack schwebte hier zu viel Drama in der Luft. Sie zog sich zurück in ihr Büro. Doch schon fünf Minuten später kam sie sich unsensibel vor. Also stand sie auf und ging in den Entree, wo ein Blick durch die offenstehende Tür zu Veras Büro ihr zeigte, dass es leer war. Dafür drangen Selinas und Veras Stimmen aus der Teeküche.

Theresa zupfte sich unentschlossen am Ohr. Sollte sie zu den beiden gehen? Eigentlich konnte sie kaum von Nutzen sein. Trotzdem trugen Theresas Füße sie in die Küche. Je näher sie kam, je mehr Worte schnappte sie auf. Vera war dabei, Selina ihr Herz auszuschütten. Vermutlich in der Hoffnung, dass die ihr besser zuhören und bessere Ratschläge erteilen konnte. Zurecht, wie Theresa feststellen musste. Jedenfalls bewies Selinas Stimme deutlich mehr Anteilnahme als ihre eigene eben.

»Für so etwas ist man nie zu alt, Tante Vera, das weißt du doch.«

»Theresa hält mich für bescheuert. Und ehrlich gesagt, komme ich mir auch so vor«, gestand Vera ihrer Nichte.

»Du bist nicht bescheuert, sondern verliebt. Und das ist etwas Schönes«, widersprach Selina.

»Es fühlt sich aber gerade nicht schön an«, litt Vera.

Selinas sanftes »Ich weiß.« war kaum zu hören.

Theresa betrat die Küche. Selina hatte ihre Arme um ihre Tante geschlungen und strich mit den Händen tröstend über Veras Rücken. Theresa überkam das Gefühl zu stören und wollte nun doch umkehren, aber in diesem Moment traf ihr Blick Selinas und für einen Rückzug war es zu spät.

»Ist alles in Ordnung?«, fragte sie also, obwohl doch deutlich war, dass es das nicht war.

Vera fuhr erschrocken zusammen, löste sich aus Selinas Armen und schnaufte: »Geht schon.«

Theresa wollte helfen. Aber ihr fiel nichts wirklich Hilfreiches ein. Höchstens … »Du könntest versuchen, deine Konstanze eifersüchtig zu machen, damit sie merkt, was du ihr bedeutest.«

Selina schüttelte stumm den Kopf.

Vera hingegen brummte: »Ach ja, und mit wem? Mit dir vielleicht?«

Theresa hob abwehrend die Hände. »So habe ich das nicht gemeint.«

»Und wenn sie nicht eifersüchtig wird, weil ich ihr nichts bedeute?«, erkannte Vera den deutlichen Nachteil dieser Idee.

Theresa trat dichter zu Vera und sah sie ernst an. »Dann hast du wenigstens Klarheit.«

»Das ist eine blöde Idee«, mischte sich Selina ein. »Seit wann ist Eifersucht eine Grundlage für eine Beziehung?«

Theresa wandte sich ihr zu. »Wollen wir jetzt *darüber* diskutieren?«

Auch Vera schien dem Einwurf ihrer Nichte nicht viel Gewicht beizumessen. »Konstanze spielt zweimal die Woche Tennis. Mittwochs und samstags, gleich früh um neun. Samstags war ich zweimal mit ihr auf dem Platz. Wie reagiert sie wohl, wenn ich dort mit einer anderen Frau auftauche und beim Spiel richtig Spaß habe?«

»Wenn sie dich wirklich mag, auf jeden Fall mit viel Fantasie«, gluckste Theresa.

»Also ich mache da nicht mit!«, stellte Selina klar.

Vera schaute Theresa an. Erneut hob Theresa abwehrend die Hände.

»Komm schon, Chefin. Du bist der ideale Lockvogel«, bettelte Vera. »Und schließlich ist es deine Idee. Da kannst du nicht kneifen.«

»Ich weiß nicht, Vera.«

»Du sollst mich ja nicht küssen, Himmel noch eins. Wie du selbst gesagt hast. Wir regen nur ein wenig Konstanzes Fantasie an.«

KAPITEL 5

Mit in die Hüften gestemmte Hände stand Selina im Türrahmen zu Theresas Büro. Ihr vorwurfsvoller Blick bohrte sich wie Nadeln in Theresas Haut. »Das ging ja wohl richtig nach hinten los! Vera hat das ganze Wochenende geheult. Sie ist völlig fertig. Da haben Sie was Schönes angerichtet.« Selina machte drei lange Schritte und stand nun direkt vor Theresas Schreibtisch. Theresa hob zu einer Antwort an, doch Selina war noch nicht fertig mit ihr. »Und sagen Sie jetzt bloß nicht, besser ein Ende mit Schrecken. Dann vergesse ich mich!«

Da Theresa genau das hatte sagen wollen, rutschte sie verlegen in ihrem Stuhl hin und her. Ja, die Sache war schiefgegangen. Aber es war nicht ihre Schuld, dass Konstanze Seiferth sich so schnell mit einer jungen Blondine tröstete. Vera war gerade dabei gewesen, den Platz abzuspritzen, als die Seiferth mit der blonden Mitzwanzigerin angeschlendert kam. Das Blondchen küsste die Anwaltsgattin ungeniert, wenn auch flüchtig, auf den Mund und Vera fiel der Schlauch aus der Hand. Theresa musste zusehen, dass sie zum Wasserhahn kam, um das Fluten des Platzes zu verhindern. Dann holte sie die zur Salzsäule erstarrte Vera zurück ins Leben, welche daraufhin wie eine Schlafwandlerin zu Konstanze Seiferth taumelte, ihr saftig eine scheuerte und vom Platz rannte.

»Jetzt weiß Vera wenigstens, was Sache ist«, knurrte Theresa. »Sie wird darüber hinwegkommen.«

»Ja, aber sicher nicht dank Ihnen!« Selina machte auf dem Absatz kehrt und schmiss beim Rausgehen die Tür hinter sich zu.

Selinas Wut machte Theresa betroffen. Zeigte sie ihr doch, wie schlecht es Vera gehen musste. Warum sonst sollte Selina so heftig reagieren?

Mist. Theresa stand auf und lief unentschlossen im Büro auf und ab. Was sollte sie tun? Vera trösten? Sie war nicht gut in so etwas. Sich bei Selina entschuldigen? Wofür?

Theresa ging zu Vera. »Wenn du einen oder zwei Tage frei nehmen willst, ist das kein Problem.« Noch war die Anzahl der Termine überschaubar, ebenso wie die aufzusetzenden Schriftstücke.

Vera schaute auf. »Wieso?«

Theresa setzte sich in den Stuhl vor Veras Schreibtisch. »Du musst mir nicht die starke Frau vorspielen, Vera.«

Vera lächelte schwach. »Was soll ich denn zu Hause? Die Decke anstarren?«

»Selina hat mich eben zusammengestaucht«, gestand Theresa. Eigentlich nur, um Vera nicht gleich wieder allein zu lassen.

»Habe ich gehört. Sorry. Du kannst doch nichts für das Ganze.«

»Das sieht deine Nichte anders.«

Vera lehnte sich in ihrem Stuhl zurück. »In unserer Familie sind wir alle etwas emotionaler.« Sie schmunzelte kaum merklich. »Das mag dich mit Skepsis erfüllen.«

Theresa zögerte. Sie hatte das Gefühl, das Gespräch wurde zu privat. Dennoch hörte sie sich sagen. »Sie ist …« Theresa suchte nach dem richtigen Wort. »… etwas lebensfremd.«

»Findest du?«

»Schon.«

»Selina sieht vorrangig das Potential im Menschen. Mehr noch, sie ist bereit, danach zu suchen. Deshalb tut sie, was sie tut, und sie ist gut darin.«

»Hm«, machte Theresa nur.

Das Klingeln der Türglocke brach in ihr Gespräch. Der automatische Türöffner schnarrte. Theresa sah auf die Uhr. »Etwas zeitig, aber das wird Frau Kallis sein.« Sie stand auf. »Eine neue Mandantin. Ein Härtefall. Jedenfalls sagt sie das. Mal schauen, was sie zu erzählen hat.«

Doch die Frau, die sich im Entree der Kanzlei umsah, war nicht Frau Kallis. Theresa starrte konsterniert auf die Blondine. Dieselbe Blondine, die Vera und sie vorgestern auf dem Tennisplatz trafen. Da hatte Theresa kaum Zeit gehabt, sie eingehender zu betrachten. Das hätte sich allerdings gelohnt! Langes Haar fiel in weichen Wellen auf schmale Schultern. Die Augen stachen tiefblau unter geschwungene Brauen hervor, welche sich jetzt hoben. Ein Mund, umrahmt von zwei vollen Lippen, sagte: »Sie waren doch mit auf dem Tennisplatz.« Bevor Theresa eine Frage stellen konnte, sprach die Frau weiter. »Mein Name ist Lena Lechner. Ich suche Vera Rotschild. Ich will mit ihr sprechen.«

Theresa brauchte einen Moment, die Überraschung zu verdauen. »Ich bezweifle, dass dieser Wunsch auf Gegenseitigkeit beruht«, erwiderte sie schließlich.

»Könnte ich das vielleicht von Frau Rotschild selbst hören?«

Wie auf Bestellung trat Vera neben Theresa. Vermutlich hatte sie ihren Namen gehört. In den Moment, da sie die Besucherin erkannte, machte sie allerdings auf dem Absatz kehrt und schlug die Tür ihres Büros hinter sich zu.

»Ich denke, das war deutlich«, brummte Theresa.

»Sie mischen sich da besser nicht ein.« Die Blondine schritt energisch auf Veras Büro zu. Theresa baute sich entschlossen vor der Blonden auf. Die griff unbeeindruckt an Theresa vorbei zur Türklinke. Erstaunlich kraftvoll aber doch irgendwie behutsam schob Lena Lechner Theresa zu deren Verblüffung mühelos zur Seite. »Jetzt habe ich von diesem Kindergarten aber wirklich genug«, sagte sie dabei aufgebracht und entsprechend laut.

Selina lugte neugierig aus dem Flur um die Ecke. Theresa

blickte sie ratlos mit den Schultern zuckend an und blieb der fremden Frau auf den Fersen, auch wenn sie nicht recht wusste, was sie ausrichten konnte, wenn sich jetzt gleich ein Drama abspielen sollte.

»Sie sind Vera?«, vergewisserte sich Lena Lechner der Form halber mit Blick auf Vera.

Theresa registrierte, dass Selina dicht hinter ihr stand.

Vera verschränkte beide Arme vor der Brust. »Ich wüsste nicht, dass Sie das etwas angeht«, erwiderte sie. Selina trat neben Vera, um ihr beizustehen.

»Es geht mich insofern etwas an, dass Sie Konstanze geschlagen haben und ich wissen will, warum.«

»Dann fragen Sie sie doch«, brummte Vera bissig.

»Das habe ich, aber sie blockt ab. Sie hat mich weggeschickt, wie ein Kind, das zu dumm ist, die Angelegenheiten der Erwachsenen zu begreifen.«

»Und jetzt erwarten Sie ausgerechnet von mir Aufklärung?«

»Von wem sonst?«

»Das ist doch lächerlich.« Vera wandte sich abrupt ab und sah aus dem Fenster. Selina schaute unentschlossen zwischen ihrer Tante und Lena Lechner hin und her.

Die ließ nicht locker. »Konstanze ist der liebste Mensch, den ich kenne. Sie hat so etwas nicht verdient. Ich bestehe auf eine Erklärung.«

Theresa wurde es jetzt zu viel. »Ich weiß ja nicht, wie lange Sie Frau Seiferth schon kennen, aber vermutlich nicht lange genug, um …«

»Ich kenne Konstanze seit fünfzehn Jahren! Sie ist meine Mutter!«

»Frau Seiferth hat keine Tochter«, wusste es Theresa besser. »Außerdem sind Sie offensichtlich keine fünfzehn!«

»Ja, das ist richtig. Konstanze ist *fast* so etwas wie meine Mutter«, korrigierte sich Lena. »Sie kümmert sich um mich, seit ich zehn bin. Sie hat mich aufgenommen, gegen den Willen ihres Mannes. Als es mit mir und ihm nicht in einem Haus ging, besorgte sie mir einen Platz in einem guten Internat und besuchte mich wöchentlich. Sie finanzierte mir mein Studium. Ich verdanke ihr alles, was ich bin.«

Vera hatte sich bei Lenas Worten langsam wieder herumgedreht. »Waaaas?«

»Weil mir Konstanze nicht sagen wollte, wer Sie sind, bin ich heute wieder zum Tennisplatz gefahren. Der Platzwart wusste nur Ihren Vornamen und dass Sie in der Kanzlei Seiferth arbeiten. Dort erfuhr ich, dass Sie gewechselt haben.«

Theresa und Vera starrten sich an. Selina musterte Lena kritisch.

»Sie sind also gar nicht Konstanzes Geliebte?« flüsterte Vera atemlos.

Lena lachte verwirrt. »Nein! Wieso?« Jetzt schüttelte sie den Kopf.

Vera lehnte sich gegen den Fenstersims.

Theresa begann zu prusten. »Oh Vera, da hast du dich ja ganz schön reingeritten.«

»Ich mich? Wessen Idee war es denn …«, begehrte Vera auf und brach nun ebenfalls in Lachen aus. Die Erleichterung darin war unüberhörbar.

Lena Lechner sah fragend von einer zur anderen. Der Groschen fiel langsam, aber er fiel. »Oh«, entfuhr es ihr. Und noch einmal. »Oooh. Sie und meine Mutter … kennen sich wohl recht gut?«, umschrieb sie dezent.

Vera nickte.

Theresa feixte. »Zwei Damen im reifen Alter erleben einen zweiten Frühling und benehmen sich dabei genauso unreif wie Teenager.«

Vera warf ihr einen strafenden Blick zu. Dann erklärte sie Lena: »Ich war verletzt, weil ich dachte, Konstanze hätte … na ja, mich gegen Sie ausgetauscht. Nach nicht einmal einer Woche.« Vera wurde mit einem Schlag wieder blass. »Oh Gott. Und jetzt ist Konstanze wahrscheinlich noch wütender auf mich als vorher.« Selina strich ihr tröstend über den Arm.

»Also wütend kam sie mir nicht vor, aber sehr unglücklich«, sagte Lena. »Doch sie wollte mir nicht sagen warum. Klar. Welche Mutter weiht ihre Tochter schon gerne in ihr Intimleben ein. Na ja, wenigstens hat sie wieder eines.«

Lena grinste Vera schief an, wurde dann aber sofort wieder ernst. »Aber was ist zwischen Ihnen vorgefallen?«

»Ich habe Konstanze vor eine Entscheidung gestellt und gefordert, sie soll sich von ihrem Mann trennen«, erklärte Vera. »Das scheint sie jedoch nicht vorzuhaben.« Ihre Stimme bebte. »Ich will Konstanze ganz oder gar nicht. Sorry, da bin ich ganz altmodisch.«

Einen Moment schwieg Lena betreten. »Wie lange geht das denn zwischen euch, wenn ich so neugierig sein darf.«

»Vier Monate.«

»Ist es da für solch ein Ultimatum nicht etwas zu früh?«

»Wie lange soll ich denn Ihrer Meinung nach warten, bis ich das Recht auf eine Entscheidung habe?«

»So meinte ich das nicht.« Lena hob beschwichtigend die Hand. »Konstanze braucht vielleicht einfach noch Zeit. Wenn ihr die Beziehung zu Ihnen nichts bedeuten würde, wäre sie doch nicht so am Boden zerstört.«

»Ist sie das?« In Veras Stimme schwang Hoffnung.

»Sie scheinen ihr sehr wichtig zu sein.« Lena Lechner drückte Veras Hand.

»Na siehst du, alles halb so schlimm«, sagte Selina zu Vera. »Ruf deine Konstanze an, dann renkt sich alles wieder ein.«

»Ich weiß nicht«, kehrten Veras Zweifel umgehend zurück. »Ich hatte bei unserer Diskussion den Eindruck, sie traut meinen Gefühlen nicht. Vielleicht, weil es meine erste Beziehung mit einer Frau ist.«

»Ich denke, sie hat Angst vor einer neuen Bindung. Auch wenn es so aussieht, dass sie sich von der alten Beziehung gelöst hat, steckt sie noch in ihr drin«, analysierte Selina. »Wie du aus deiner Arbeit ja am besten weißt, ist eine Scheidung niemals eine angenehme Sache. Wenn in einer solchen Situation noch zusätzlich Druck aufgebaut wird …«

»Ich habe sie ja nicht gebeten, mich zu heiraten!«, unterbrach Vera ihre Nichte. »Ich wollte lediglich, dass die Heimlichkeiten aufhören.«

»Und sie was tut?«, hakte Theresa nach. »Ihr Haus verlässt, ihre gewohnte Umgebung. Dass sie ihren Freunden und Lena hier von dir erzählt …«

»Von Lena habe ich ja nicht einmal gewusst, dass es sie gibt.« Vera hielt inne. »Mist«, murmelte sie. Denn in dem Moment, wo die Worte laut ausgesprochen im Raum hingen, war es allen klar. »Konstanze hat mich aus ihrem Leben bewusst herausgehalten.«

Theresa unternahm gar nicht erst den Versuch, ihr zu widersprechen. Selina hingegen schon. »Das weißt du doch nicht. Es kann tausend Gründe geben, warum sie dir nichts von Lena erzählt hat.« Sie schaute um Bestätigung suchend zu Lena. »Oder?«

»Sie wollte bestimmt nur die passende Gelegenheit abwarten. Schließlich bin ich erwachsen und sie hat mir gegenüber keinerlei Verpflichtung«, sprang Lena tatsächlich bei. Wenn auch wenig überzeugend, wie Theresa fand.

»Ihr müsst einfach noch mal miteinander reden«, sagte Selina zu Vera.

»Am besten nehmt ihr eine Therapiestunde«, konnte Theresa sich nicht verkneifen. Für diesen Versuch, witzig zu sein, erntete sie böse Blicke von Vera und Selina. Lena hingegen schaute fragend.

»Ich bin Paartherapeutin«, erklärte Selina Lena. Sie lächelte. »Aber ich kann natürlich nur helfen, wenn die Beteiligten auch zu mir zur Beratung kommen wollen.« Sie schaute ihre Tante an.

Vera hob abwehrend die Hände. »Bitte, du bist meine Nichte. Familie muss nicht *alles* wissen!«

»Konstanze wäre für so eine Konsultation auch nicht zu haben, da bin ich mir ziemlich sicher«, meinte Lena.

Vera stand da und kaute auf ihrer Unterlippe.

Selina nahm sie in den Arm, drückte sie einmal fest und murmelte: »Ruf sie an.« Auf dem Weg hinaus aus dem Büro blieb sie bei Lena stehen. »Hast du Lust auf einen Kaffee?« Sie zwinkerte. »Wo wir doch fast so etwas wie Familie sind.«

Lena lachte kurz auf. »Gerne.«

***

Frau Kallis war gegangen. Ihr Härtefall entpuppte sich als kleine runde Kugel am Bauch, deren Bewohner noch vor Ablauf des Trennungsjahres das Licht der Welt erblicken würde. Damit der Noch-Ehemann, aber Nicht-Erzeuger, nicht als gesetzlicher Vater in die Annalen der Geschichte einging, galt es, die nötigen Formalitäten in die Wege zu leiten.

Theresa schrieb die notwendigen Anweisungen für Vera. Ein zaghaftes Klopfen unterbrach sie in ihrem Tun. Theresa schaute auf und zur Tür.

Selina trat ein. »Ich wollte mich entschuldigen.« Sie zog die Bürotür leise hinter sich ins Schloss.

Theresa hatte nicht die Absicht, es ihr so leicht zu machen. Sie hatte sich unter Selinas Vorwürfen unwohl gefühlt. Jetzt war Selina dran. Sie würde sie ein wenig zappeln lassen. Also fragte sie: »Wofür?«

»Das wissen Sie doch.«

Ja, aber … »Ich will, dass Sie es sagen.« Theresas Augen blitzten in der Gewissheit, dass Selina sich überwinden musste.

»Sie konnten absolut nichts für das Drama auf dem Tennisplatz. Ich war unbeherrscht und ungerecht«, tat Selina ihr den Gefallen.

Theresa lächelte. »Stimmt.« Dann zeigte sie Erbarmen und räumte ein: »Aber ich hatte auch Glück, dass sich alles als Irrtum herausgestellt hat.«

»Natürlich hatten Sie Glück. Das wollte ich als nächstes sagen.« Selina kam näher und stützte sich lässig mit beiden Händen auf Theresas Schreibtisch ab. »Trotzdem. Nett, dass Sie es zugeben.«

Ob ihr klar ist, dass ihr Dekolleté genau in meiner Augenhöhe schwebt? Theresa schluckte beim unfreiwilligen, aber durchaus verlockenden Blick auf zwei zarte Brustansätze, den ihr die drei offenen Knöpfe von Selinas Bluse ermöglichten.

Selina stieß sich mit den Händen vom Schreibtisch ab. »Aber bitte, setzen Sie Vera keine so kindischen Ideen mehr in den Kopf.«

»Ich verspreche es.« In Zukunft würde sie sich aus allem heraushalten. Das hatte sich Theresa ohnehin schon vorgenommen. Gleich nach dem Drama auf dem Tennisplatz.

»Danke.«

Theresa, die davon ausging, dass alles gesagt war und Selina gehen würde, wandte ihren Blick wieder dem Bildschirm zu. Doch Selina bewegte sich keinen Zentimeter, sondern schaute sie weiter an.

»Ist noch etwas?«, sah Theresa sich genötigt zu fragen.

»Ja.«

Theresa legte den Kopf leicht zur Seite und wartete.

»Lena hat mir etwas Interessantes erzählt.« Selina ließ sich in den Stuhl vor Theresas Schreibtisch plumpsen.

Seufzend schob Theresa die Tastatur von sich. Egal ob sie fragte oder nicht, sie würde nicht umhinkommen, sich anzuhören, was es war. Das stand in Selinas Gesicht geschrieben. Also fragte sie, denn umso schneller würde sie weiterarbeiten können. »Was?«

»Konstanze Seiferth hat vor fünf Jahren bereits einmal die Scheidung eingereicht, dann den Antrag aber wieder zurückgezogen.«

»So etwas kommt vor«, kommentierte Theresa trocken.

»Lena wollte es Vera gegenüber nicht erwähnen, um sie nicht zu entmutigen. Sie hat auch nur diffuse Andeutungen gemacht. Doch so viel ließ sie durchblicken: Der Ehemann hatte seine Finger mit im Spiel.«

Theresa zuckte mit den Schultern. »So etwas kommt vor«, wiederholte sie nur.

»Ist das alles, was Sie dazu zu sagen haben?«

»Gibt es denn noch mehr?«

»Man könnte Konstanze Seiferth doch einmal fragen, was der Grund war, und vielleicht immer noch ist, von einer Scheidung Abstand zu nehmen. Finden Sie nicht?«

»Vielleicht haben die beiden einen guten Paartherapeuten?«, schlug Theresa vor.

Entweder bemerkte Selina die Spitze nicht oder sie ging

einfach darüber hinweg. »Nein«, erwiderte sie ernst. »Das wüsste Lena. Es steckt etwas anderes dahinter.« Unterdrückte Aufregung schwang in Selinas Stimme.

Theresa erwiderte betont ruhig: »Ich mische mich nicht in Dinge ein, die mich nichts angehen.«

»Aber wenn Vera Ihre Freundin ist, geht Sie ihr Wohlbefinden durchaus etwas an.«

»Vera ist …« *meine Angestellte*, hatte Theresa sagen wollen, schwenkte dann aber doch um. »… mir durchaus nicht egal, aber deshalb kann ich mich doch nicht in ihr Privatleben einmischen.«

»Das haben Sie schon getan. Die Nummer mit der Eifersucht war doch nichts anderes.«

»Weiß Vera, dass wir dieses Gespräch führen?«

Selina warf einen Blick zurück über ihre Schulter, so als wolle sie sich vergewissern, dass Vera nicht plötzlich in der Tür stand. »Nein. Das soll sie auch nicht.«

»Sehen Sie, das ist der Unterschied«, sagte Theresa trocken.

»Sie haben ja recht. Aber ich kann es nicht mit ansehen, wie Vera leidet!«

»Das können wir nun mal nicht ändern.«

»Vielleicht ja doch. Zum Beispiel, wenn Konstanze Seiferth nur Angst davor hätte, bei einer Scheidung von ihrem Mann finanziell ins Bodenlose zu sinken. Sie braucht vielleicht nur eine Anwältin, der sie vertrauen kann und auch zutraut, dass sie sie in einer Scheidung gegen ihren Mann vertreten kann.«

»Eine solche Anwältin hätte sie sich längst suchen können, wenn sie das gewollt hätte. Der Grund, warum die Seiferths nicht geschieden sind, ist ganz offensichtlich der, dass beide es nicht wollen. Aus welchen Gründen auch immer. Es tut mir leid für Vera, aber der Tatsache muss sie dann wohl ins Auge sehen. Und *Sie* auch!«

Selina strich sich mit der Hand eine imaginäre Locke aus der Stirn. »Ich bin wirklich die Letzte, die eine Scheidung forcieren möchte. Aber Lena hat ganz merkwürdige

Andeutungen gemacht. Mein Gefühl sagt mir, dass hier eine ungesunde Abhängigkeit vorliegt. Das kommt häufiger vor als man denkt.«

»Und das ist bedauerlich. Aber was können wir daran ändern? Zumal Konstanze Seiferth nicht einmal mit Vera darüber redet.«

»Vera sagte mir, man hat Sie aus der Kanzlei Seiferth unsanft rausgeschmissen. Sie haben sich durch eine entsprechende Abfindungsforderung revanchiert. Seiferth war not amused.«

Theresa lächelte süßsauer bei der Erinnerung. »Was hat das eine mit dem anderen zu tun?« Doch sie ahnte die Antwort bereits.

Selina zwinkerte ihr zu. »Wenn Sie Frau Seiferth Ihre Geschichte erzählen, fasst sie ganz sicher Vertrauen zu Ihnen.«

Ich habe es befürchtet. Theresa schüttelte den Kopf. Selina machte sich falsche Vorstellungen. »Auf die Gefahr hin, mich zu wiederholen. Frau Seiferth hätte sich längst einen Anwalt nehmen können. Nur weil ich es einmal erfolgreich mit ihrem Mann aufgenommen habe, wird sie Ihre Meinung nicht ändern.«

»Das wissen wir erst, wenn wir es von ihr hören.«

»Aber sie wird sich gar nicht erst auf ein Gespräch mit uns einlassen.«

Selina lächelte zuversichtlich. »Das überlassen Sie mal mir.«

KAPITEL 6

Nur drei Tage später war es so weit.

Sie trafen Lena und Konstanze Seiferth „rein zufällig“ gegen Mittag in einem Café. Selina umarmte Lena herzlich und küsste sie dabei auf die Wange.

Bei dem Anblick regte sich ein leichter Unwille in Theresa. Doch das Gefühl verschwand so schnell, wie es gekommen war und ihr blieb keine Zeit, es zu analysieren. Zumal Lena Selina ganz »spontan« einlud, mit ihrer »Freundin« an ihrem Tisch Platz zu nehmen. Theresa kam sich vor wie in einer Schmierenkomödie, während Selina und Lena direkt auf ihr Ziel lossteuerten.

»Ich habe Selina und Theresa vor kurzen bei Freunden kennengelernt«, bog Lena die Wahrheit passend zurecht. »Selina ist Paartherapeutin. Sie teilt sich mit Theresa eine Praxis.«

Konstanze Seiferth lächelte freundlich. »Wie nett. Vermutlich haben Sie jede Menge zu tun.«

Selina zwinkerte spitzbübisch. »Seit die Männer ihren Frauen bei Meinungsverschiedenheiten nicht mehr einfach mit der Keule auf die Rübe hauen dürfen, ist der Bedarf an Hilfe im Umgang miteinander enorm groß.«

Lena grinste breit. Auch Konstanze Seiferths Mundwinkel

zuckten belustigt.

Selina räumte ein: »Doch trotz recht erfolgreicher Domestizierung der Spezies Mann kann auch ich keine Wunder vollbringen.«

Die Bedienung kam und nahm ihre Bestellung auf.

»Aber wenn sie scheitert, ist Theresa ja zur Stelle«, nahm Lena den Gesprächsfaden wieder auf. »Sie und Selina teilen sich nämlich nur die Räume, nicht den Beruf. Theresa ist Anwältin für Familienrecht, Scheidungen sind ihre Spezialität.«

Konstanze horchte auf. »Dann hatten Sie auf der Gegenseite sicher schon mal mit der Kanzlei Seiferth zu tun, die meinem Mann gehört.«

»Mehr noch. Ich war bis vor Kurzem in der Kanzlei Ihres Mannes angestellt.«

Konstanze betrachtete sie jetzt eingehender. »Stimmt. Jetzt erkenne ich Sie. Sie müssen entschuldigen, Gesichter kann ich mir ganz schlecht merken.«

»Kein Problem.«

»Warum haben Sie die Kanzlei verlassen? Hat es Ihnen dort nicht mehr gefallen?«

Theresa erzählte ihr bereitwillig die Geschichte.

»Da hat der alte Egomane mal einen Schuss vor den Bug bekommen«, kommentierte Lena das Ganze im Anschluss. »Von wegen Mister Unbesiegbar. Theresa hat übrigens ihre eigene Kanzlei gegründet und der Kanzlei Seiferth eine sehr fähige Anwaltsgehilfin abgeworben.«

Konstanze Seiferth ließ ihren Blick nacheinander über jede der drei jungen Frauen gleiten. »Gehe ich recht in der Annahme, dass dieses Treffen hier nicht zufällig stattfindet?« Ihre Stimme nahm mit jedem Wort an Schärfe zu und endete nun in einem unwilligen: »Was läuft hier eigentlich? Hat Vera euch geschickt?«

»Nein«, beeilte Selina sich zu versichern. »Sie weiß nichts und geschickt hat sie uns erst recht nicht. Aber sie leidet.«

»Wer sind Sie jetzt wirklich?«, verlangte Konstanze zu wissen.

»Ich bin Veras Nichte.«

»Und woher kennt ihr euch?« Konstanze schaute jetzt Lena an. Die klärte sie über den Besuch bei Vera auf. »Selina und ich haben uns diesen kleinen Plan ausgedacht«, gestand sie am Ende. »Um euch zu helfen.«

»Helfen? Wobei?«

»Dass ihr zusammenkommt, natürlich. Du brauchst vor der Scheidung keine Angst zu haben. Theresa kann dich bestens vertreten.«

»Nur wenn Sie sich dazu entschließen sollten«, betonte Theresa. »Ist es richtig, was ich gehört habe, Sie sind als Fotografin tätig?«

»Industrie- und Produktfotografin, ja. Und ich bin ziemlich gut darin.«

Theresa lächelte. An Selbstbewusstsein mangelte es Konstanze Seiferth zumindest nicht. »Entschuldigen Sie, wenn ich so direkt frage. Kämen Sie nach einer Scheidung finanziell ohne Unterhaltszahlung Ihres Mannes zurecht?«

»Das geht Sie zwar absolut nichts an, aber ja, sehr gut sogar. Zumal ich auch einen Zugewinnausgleich bekäme.«

So viel zur Theorie verängstigte Anwaltsgattin.

Theresa schaute mit angehobenen Brauen zu Selina. Sie legte ein »Ich glaube wir sind hier fertig.« in ihren Blick.

Selina blinzelte verwirrt und hatte für das Ganze nur noch eine Erklärung. »Wenn Sie meine Tante nicht lieben, dann sagen Sie ihr das doch«, sagte sie zu Konstanze. »So wie es im Moment ist, hängt sie in der Luft und schwankt zwischen Verzweiflung und Hoffnung.«

»Aber ich liebe Vera. Es tut mir leid, dass es ihr schlecht geht. Doch schließlich war sie es, die mich vor die Wahl gestellt hat. Ich lasse mich aber nicht erpressen.«

»Erpressen?«, wiederholte Selina. »Das ist ein hartes Wort. Vera wollte doch nur …«

»Vera kann gar nicht wissen, ob ihre Gefühle von Dauer sind. Sie hat keine Erfahrung mit Frauen.«

Selina gab nicht auf. »Das mag sein, aber ist das entscheidend? In der Liebe geht es doch um den Menschen, nicht um sein Geschlecht.«

Konstanze Seiferth seufzte und fuhr sich erschöpft mit der Hand durchs Haar. »Natürlich tut es das.«

»Dann gibt es noch einen anderen Grund für Ihre Reaktion. Welchen?«

»Entschuldigung, aber das geht Sie nun wirklich nichts an.«

Lena beugte sich zu Konstanze. »Du kannst doch nicht ewig wegen dieser Geschichte vor fünf Jahren mit dir hadern«, drang sie auf ihre Ersatzmutter ein. »Du musst endlich mal einen neuen Versuch wagen.«

»Sei still, Lena!«

»Nein. Warum hältst du diese Fassade aufrecht? Du gibst deinem Mann, was er will und dich selbst mehr und mehr auf!«

Konstanze sah Lena düster an.

»Er hat dich in ein Gefängnis aus Selbstzweifel und Zaghaftigkeit gesperrt«, redete Lena weiter. »Ein Gefängnis, das ohne Mauern auskommt. Aus dem du nicht von anderen befreit werden kannst, sondern dich selbst befreien musst. Lass dich nicht länger einsperren, verdammt.«

Konstanze Seiferth schaute starr vor sich hin und schwieg.

Theresa war dem Wechselspiel der Gefühle in Konstanze Seiferths Gesicht gefolgt. Zum anfänglichen Widerstand hatte sich Niedergeschlagenheit gesellt, aber auch eine Spur Scham. In Verbindung mit der Körperhaltung sprach das eine deutliche Sprache. Alles in Konstanze Seiferth war Abwehr. Deshalb brach Theresa die Sache ab. »Ich finde, wir sollten akzeptieren, dass Frau Seiferth uns nicht einweihen will. Zumindest nicht hier und heute.«

Selinas Kopf wandte sich ruckartig Theresa zu. »Nein! Frau Seiferth ist durch ihren Mann eingeschüchtert. Das können wir nicht zulassen!«

»Sie *will* nicht, dass wir ihr helfen, Selina!«

»So ist es, Theresa.« Konstanze Seiferth erhob sich. »Danke, dass wenigstens Sie das akzeptieren.« An ihre Tochter und Selina gewandt, sagte sie: »Da ich nur hierher gelotst wurde, um von den zwei jungen Damen bearbeitet zu werden, verzichte ich auf meinen Cappuccino.« Sie ging mit einem Kopfschütteln.

Lena und Selina schauten sich an. Fast synchron drehten sich ihre Köpfe Richtung Theresa, die sich gleich doppeltem Vorwurf ausgesetzt sah. »Gut gemeint ist nicht immer gut getan«, verteidigte Theresa sich.

Lena seufzte. »Aber Konstanze ist unglücklich.«

»Und Vera auch«, ergänzte Selina.

»Ich verstehe Konstanze nicht«, murmelte Lena kopfschüttelnd. »Sie ist so eine taffe Frau. Warum bleibt sie bei diesem Ekel von Ehemann? Ich habe Angst, früher oder später macht sie eine Dummheit.«

Selina legte ihre Hand auf Lenas.

Theresa fing einen einmütigen Blick zwischen den beiden auf. Täuschte sie sich, oder leuchteten Selinas Augen mehr als sonst? »Also ich werde hier ja offensichtlich nicht mehr gebraucht«, brummte sie und erhob sich.

»Theresa?«, fragte Selina verwundert.

Theresa nickte kühl und ging. In ihrem Rücken hörte sie Selina fragen: »Was hat sie denn auf einmal?«

***

»Eines kann ich mit Gewissheit sagen«, Irene Bachmann hob die Hand wie zum Schwur. »In nächster Zukunft ist die einzige Bindung, die ich zulassen werde, die Ski-Bindung an meinem Fuß.«

Solche Art Beteuerungen hörte Theresa oft und nahm sie nicht besonders ernst. Zwar hielt sie ihre Mandantin nicht unbedingt für eine der Frauen, die beim Anblick eines Ringes gleich aus dem Häuschen gerieten, aber es lag in der Natur des Menschen, seine Fehler zu wiederholen. Davon war Theresa überzeugt.

»Diese Scheidung ist so deprimierend«, seufzte die Bachmann. »Wie kann etwas, das mit Schmetterlingen im Bauch beginnt, am Ende nur noch Übelkeit hervorrufen?«

Eine Frage für die andere Hälfte dieser Bürogemeinschaft, dachte Theresa. Sie suchte nicht die Antwort darauf, warum Menschen in der Ehe scheiterten. Sie sorgte dafür, dass das Fiasko endete, möglichst ohne Rosenkrieg.

»Apropos übel, machen Sie eigentlich nur Familienrecht?«, erkundigte sich Frau Bachmann.

»Warum fragen Sie?«

»Ich habe da noch ein anderes Problem.«

»Welcher Art?«

»Ich schlage mich seit gut einem Jahr mit einer Sache herum, von der ich nie für möglich gehalten hätte, dass sie mich einmal Nerven kostet. Dazu muss ich ein wenig ausholen. Haben Sie noch ein paar Minuten?«

Theresa nickte. Es war nicht einmal halb vier und sie erwartete heute keine Mandanten mehr. Noch lief ihr die Kundschaft nicht gerade die Bude ein. Also ja, sie hatte Zeit. Mehr als ihr lieb war.

»Wissen Sie, in meiner Freizeit schreibe ich ein wenig. Krimis in der Hauptsache. Mit ein bisschen Liebesschnulze dazu. Und veröffentliche das Ganze seit mittlerweile acht Jahren über einen kleinen Verlag namens *edition moments*.«

»Sie sind Autorin?«

»Hobbyautorin. Mein letztes Buch erschien vor etwa einem Jahr. In dem Zusammenhang fragte ich bei *moments* nach, wie es denn mit einer Honorarerhöhung aussähe. Immerhin hatte man seitens des Verlages mehrmals meine Zuverlässigkeit und die Qualität meiner Bücher gelobt. Da empfand ich es nach all der Zeit nicht als anmaßend, statt fünf Prozent Honorar zehn zu verlangen. Eher als lange fälliges Zeichen der Anerkennung.« Irene Bachmann zuckte mit den Schultern. »Die Antwort fiel schwülstig, aber dennoch negativ aus. Zusammengefasst: Wir sind ein kleiner Verlag … bla bla bla … haben Sie bitte Verständnis.«

Theresa überlegte, ob sie sich Notizen machen sollte. Aber falls Irene Bachmann sich versprach, dass eine Anwältin für sie eine Honorarerhöhung rausschlagen konnte, musste sie die Autorin enttäuschen.

Ihre Mandantin erzählte weiter. »Eigentlich mehr aus Neugier bat ich den Verlag nun vor ein paar Wochen, im Rahmen der Honorarabrechnung, um Einsicht in die Abrechnungsunterlagen. Erstmalig, nach acht Jahren!« Die Stimme der Hobbyautorin hob sich eine Nuance. »Aber dort benahm man sich komisch. Man versuchte, mich abzuwimmeln. Es ging hin und her. Zuerst sagte man mir, es wäre zu aufwendig. Also bot ich an, zusätzlich entstehende Kosten zu übernehmen. Dann sagte man, es läge am Datenschutz. Es könne nicht vermieden werden, dass ich bei der Einsicht auch Daten anderer Autoren sehen würde. Ich verwies auf die Erfindung des Schwarzstiftes und bot sogar an, eine eidesstattliche Erklärung abzugeben, die Daten absolut vertraulich zu behandeln. Dreimal dürfen Sie raten, wie die Antwort ausfiel.«

Theresa tat Irene Bachmann den Gefallen. Dazu brauchte es schließlich keine übernatürlichen Fähigkeiten. »Man lehnte ab.« Sie kramte in ihren gedanklichen Schubladen nach dem Verlagsgesetz. Zwar fehlte ihr gerade die Nummer des entsprechenden Paragrafen, in dem das Recht auf Einsicht in Abrechnungsunterlagen geregelt war, aber den würde sie dann nachschlagen. In Gedanken entwickelte Theresa schon mal ein Anschreiben an den Verlag.

Doch Irene Bachmann war noch nicht fertig. »Richtig. Man lehnte ab. Mit dem lapidaren Satz zum Abschluss: Bitte wenden Sie sich mit allen Fragen, die juristische Dinge betreffen, an unsere Anwältin.« Das Schnaufen der Autorin zeigte an, dass ihre Entrüstung entweder noch nicht verraucht oder bei der Erinnerung an den Vorfall sofort wieder präsent war. »Ich dachte, ich bin im falschen Film.«

»Und? Haben Sie sich an die Anwältin gewandt?«

»Allerdings. Wobei ich mich fragte, warum der Verlag, der ja nach eigener Aussage so klein und arm ist, wegen so einer Nichtigkeit eine teure Anwältin bemüht. Nehmen Sie es bitte nicht persönlich, aber zweihundertneunzig Euro pro Stunde, das ist ja kein Pappenstiel.«

Theresa lächelte schwach. »Ich weiß.« Aber die vielen

Jahre Studium, in denen eine werdende Anwältin von Bafög und Nebenjobs lebte, an die dachte niemand. Abgesehen davon, dass weder Veras Arbeitskraft noch der Stuhl, auf dem die Mandantin saß, umsonst waren. Ebenso wenig wie die, wenn auch bescheidenen, Räume hier. »Was hat die Anwältin Ihnen geantwortet?«, fragte sie nur.

Irene Bachmanns nächster Satz ging in einem markerschütternden, anhaltenden Schrei unter, der plötzlich in der Luft lag. Wütend machte sich eine Frauenstimme Luft: »Mir reicht´s! Ich kann nicht mehr! Ich mach nicht mehr mit!«

»Klingt nach neuer Kundschaft für Sie«, grinste die Bachmann.

Noch bevor Theresa etwas erwidern konnte, flog ein weiterer, diesmal wortloser Schrei durch die Luft.

»Entschuldigung«, murmelte Theresa, schob ihren Stuhl zurück und stand auf. Kopfschüttelnd marschierte sie durch den Flur in Selinas Praxis. Aus dem Therapieraum schallte es zum zweiten Mal: »Mir reicht´s! Ich mach nicht mehr mit!«

Theresas Hand drückte kurz, aber energisch die Klinke. Beim Anblick des Bildes, das sich ihr bot, vergaß sie allerdings, weswegen sie hergekommen war. Nämlich, um sich etwas mehr Rücksicht auszubitten.

Auf dem Boden lag, auf einer Isomatte, eine überaus zierliche Frau um die vierzig auf dem Rücken. Auf ihr ein Mann. Theresa schätzte sein Körpergewicht auf mindestens achtzig Kilo. Es sah aus, als würde er die Frau zerquetschen. Doch die Frau versuchte nicht, sich von ihm zu befreien. Nein, sie umarmte ihn und schrie: »MIR REICHT ES!«

»Theresa? Wir sind mitten in einer Therapie … die Sie stören«, vernahm sie Selinas verwunderte Stimme.

»Stören?« Theresa starrte immer noch auf das Paar am Boden. »Ich nahm an, hier bräuchte jemand Hilfe.«

Selina schmunzelte, kam zu Theresa und zog sie mit sich aus dem Raum. »Sie dürfen nicht einfach so in meinen Termin hereinplatzen.«

»Was um alles in der Welt machen die da?« Theresa warf

einen irritierten Blick zurück, bevor Selina die Tür schloss.

»Das ist eine Therapieform. Bonding. Kennen Sie das nicht?«

»Sollte ich?«

»Auf jeden Fall!« Selina machte eine Pause, bevor sie fast nachdenklich hinzusetzte: »Vermutlich würde es Ihnen auch helfen.«

»Mir?« Theresas Miene versteinerte zu einer einzigen Abwehr. »Ganz sicher nicht. Mir ist zwar auch manchmal zum Schreien, aber ich habe das im Griff.«

Selina trat dichter an Theresa heran. »Das ist genau das Problem. Sie sind immer so beherrscht, so distanziert.« Ihre Hand legte sich auf Theresas Arm. »Sie sollten wirklich einmal in Betracht ziehen, …«

»Nein, das ist ganz sicher nichts für mich«, verwehrte Theresa sich. Sie trat einen Schritt zurück, so dass Selina ihre Hand zurückzog. Für eine Sekunde bedauerte Theresa den Verlust der Wärme auf ihrem Arm.

»Das können Sie doch gar nicht wissen, wenn Sie die Methode nicht kennen«, lenkte Selina sie von dem Bedauern ab.

»Was ich gesehen habe, reicht mir.«

Selina lachte kurz auf. »Darüber sollten wir noch einmal reden«, meinte sie. »Ich muss jetzt wieder rein.« Damit schlüpfte sie zurück in den Therapieraum.

Theresa schaute ihr nach. »Bitte etwas leiser. Ich muss auch arbeiten«, rief sie. Doch die Tür war schon hinter Selina zugefallen.

Mit dem vagen Gefühl, von Selina nicht ernst genommen zu werden und einem nachdenklichen Blick auf ihren Arm, auf die Stelle, wo eben Selinas Hand lag, ging Theresa zurück in ihr Büro. Hier setzte sie sich wieder ihrer Mandantin gegenüber, um das Gespräch fortzusetzen. Welches sie noch einmal an welcher Stelle unterbrochen hatte?

»Was war denn?«, fragte Frau Bachmann.

Theresa blinzelte sie an und winkte ab. »Wo waren wir stehengeblieben«, fragte sie, da sie es nicht mehr zusammen bekam.

»Bei der Antwort der Verlagsanwältin. Die las sich so lang wie nichtssagend und zudem verdrehte sie den Sinn meiner Anfrage komplett.«

»Haben Sie das Schreiben dabei?«

»Nein.«

»Dann schicken Sie es mir per Mail. Ich sehe es mir an und melde mich bei Ihnen.«

»So machen wir es«, stimmte Irene Bachmann zu. Sie erhob sich und Theresa begleitete sie zum Ausgang.

An der anderen Tür verabschiedete Selina gerade das Isomatten Pärchen. Theresa nickte ihr zu.

»Küche? Kaffee?«, fragte Selina.

Theresa antwortete mit einer Mischung aus Nicken und Schulterzucken.

»Tut mir leid, wenn wir zu laut waren«, entschuldigte sich Selina kurz darauf und reichte Theresa eine Tasse Kaffee. »Eigentlich war das nicht so geplant. Sonst hätte ich Sie vorgewarnt. Normalerweise arbeite ich mit schwächeren Formen des Bondings. Denen, wo sich die Partner nur umarmen, oder an den Händen halten und dabei in die Augen sehen.«

»Beruhigend zu wissen«, brummte Theresa. Selinas forschender Blick behagte ihr nicht.

»Halten Sie mich für eine Spinnerin, Theresa?«

»Aber nein.«

»Sondern?«

»Was soll die Frage?«

»Was denken Sie über meine Arbeit? Das interessiert mich.«

»Ich habe viel zu wenig Einblick, um das beurteilen zu können«, wich Theresa aus.

»Genau das denke ich auch. Deshalb würde ich es Ihnen gerne erklären. Speziell die Therapie mittels Bondings.«

Theresa seufzte innerlich. »Bitte.« Ergab sie sich.

»Die Therapieteilnehmer verarbeiten ihre negativen Erfahrungen mit Hilfe emotionaler und körperlicher Nähe«, begann Selina. »Das Bedürfnis nach dieser Nähe besteht in jedem Menschen. Aber viele haben die Erfahrung gemacht, dass das Zeigen von Gefühlen zu negativen Folgen in der Gesellschaft führt. Wer sich im Job oder in der Familie zu Zorn hinreißen lässt, wird als aggressiv eingestuft. Wer Schmerz zeigt, ist ein Weichei. Man schämt sich und aus der Scham heraus, greift man zu Ersatzhandlungen. Zynismus ebenso wie distanzierte Nettigkeit. Der moderne Mensch befindet sich in einem Teufelskreis aus Sehnsucht, Hemmung, Vermeidung und Enttäuschung. Ich versuche den Teilnehmern einen Weg aus diesem Kreislauf zu zeigen, ihn zu unterbrechen. Und zwar durch das Erleben von Nähe. Durch das Vertrauen, das man schöpft. Das Vertrauen bildet die Grundlage, gemeinsam die Erfahrungen aufzuarbeiten.«

Theresa hatte aufmerksam zugehört. »Schöne Theorie, wirklich. Ich meine das ernst.«

»Ich höre ein Aber.«

»Das ist alles nichts für mich. Ich glaube nicht an so etwas.«

»Es geht nicht um Glauben, Theresa, sondern um Fühlen.« Selina breitete die Arme aus. »Versuchen Sie es doch einmal.«

Theresa bewegte sich keinen Zentimeter. Selina machte einen Schritt auf sie zu. Theresa wich sofort einen Schritt zurück.

Selina seufzte enttäuscht. »Schade. Sie geben sich keine Chance.« Sie ließ die Hände sinken. »Theresa, Sie sind sehr misstrauisch und distanziert. Und ich vermute auch unzufrieden. Sie stecken gefühlsmäßig in einer Sackgasse und gehören damit eigentlich genau zu den Leuten, für die diese Methode geeignet ist.«

Theresa schnaufte und stellte ihre Tasse geräuschvoll auf der Arbeitsplatte der Küchenzeile ab.

Selina stellte ihre Tasse daneben. Sie griff nach Theresas Hand. »Das sage ich doch nicht, um Sie zu ärgern.«

»Sondern?«

»Weil wir ein Team sind. Oder nicht?«

»Ein Team? Seit wann sind wir ein Team?«

»Ich habe es mir überlegt, Sie dürfen Ihre Visitenkarten bei mir aufstellen.«

»Wirklich?«, fragte Theresa verdattert.

»Und ich stelle meine bei Ihnen auf.«

Theresa schmunzelte. »Einverstanden.«

»Ich habe noch etwas für Sie, warten Sie kurz.« Selina eilte aus der Küche. Nur Sekunden später kam sie zurück und hielt einen roten Keramiktopf in der Hand, darin eingepflanzt ein Paar herzförmige Sukkulenten. »Als nachträgliches Begrüßungsgeschenk und Symbol für unsere kleine Gemeinschaft.« Selina reichte den Topf Theresa, die ihn verdattert entgegennahm.

»Und darf ich Sie zum Essen einladen? Morgen Abend? Bei mir zu Hause.«

Theresa hörte sich wie im Traum »Ja.« sagen. Dabei lehnte sie private Einladungen von Kollegen, Mandanten oder anderen Geschäftspartnern grundsätzlich ab. Sie hätte ein Buch voll mit Ausreden schreiben können und die hatte sie auch stets parat. Doch gerade eben, als Selina sie fragte, fiel ihr nicht eine einzige ein. Selina hatte sie überrumpelt.

KAPITEL 7

Theresa entschied sich für eine schwarze Stretch Jeans und eine lockere hellbraune Baumwollbluse, dazu ein Paar weiße Sneakers. Alles schlicht, in Kombination aber sportlich weiblich.

Und offensichtlich geeignet, Selina zu beeindrucken.

»Wow, Sie haben sich aber in Schale geschmissen«, begrüßte die ihren Gast.

Ihre Worte sorgten bei Theresa für ein Verlegenheitslächeln. »Sie sehen auch nicht schlecht aus.«

Selina lachte. »Ich bin doch noch gar nicht umgezogen. Sie sind etwas früh dran. Aber das macht nichts, dann passen Sie jetzt auf die Lasagne auf.« Selina übergab wie selbstverständlich ihre Küchenschürze an Theresa und verschwand mit den Worten »Nicht ohne mich anfangen.« hinter der verlängerten Wand der offenen Wohnküche, in der sich Theresa nun umschaute. Links von ihr ragte eine ganz in weiß gehaltene Küchenfront mit Einbaugeräten vom Fußboden bis zur Decke. Davor stand eine Kochinsel mit Arbeitstresen, über der eine Designer LED-Beleuchtung an einem Seilsystem lief. Quadratmetergroße beige Steinfliesen zogen sich über den gesamten Fußboden der Küche einschließlich Essbereich. In diesem standen ein Esstisch, dessen Glasplatte auf schlanken Metallfüßen stand, und sechs

Designerstühle vor der vollverglasten Außenfront, welche einen Rundumblick auf den Garten freigab. Theresa ließ ihren Blick schweifen.

»Wenn ich Glück habe, ist der Kredit für diese Aussicht in zwanzig Jahren abbezahlt«, vernahm sie irgendwann Selinas Stimme. »Was macht die Lasagne?«

»Oh, verflucht«, entfuhr es Theresa. Sie fuhr herum.

Selina lachte. »Keine Panik. Ich hatte den Ofen schon ausgeschaltet und sie der Restwärme überlassen.« Sie drehte sich einmal um sich selbst. »Und?«, fragte sie keck. »Jetzt noch mal. Ein Kompliment, und zwar nicht aus reiner Verlegenheit, sondern ein echtes!«

Theresa sah von den nackten Beinen, die aus den ausgefransten Hotpants ragten, hinauf zu dem T-Shirt mit V-Ausschnitt, welches Selinas Oberkörper figurbetont umrahmte. Sie räusperte den Kloss in ihrem Hals so gut weg, wie es ging. Dennoch klang es ziemlich krächzend, als sie fragte: »Was haben Sie vor?«

»Wenn Sie schon so direkt fragen. Lena und ich, wir haben einen Plan! Sie muss auch jeden Moment kommen.«

»Was?« Eben noch von einer heißen Woge überrollt, erwischte es Theresa eiskalt. »Was für einen Plan?«, quetschte sie hervor. *Wieso Lena?*

»In Sachen Vera und Konstanze!«

Selinas folgende Sätze rauschten an Theresas Ohren vorbei, ohne dass sie etwas aufnahm. Sie musste erst aus dem Loch herauskrabbeln, in das sie gerade gefallen war und dazu brauchte sie alle Sinne.

Was, Theresa? Hast du etwa gedacht, dieser ganze Aufwand gilt dir?

Theresa wusste es nicht. Ebenso wenig gelang es ihr, die Frage zu beantworten, was sie überhaupt gedacht hatte, warum Selina sie einlud. Die Frage geisterte schon den ganzen Tag in ihrem Kopf herum und sie hatte sie jedes Mal vor sich hergeschoben. Um am Ende zu beschließen, dass es gar keinen besonderen Grund gab. Jetzt musste Theresa allerdings feststellen, dass sie *gehofft* hatte, der Grund sei sie und die Tatsache, dass sich diese Hoffnung als falsch erwies, machte ihr mächtig zu schaffen.

Sie schüttelte über sich selbst den Kopf und begegnete Selinas fragenden Blick, aus dem sie schloss, dass die auf eine Antwort wartete.

»Sie denken immer noch, wir sollten uns da nicht einmischen, stimmts?«, fragte Selina. Sie interpretierte Theresas Schweigen als Ablehnung.

Theresa nickte, wenn sie auch nicht im Detail wusste, wozu. Sie stand noch am Rand des Loches und war dabei sich zu schütteln.

»Waren Sie eigentlich schon immer so desillusioniert, oder bringt das der Beruf mit sich?« Selinas Stimme klang gereizt. Doch sie bedauerte den Vorwurf umgehend. »Entschuldigung, das wollte ich so nicht sagen. Es ist nur, Sie sind so … so … ich kann nicht verstehen, wie man mit so einer Sicht auf die Menschen überhaupt seines Lebens froh werden kann. Ich denke, man kann es gar nicht, deshalb tut es mir leid für Sie.«

Oh, super, ich tue ihr leid. Das wird immer besser.

Das Klingeln an der Tür hielt Theresa von einer Unmutsbekundung ab. Selina ging, um zu öffnen.

Lena nahm beim Anblick der Gastgeberin kein Blatt vor den Mund. »Alter Schwede, siehst du knackig aus.« Ihre Augen glitten ungeniert einmal an Selina hinab und wieder hinauf. Dann nickte sie Theresa zu. »Hallo, wie geht´s?«

Eine Frage, auf welche nach Theresas Überzeugung kein Fragesteller jemals eine ehrliche Antwort erhalten wollte. Weshalb sie sie auch stets überging.

»Du kommst gerade richtig«, sagte Selina. »Die Lasagne ist fertig. Hilf mir mal mit den Tellern. Theresa machen Sie den Rotwein auf?« Sie öffnete eine Schublade, aus der sie den Korkenzieher holte und direkt neben die Flasche legte, welche auf dem Tresen stand.

Stumm griff sich Theresa beides.

Selina öffnete einen der Hängeschränke und zeigte Lena die Teller. Für sich selbst förderte sie aus einer weiteren

Schublade zwei Handschuhtopflappen zu Tage und öffnete die Ofenklappe.

Der Duft von Lasagne strömte durch den Raum. Er entlockte Lena ein vorfreudiges »Hmmmm. Was ist da drin?«

»Broccoli, Kochschinken und viel Käse natürlich«, gab Selina bereitwillig Auskunft.

Theresa ließ den Korken aus der Flasche fluppen. »Gläser?«, fragte sie dabei. »Wo finde ich die?«

Selina deutete mit dem Küchenwender in der Hand auf eine Schranktür hinter ihrem Rücken. Dann stach sie in die Lasagne und begann, diese auf die Teller zu verteilen. Keine Minute später saßen die drei Frauen am Esstisch und prosteten einander zu.

»Danke für die Einladung«, sagte Lena.

»Ja, vielen Dank«, schloss Theresa sich an.

»Hoffentlich schmeckt´s auch«, meinte Selina.

Lena nahm den ersten Bissen, wedelte sofort mit der Hand vor dem Mund herum und bestätigte prompt. »Sehr lecker.«

Theresa vermutete, insbesondere da Lena hastig zum Weinglas griff, dass sie sich die Zunge verbrannt hatte, bei dem Versuch, der Gastgeberin das Kompliment als erste zu machen. *Geschieht dir recht*, dachte sie innerlich grollend und ließ ihren ersten Bissen noch etwas auf der Gabel schweben, bevor auch sie kostete. Der Broccoli war bissfest und der Kontrast zu Käse und Kochschinken für Theresas Gaumen ein Genuss. »Wunderbar«, murmelte sie. »Das Rezept kenne ich noch nicht.«

»Ich kann Ihnen den Link von der Seite mailen, wo ich es gefunden habe«, bot Selina an.

Lena grinste plötzlich breit. »Sagt mal, ist das euer Ernst? Warum siezt ihr euch?«

Theresa und Selina sahen einander an.

Selina zuckte mit den Schultern. »Das hat sich einfach so ergeben.«

»Und ihr habt das Bedürfnis, das beizubehalten?«

»Ich glaube schon«, meinte Selina.

Theresa verstand die Worte so, dass Selina ihr die Entscheidung überließ. Zumindest dachte sie das im ersten Moment. Dann zweifelte sie. Wahrscheinlich war es tatsächlich so, dass Selina die Distanz begrüßte. »Aber ich nicht.«

Daran, dass Selinas rechte Augenbraue erstaunt hochhüpfte, erkannte Theresa, dass sie die Worte nicht nur gedacht, sondern auch ausgesprochen hatte. »Das überrascht Sie … dich?«

Selina schmunzelte. »Es freut mich.« Sie hob ihr Glas, wobei sie Theresa im Auge behielt. »Was ist mit dem guten alten Freundschaftskuss?« Ihre Stimme ließ keinen Zweifel, dass sie Theresa aufzog.

Dennoch klopfte Theresas Herz schneller. Der Gedanke, Selinas Lippen mit ihren zu berühren, verursachte ein unerwartetes Kribbeln in ihrem Bauch.

»So, wie sie dich anstarrt, würde sie dich am liebsten auffressen«, kicherte Lena.

»Das ist Entsetzen«, gluckste Selina.

»Das ist Gier«, schwor Lena.

Theresa stand auf, machte die zwei Schritte um den Tisch herum, zu Selinas Platz, und beugte sich zu ihr hinunter. »Eigentlich ist es *Neu*gier«, wisperte sie dicht neben Selinas Ohr. Wenn die dachte, auf ihre Kosten Witzchen machen zu können … *das kann ich auch.*

Das Kribbeln in Theresas Bauch breitete sich bis in ihre Fingerspitzen aus, die sie jetzt unter Selinas Kinn legte. Sie hob es gerade so weit an, dass ihre Lippen Selinas Mund berühren konnten.

Selina hielt still.

Theresa wollte ursprünglich nicht mehr als eine Andeutung machen. Doch aus der flüchtigen Berührung wurde ein sinnliches Innehalten. Ihre Lippen hingen an Selinas und wollten sich irgendwie nicht lösen. Es war Selina, die zurückzog.

Sofort unterbrach auch Theresa die Berührung. Sie setzte sich und konzentrierte sich darauf, ein Räuspern zu unterdrücken. Betont lässig schob sie sich ein Broccoli Röschen in den Mund. »Auf jeden Fall will ich das Rezept für diese Lasagne«, sagte sie, als wäre nichts passiert. Im Grunde war es das auch nicht. Obwohl Lena ihr gerade einen langen Blick zuwarf.

Selina kämpfte sichtlich mit ihrer Verwirrung. »Äh … was? Ach so, … klar.«

»Und was ist das nun für ein Plan, den ihr zwei ausgeheckt habt?«, lenkte Theresa das Gespräch auf das eigentliche Thema des Abends. »Ich gebe nur schon einmal zu bedenken, dass ihr weder von Vera noch von Konstanze für eure Einmischung Blumen erwarten solltet. Und wozu braucht ihr mich eigentlich dabei?«

»Der Plan ist, dass Lena uns nächsten Mittwoch alle zu ihrer Geburtstagsparty einlädt«, erklärte Selina. »Konstanze wird natürlich auch da sein, also treffen Vera und sie unweigerlich aufeinander. Sie werden miteinander reden und … na ja, auf so einer Party kann viel passieren.«

»Das soll ein Plan sein? Für mich klingt das eher nach dem Prinzip Hoffnung«, meinte Theresa. »Was, wenn die beiden sich einfach aus dem Weg gehen? Ihr könnt sie schlecht zusammen irgendwo einsperren.«

»Das wäre dann Plan B«, sagte Lena, und wie es Theresa schien, mit vollem Ernst.

»Ihr wisst natürlich, dass das Freiheitsberaubung wäre«, sah sie sich veranlasst zu erinnern. »Aber noch einmal: Wozu braucht ihr mich?«

Sie richtete ihre Frage an Lena und Selina, doch auch Lena sah Selina fragend an. »Ja, das habe ich auch nicht verstanden. Wir brauchen sie doch eigentlich gar nicht. Die Sache mit der Eifersucht ist durch.«

»Vera soll doch vorher nicht wissen, dass Konstanze auch auf deiner Party ist. Sie soll denken, du hast mich eingeladen und ich darf mitbringen, wen ich will. Ich bitte also Vera mitzukommen, damit sie auf andere Gedanken kommt. Und damit sie nicht sagen kann, sie kennt außer mir niemand auf dieser Party, nehmen wir Theresa mit.«

»Ach so, hm, verstehe.«

Theresa konnte sich des Gefühls nicht erwehren, dass Lena ihre Anwesenheit auf der Party lieber verhindert hätte.

»Außerdem möchte ich Theresa gerne dabeihaben«, setzte Selina hinzu. »Ich mag sie und fühle mich besser, wenn sie da ist.«

Theresa vergaß bei Selinas letztem Satz weiter zu kauen. Sie war einerseits froh, dass Selina die Worte zu Lena und nicht zu ihr gesagt hatte. Also erwartete Selina wohl kaum, dass sie sie fragte, wie sie das meinte. Andererseits hätte Theresa doch zu gerne genau das gewusst. Und, *ja verdammt*, sie freute sich über Selinas Worte. Bis zu diesem Moment hatte Theresa geglaubt, Selina sah in ihr jemanden, den sie *auf den rechten Weg* bringen wollte. Dem war offenbar nicht so. Zumindest nicht nur. *Es gibt nicht besonders viele Menschen, die mir sagen, wenn auch indirekt, dass sie mich mögen.* Bei Selina kam hinzu, dass Theresa diese Worte nicht als hohle Phrase empfand. Zwar machte Selina aus ihrem Herzen generell keine Mördergrube, aber sie ging mit ihren Worten auch nicht leichtfertig um. Das glaubte Theresa trotz der kurzen Zeit, die sie Selina erst kannte, sagen zu können.

Theresa gestand sich ein, bisher hatte sie Selinas warmherzige Art für naiv und ein Anzeichen von Schwäche gehalten. Mehr oder weniger herablassend hatte sie auf die Leute geschaut, die in Selinas Praxis Hilfe suchten. Doch jetzt erfuhr sie selbst, wie Selinas schlichtes Geständnis sie wärmte. Sie fühlte sich von einem Moment zum nächsten entspannt und sicher. Das nur wegen ein paar netter Worte. Was würde erst eine Berührung von Selina bei ihr erreichen, eine Umarmung … ein richtiger Kuss?

Stopp Theresa!

Wohin führten sie ihre Gedanken da?

Ich werde doch nicht ernsthaft wegen einer kleinen Nettigkeit gefühlsduselig?

Theresa schüttelte sich innerlich einmal kurz. Lenas Stimme kehrte irgendwo aus weiter Ferne in ihr Bewusstsein zurück. »… in der Cocktailbar am Preußischen Eck. Ich habe die Bar für den Abend gemietet. Ein Freund von mir legt etwas Musik auf. Es gibt auch ein Nebenzimmer mit zwei Billardtischen.«

Selina griff zur Weinflasche, schenkte erst Theresa, dann Lena und schließlich sich selbst nach. Wieder einmal spürte Theresa ihren fragenden Blick auf sich ruhen. »Ja also, meinetwegen. Dann komme ich eben mit«, brummte sie.

Selina schüttelte den Kopf wie jemand, der es nach endloser Diskussion aufgab, sein Gegenüber zu verstehen. Theresa beschlich das Gefühl, dass Selina irgendetwas anderes von ihr erwartet hatte, aber was? Plötzlich fühlte sie sich gar nicht mehr sicher, sondern eher so, als würde sie auf dünnem Eis laufen. Verwirrt stellte Theresa fest, dass Selina bei ihr heute Abend für ein ständiges Auf und Ab der Gefühle sorgte. Und wenn sie darüber nachdachte, hatte dieses Auf und Ab schon viel früher begonnen, nämlich von dem Moment an, da sie sich kennenlernten.

Ich muss aufpassen, dass das nicht überhandnimmt.

KAPITEL 8

Theresas Blick wanderte immer wieder zu dem silberfarbenen Federanhänger der Lederkette, der genau in der kleinen Kuhle zwischen Selinas Schlüsselbeinen lag. Offenbar hielt Selinas Kleiderschrank ein breites Repertoire an enganliegenden T-Shirts vorrätig. Das heutige war khakifarben und steckte in einer weißen Stretch Jeans mit dreiviertel Beinen. Des braunen schmalen Gürtels im Bund hätte es sicher nicht bedurft, aber er verlieh Selinas Aussehen zusätzlichen Chick.

»Wo bleibt Vera nur? Sie wird sich doch nicht drücken wollen?« Selina nippte an ihrem Mineralwasser und setzte das Glas zurück auf den Esstisch, neben dem sie stand.

Theresa lehnte an der Kücheninsel und schaute auf die Uhr. »Es ist erst halb acht. Wir kommen noch früh genug. Oder hast du Angst, dass das Buffet leer geplündert sein wird?«

»Ich denke, Lenas Mutter wird darauf achten, dass sich auf der Geburtstagsfeier kein Gast über mangelnde Bewirtung beklagen kann. Nachdem was Lena mir erzählt hat, gibt Konstanze das Geld gerne und reichlich aus, schon allein um ihren Mann zu ärgern.«

»Was hat sie denn noch so erzählt? Wie kam es zum Beispiel dazu, dass Frau Seiferth sich eines fremden Kindes annahm?«

»Konstanze ist schon sehr lange ehrenamtliches Mitglied in einem Kuratorium eines kirchlichen Vereins, welcher ein Kindeheim betreibt. Und zwar für Kinder, deren Eltern auf die schiefe Bahn geraten sind, Drogen- oder Alkoholprobleme haben oder beides.«

»Warum hat sie sich gerade das ausgesucht?«, wollte Theresa wissen.

»Sie hat das Amt von ihrer Mutter übernommen.«

»Und warum Lena?«

»Das ist eine längere Geschichte. Sie beginnt an einem dieser gut durchorganisierten jährlichen Festtage, an denen man den Kindern wenigstens für ein paar Stunden heile Welt vorgaukelt. Die Eltern sind eingeladen, die meisten kommen auch und versuchen ihr Bestes. Sie bringen Geschenke mit und spielen mit ihren Sprösslingen, im Beisein der Betreuer natürlich. Lenas Erinnerung an diesen Tag ist die an Eltern, die sturzbetrunken ins Heim kamen und nachmittags um zwei aussahen, als wären sie gerade erst aufgestanden. Konstanze stellte sich zwischen ihnen und ihre Tochter, welcher aus Scham Tränen in den Augen standen. Es kam zu einem Gerangel. Lenas Vater langte einmal ordentlich hin und schlug Konstanze ins Gesicht. Sie schlug zurück und wich keinen Zentimeter. Der Vater begann zu toben und wurde von der Polizei abgeholt. Die Mutter jammerte erst, dann schrie sie hysterisch herum. Am Ende verließ sie das Haus zusammen mit der Polizei und ihrem Mann.«

»Das muss ein Albtraum für Lena gewesen sein.«

»Ja. Aber das Schlimmste war, so hat es Konstanze Lena später erzählt, als der Spuk vorbei war und sie versuchte, dem Mädchen zu erklären, dass ihre Eltern krank seien, die Zehnjährige mit dem Kopf schüttelte und sagte: Die sind nicht krank, die sind nur immer besoffen.«

»So lernten sie sich kennen?«

Selina nickte. »Konstanze versuchte in der Folgezeit einiges, den Eltern wieder auf die Beine zu helfen. Sie besorgte ihnen einen Therapieplatz für den Entzug. Der

Vater brach nach drei Wochen ab, aber die Mutter schien tatsächlich auf einem guten Weg zu sein. Konstanze versprach, ihr eine Wohnung zu besorgen und sie finanziell zu unterstützen, wenn sie sich von ihrem Mann trennte. Sie willigte ein. Doch eines Tages, als Konstanze Lenas Mutter in der neuen Wohnung besuchte, öffnete Lenas Vater die Tür und lallte ihr etwas von Versöhnung vor. Es war klar, dass die Mutter bald wieder im Kreislauf aus Alkohol und Gewalt stecken würde. Konstanze machte einen Deal mit den beiden. Sie gab ihnen monatlich fünfhundert Euro, solange sie sich nicht im Heim sehen ließen. Die Eltern nahmen den Deal an. Und Konstanze nahm Lena unter ihre Fittiche.«

»Wann hat Konstanze Lena erzählt, dass ihre Eltern sie quasi verkauft haben?«

»Gar nicht. Natürlich hatte Konstanze Angst vor Lenas Reaktion. Es kam aber doch heraus. Nach zwei Jahren wurde der Vater nämlich gierig, oder sein Hirn war endgültig vom Alkohol weggespült, jedenfalls stand er eines Tages im Heim und wollte Konstanze sprechen. Als man ihm sagte, sie sei nicht da, wurde er laut. Er ließe sich nicht abwimmeln und auch nicht länger mit Kleingeld abspeisen. Er wolle das Doppelte pro Monat. Die Heimleitung rief Konstanze an und schilderte ihr das Ganze. Man fragte sie natürlich, was da los sei. Als sie zum Heim kam, saß Lena auf einer Bank neben dem Eingang und wartete schon auf sie. Sie empfing Konstanze mit den Worten: Du zahlst dem Arschloch keinen Cent mehr. Da war sie dreizehn. Krass, oder?«

»Ja, aber eigentlich hat Lena doch Glück gehabt.«

»Das sagt sie auch. Konstanze ist für Lena das, was einer Mutter am nächsten kommt und gleichzeitig ihre beste Freundin. Lena glaubt, dass umgekehrt Konstanze sie brauchte, um jemanden zu haben, für den sie da sein konnte. In ihrer Ehe lief es wohl schon damals nicht gut. Und eigene Kinder hatte sie auch nicht.«

»Das hat Lena dir alles erzählt?«

»Ja, warum nicht?«

»Ihr kennt euch doch kaum.«

»Indem man sich so etwas erzählt, lernt man sich kennen.«

»Aha, und was hast du ihr über dich erzählt?«

»Das möchtest du jetzt gerne wissen, was?«

Ja, eigentlich interessiert es mich viel brennender als Lenas Schicksal. Auch wenn es mich nicht kalt lässt.

Selina lächelte. »Ich habe ihr von mir und Franziska erzählt. Und weil sie nicht gleich sarkastisch wurde, hat sie mehr erfahren als du.«

Theresa nahm die symbolische Backpfeife mit zusammengepressten Lippen entgegen.

Mit einem Blick auf die Uhr murmelte Selina: »Wo Vera nur bleibt. Ich rufe sie an.« Sie nahm ihr Handy, strich ein paar Mal über das Display und hob es ans Ohr. »Du bist spät dran«, sagte sie nach einer Weile und lauschte. »Nein, Vera. … Nein! … Wir kommen zu dir und holen dich ab. Zieh dich um, los.«

Selina ließ ihr Handy zurück in die Tasche gleiten. »Sie will sich drücken. Komm, wir fahren zu ihr.« –

Eine Stunde später betraten sie zu dritt die Cocktailbar am Preußischen Eck. Lena kam sofort auf sie zu, umarmte erst Selina, dann Vera und schließlich Theresa. »Schön, dass ihr gekommen seid.«

»Lena ist die Freundin, die Geburtstag hat?« Vera sah ihre Nichte vorwurfsvoll an. »Was soll das, Selina?«

»Was soll was?«, stellte Selina sich dumm.

Vera schaute sich um. »Ist Konstanze auch hier?«

»Ja«, sagte Theresa. Wozu leugnen?

»Weiß sie, dass ihr mich hergeschleppt habt?«

»Nein.«

»Doch«, sagte Lena da. »Jetzt schon. Sie schaut her.«

Drei Augenpaare blickten in die Richtung, in welche Lena sah. Konstanze Seiferth stand mit einem jungen Pärchen zusammen, doch sie nahm an deren Gespräch nicht mehr teil. Noch zögerte sie, überlegte. Doch dann schritt sie auf die Neuankömmlinge zu.

»Was soll das schon wieder, Lena?«, fiel ihre Reaktion ähnlich harsch aus wie die Veras.

»Die Mädchen versuchen, ein wenig Schicksal zu spielen«, klärte Vera die Situation auf. »Ich wusste nicht, dass ich dich hier treffe. Aber … ich freue mich.«

Konstanze Seiferth war offensichtlich überrascht über Veras letzten drei Worte. Der Unmut in ihrer Stimme war verflogen, als sie sagte: »Ich freue mich auch.«

»Wenn ich nun schon die Gelegenheit habe, möchte ich mich bei dir entschuldigen … für die Ohrfeige.« Vera kam ins Stammeln. »Ich war so … enttäuscht, … dass du mich so schnell ersetzt hast. Das dachte ich zumindest …« Sie brach ab.

Für ihr Geständnis erntete sie ein sanftes Lächeln von Konstanze. »Da gibt es nichts zu entschuldigen. Immerhin weiß ich jetzt, dass ich dir nicht so egal bin, wie ich dachte.«

»Du mir egal? Wie kommst du denn darauf?«, platzte es aus Vera heraus.

Konstanze legte ihre Hand auf Veras Arm. »Vielleicht besprechen wir das lieber mit weniger Publikum?«

Vera ging mit ihr mit.

Lena boxte Selina in die Seite. »Na, wer sagt´s denn«, triumphierte sie leise. Woraufhin Selina ihr verschmitzt zuzwinkerte. Lena fasste Selinas Hand. »Komm, lass uns tanzen.«

Und schon stand Theresa allein da. »Hauptsache alle sind zufrieden«, murmelte sie vor sich hin und ging zur Bar. »Was ist denn der beliebteste Drink heute Abend?«, erkundigte sie sich beim Barkeeper.

»Caipi.«

»Nehme ich auch.« Sie lehnte sich mit dem Rücken gegen den Tresen und ließ den Blick durch den Raum schweifen. Er blieb schnell an Selina und Lena hängen, die im Takt zu Lambada Rhythmen Hüften und Arme schwangen. Lena tanzte Selina dabei ziemlich dicht an. Ihre beiden Körper trennte nur noch ein Hauch von Luft.

Theresa wandte sich abrupt wieder dem Barmann zu. Der schob ihr den bestellten Drink zu. »Wohl bekomm's.«

Das Eis klapperte im Glas während Theresa am Strohhalm

sog. Sie ermahnte sich, nicht über die Schulter zu sehen. Doch es war wie ein Zwang. Erst bewegte sich nur Theresas Kopf, dann auch ihre Schulter, schließlich ihr ganzer Oberkörper.

Die Musik ging jetzt in sanfte Klänge über. Selina schlang ihre Hände um Lenas Hals. Lenas Hände legten sich auf Selinas Hüften. Lena erzählte Selina irgendetwas und Selina schmunzelte.

Theresa ertappte sich dabei, wie sie die Stirn in Falten legte. Sie riss den Blick von den beiden los und suchte Vera. Die stand zusammen mit Konstanze Seiferth etwas abseits der Tanzfläche, nahe eines zwei Meter hohen und ausladenden Ficus Benjamini, der die Frauen halb verdeckte. Veras Finger streichelten zärtlich das Gesicht ihrer Geliebten. Jetzt beugte sie sich vor und flüsterte Konstanze Seiferth etwas ins Ohr, was die mit einem sanften Lächeln quittierte.

Überall pure Harmonie. Wozu sollte ich eigentlich mitkommen? Ich habe hier nichts verloren.

Theresa kam sich absolut überflüssig vor. Sie drehte sich zum Tresen und stocherte mit dem Strohhalm auf den Limettenstückchen in ihrem Drink herum. Etwas in ihr rumorte. Doch warum konnte sie nicht sagen. Schnell bestand der erste Caipi nur noch aus ausgefranster Limette und Eiswürfeln. Theresa nahm Augenkontakt zum Barkeeper auf und wies mit dem Zeigefinger auf ihr Glas. »Noch einen.«

Es vergingen keine zwei Minuten und ein neuer Drink stand vor Theresa. *Den noch und dann verschwinde ich von hier. Es ist Mittwochabend und morgen musst ich schließlich fit sein.* Doch allzu eilig hatte Theresa es damit dann auch nicht. Sie rührte in ihrem Glas herum und wartete, dass das Eis etwas schmolz.

»Wie schmeckt der Drink?«, fragte Selinas fröhliche Stimme plötzlich neben ihr.

»Super.«

»Warum siehst du dann so grimmig auf ihn nieder?«

Theresa sah Selina an. »Tue ich doch gar nicht.«

»Magst du mit mir tanzen?« Selina lächelte. »Allerdings muss ich dich warnen. Es könnte passieren, dass ich dich dabei umarme. Und damit hast du es ja nicht so. Ich schwöre, ich hege dabei keinerlei therapeutischen Hintergedanken.« Ihr Lächeln breitete sich zu einem frechen Grienen aus.

»Sondern welche?«

»Vielleicht mag ich dich einfach nur. Obwohl du eine Brummbärin bist. Und wenn ich jemanden mag, komme ich demjenigen auch mal näher.«

Theresa konnte sich nicht zurückhalten. »Dann magst du Lena wohl sehr. Ihr beide habt förmlich aneinandergeklebt.« *Selbst wenn, was geht es dich an, Theresa?*

»Das klingt fast so, als würde dich das stören«, erwiderte Selina prompt.

»Wieso sollte es?«

»Keine Ahnung, sag du es mir.«

»Es stört mich nicht.« *Doch Theresa, genau das tut es!*

»Worüber reden wir dann?«

»Dummes Zeug«, brummte Theresa. Sie drückte sich vom Bartresen ab. »Also los, komm.«

Selina drückte ihre beiden Hände ans Herz und säuselte theaterreif: »Welche Frau könnte einer solch charmanten Aufforderung wiederstehen.«

Theresa lächelte säuerlich.

Auf der Tanzfläche setzte Selina ihre »Drohung« in die Tat um. Sie legte den linken Arm um Theresa und griff mit der rechten Hand deren Linke. »Jetzt mach endlich ein anderes Gesicht«, forderte sie dabei. »Man könnte meinen, du bist hier, um eine Strafe abzubüßen.« Sie gab Theresa einen leichten Schubs.

Theresa legte automatisch ihre rechte Hand um Selina und folgte deren Bewegungen zur Tanzmusik. Anfangs noch etwas steif, entspannte sie sich nach den ersten gemeinsamen Schritten und Drehungen zunehmend.

»Na siehst du, geht doch«, meinte Selina und wirbelte Theresa eine extra Runde mit sich herum. »Und tut auch gar nicht weh, oder? Wenn du jetzt noch die Mundwinkel ein klein wenig anhebst, verdoppelt das den Spaß. Versuch es doch mal.«

Theresa konnte nicht anders. Sie musste lächeln. »Warum habe ich gerade das Gefühl, dass du mich nicht ernst nimmst?«

»Weil es stimmt. Du nimmst dich selbst schon so ernst, da muss ich einfach gegenhalten. Ich fühle mich geradezu dazu verpflichtet.«

»Wieso?«

»Weil ich will, dass du mehr Spaß im Leben hast«, verkündete Selina zu Theresas Erstaunen.

»Ich habe genug Spaß«, versicherte sie.

»Nein, hast du nicht«, widersprach Selina. »Du bist überwiegend mürrisch und schlecht gelaunt. Das muss aufhören.«

»Ich bin, wie ich bin«, wehrte Theresa ab, nun schon wieder pikiert.

»Was spräche dagegen, dich auf ein Experiment einzulassen? Nur zehn Stunden Therapie in meiner Praxis würden dir helfen, positiver in die Welt zu blicken«, war Selina sich sicher. »Gratisstunden selbstredend. Von Freunden nehme ich kein Geld.«

»Wieso sagst du das eigentlich immer wieder?«

»Was?«

Theresa rollte mit den Augen. »Du weißt schon.«

»Dass ich dich mag und als meine Freundin betrachte? Ist dir das unangenehm?«

»Nein … aber …«, *es ist irritierend und …*, »… ich habe nichts dafür getan.«

»Kennst du das Wort Vertrauensvorschuss?«, fragte Selina.

»Natürlich.«

»Ich glaube, dass ist der Punkt, in dem wir uns grundlegend unterscheiden. Dein Vertrauen muss man sich verdienen. Meines hingegen, erhält jeder, von dem ich denke, dass er es wert ist. Wir sind zwar nicht immer einer Meinung, aber du hast das Herz am richtigen Fleck. Du verdienst es, eine Freundin zu haben.«

Theresas Verblüffung nach dieser Erklärung stand ihr im Gesicht geschrieben. »Und deshalb hast du beschlossen, diese Freundin zu sein?«

»So in etwa. Und sobald du dich darauf einlässt, wirst du sehen, dass es dir besser geht.« Selinas Stimme strotzte vor Überzeugung.

»Das ist absurd.«

»Probiere es doch erst einmal aus, bevor du es ablehnst.«

»Wie soll man denn eine Freundschaft ausprobieren? So etwas muss wachsen.«

»Ganz recht. Mit ausprobieren, meine ich die Therapie.«

Was das anging, hatte Theresa eine klare Meinung: »Vergiss es! Never ever!«

KAPITEL 9

War sie zu schroff gewesen? Die Frage stellte sich Theresa mehr als einmal. Selina vermied es offenbar, ihr über den Weg zu laufen. Tat sie es doch, gab sie sich wenig gesprächsfreudig. Sie wiederholte ihr Angebot vom Abend der Geburtstagsparty mit keiner Silbe. Was untypisch für sie war. Ebenso untypisch, wie beleidigt zu sein. Was gegen die Vermutung sprach, dass Selina Theresa die Ablehnung übelnahm. Aber wenn es das nicht war, was war dann mit Selina los?

Die Stimme ihrer Mandantin drängte sich in Theresas Gedanken. Theresa rief sich zur Ordnung, weil sie Irene Bachmann nicht ihre volle Aufmerksamkeit widmete. Es war der letzte Termin am heutigen Freitagnachmittag. Frau Bachmann hatte es vorgezogen, doch selbst vorbeizukommen. Sie brachte nicht nur den Brief der Verlagsanwältin mit, sondern einen Leitzordner mit ausgedruckten E-Mail, welche zwischen ihr und dem Verlag hin und hergegangen waren. Aus dem Brief las sie vor.

»... haben Sie gebeten, Einsicht in die Ihrer Honorarabrechnung zugrunde gelegten Unterlagen zu erhalten. Selbstverständlich steht Ihnen dieses Einsichtsrecht grundsätzlich zu. Allerdings wird es modifiziert durch eine Abwägung zwischen Aufwand und Nutzen.« Irene Bachmann unterbrach sich. Sie sah von dem Schreiben auf zu ihrer Anwältin. »Wie gesagt, ich hatte bereits angeboten, den Aufwand zu bezahlen. Und der Nutzen liegt ja auf der Hand. Vertrauen.«

»Die Kollegin versucht sich in fantasievoller Auslegung der Paragrafen«, meinte Theresa gelassen. So etwas gehörte schlichtweg zum Geschäft. »Ein Scheinargument, nichts weiter.«

Irene Bachmann nickte zufrieden und las weiter. »Mein Mandant hat Ihnen bereits dargelegt, dass die Einsicht in die Unterlagen äußerst aufwendig ist.« Die Autorin unterbrach sich erneut. »Das kann wohl nicht aufwendiger sein als die Abrechnung selbst. Alle Daten liegen schon vor, man soll mir nur *Einsicht* gewähren.« Sie rümpfte die Nase und schnaufte kurz. Ihr Blick richtete sich erneut auf den Brief. »Insofern ist nach dem Nutzen Ihrerseits zu fragen. Sie haben bisher ordnungsgemäße Honorarrechnungen erhalten.« Die Autorin ließ ein frustriertes »Tzzzzz« vernehmen. Kopfschüttelnd las sie weiter. »Sollten Sie diesbezügliche konkrete Fragen zu den dort aufgelisteten Zahlen haben, wird mein Mandant gerne bereit sein, Ihnen diese zu beantworten, wie er es auch bisher schon getan hat.« Sie legte den Brief auf den schmalen Leitzordner, der vor Theresa auf dem Schreibtisch lag. »Niemand hat mir auch nur eine *einzige* Frage beantwortet«, betonte sie dabei. »Die reichen mich herum und ignorieren jedes meiner Argumente.«

Theresa nahm den Brief in die Hand. »Ich soll dem Verlag also schreiben, und Ihrer Forderung nach Einsicht in die Abrechnungsunterlagen Nachdruck verleihen?«

»Das wäre Punkt Nummer eins. Die Story geht noch weiter.«

»Lassen Sie hören.«

»Um der Sache ein Ende zu setzen, fuhr ich zum Verlag«, berichtete Irene Bachmann nun. »Was keine kurze Reise war, von Berlin bis nahe der französischen Grenze. Aber ich nahm sie in Kauf. Ich dachte, bin ich einmal da, können sie mich ja schlecht abwimmeln. Aber, große Überraschung, an der

Verlagsadresse, wie sie in meinen Verträgen und Honorarabrechnungen steht, existiert kein Verlag.«

»Oh«, entfuhr es Theresa. Das war eine Überraschung. »Sind Sie sicher?«

»So sicher, wie ich Sie hier vor mir sitzen sehe, war dort nichts, was auf einen Verlag schließen ließ. Drei Briefkästen. Aber an keinem der Name des Verlages.«

»Aber die Adresse steht auf der Homepage von *edition moments*?«, versicherte sich Theresa.

»Nein. Da steht schon lange nichts mehr. Nur eine E-Mailadresse. Und die Situation wird auch nicht klarer, wenn man sich den Verlags-Webshop ansieht. Glaubt man dem, was dort steht, sitzt der Verlag im Ausland, in Italien. Ich frage mich, was das alles soll.«

Das konnte Theresa nachvollziehen.

Irene Bachmann klopfte jetzt mit dem Zeigefinger auf den Leitzordner. »Ich habe *moments* um Aufklärung zu dem ganzen Adressenzauber gebeten. Nicht, dass ich ernsthaft mit einer Antwort gerechnet hätte. Und ich bekam auch keine.« Ihre Hand fuhr einmal waagerecht durch die Luft. »Für mich ist an der Stelle Schluss. Ich weiß nicht, wie es Ihnen dabei geht, wenn Sie das hören. Ich für meinen Teil ziehe es vor, meine Zusammenarbeit mit dem Verlag zu beenden.«

»Es geht also nicht mehr um die Einsicht in die Abrechnungsunterlagen?«, forschte Theresa.

»Nein. Ich möchte, dass Sie *moments* mitteilen, dass mein Vertrauen in den Verlag auf Grund der Kommunikation und der Umstände leider grundlegend zerstört ist und damit auch die Basis einer Zusammenarbeit. Ich werde meine Romane künftig selbst veröffentlichen«, erklärte Irene Bachmann fest. »Spricht aus Ihrer Sicht etwas dagegen?«

»Natürlich nicht. Liegen Ihre Verträge den Unterlagen bei?«

Irene Bachmann nickte.

»Gut«, sagte Theresa. »Ich werde ein Schreiben aufsetzen und es Ihnen zumailen, bevor ich es an dem Verlag schicke.«

»Danke.« Frau Bachmann erhob sich und reichte Theresa

die Hand. »Ich finde es traurig, dass es so weit kommen muss. Aber ich weiß mir nicht anders zu helfen, als Sie zu bitten diesen Brief zu schreiben. Mich lässt man unentwegt auflaufen. Allein komme ich also nicht weiter.«

»Das bekommen wir schon hin.«

»Scheuen Sie sich nicht, Worte wie Scheinfirma und Verweigerungstaktik zu verwenden. Und lassen Sie keinen Zweifel daran, dass ich nie wieder einen Vertrag bei *moments* unterschreiben werde.«

»Dazu kann Sie auch niemand zwingen.«

Irene Bachmann verließ das Büro.

Theresa beschloss, sich einen Kaffee zu gönnen, bevor sie den Brief entwarf. Auf dem Weg in die Küche spürte sie ein Kribbeln im Bauch wachsen. Enttäuschung machte sich in ihr breit, als sie dort ankam und die Küche war leer. *Warum, Theresa? Die Thermoskanne steht doch auf dem Tisch.* Und beim Anheben erwies sie sich sogar noch als etwa halb voll.

Sie holte sich einen Kaffeebecher und goss ein. Nach dem ersten Schluck hielt sie inne, griff einen zweiten Becher und füllte auch ihn. Ihr Tasse in der linken Hand, die andere in der rechten, ging sie zu Selina in die Praxis. Selina saß in ihrem Büro und starrte auf den Bildschirm ihres Computers. Dem Ausdruck in ihrem Gesicht nach zu urteilen, schwankte sie zwischen Verwunderung und Ratlosigkeit.

»Ich bringe dir einen Kaffee.« Theresa hob die rechte Hand und stellte die Tasse vor Selina ab.

»Danke.« Selina seufzte.

»Schlechte Nachricht?«, fragte Theresa, weil sie davon ausging, dass Selina vielleicht eine Mail las. Sie zog sich einen Stuhl heran und setzte sich.

»Zumindest unerwartete Nachricht«, erwiderte Selina.

Theresa fragte nicht weiter. Sie wollte nicht neugierig wirken.

»Franziska hat geschrieben.«, eröffnete ihr Selina jedoch ganz von selbst.

Bei dem Namen klingelte etwas in Theresas Erinnerung. *Oh, doch nicht* … »Die Franziska, deren Büro ich jetzt habe?«

»Genau die.«

»Was will sie denn?«

»Sich entschuldigen, bei einem gemeinsamen Abendessen. Morgen Abend.«

»Ach herrje«, konnte sich Theresa nicht verkneifen. *Samstag. Der klassische Ausgehabend.*

»Soll ich hingehen? Ich denke schon seit zwei Tagen darüber nach.«

Dann war das der Grund für Selinas verändertes Verhalten? Diese Frage beschäftigte sie? Aber es gab nur eine sinnvolle Antwort. NEIN! Theresa verstand nicht, dass Selina darüber nachdachte. Sie selbst würde keine Sekunde zögern und ablehnen. Alles andere endete doch nur in einer neuen Enttäuschung. »Franziska will sich nicht nur entschuldigen.« So viel stand für Theresa fest. »Sie will mehr.«

»Mit mehr meinst du, mich wieder zurück?« Selina blinzelte unsicher.

»Warum sonst das Abendessen? Entschuldigen kann sie sich auch einfacher.«

»Franziska hat immer Wert daraufgelegt, den Dingen die Bedeutung beizumessen, die sie verdienen. Das war eine Seite von ihr, die ich sehr mochte. Wir haben uns in einer Gärtnerei kennengelernt. Ich wollte ein paar Pflanzen für den Garten meiner Eltern kaufen. Franziska stand plötzlich neben mir und bot mir an, mir ihre Lieblingsblumen zu zeigen. Sie hatte mich beobachtet, wie ich ziellos durch die endlosen Reihen der Stauden und Sträucher streifte. Sie sagte, dass eine Blume neben ihrer Schönheit vor allem durch ihre Zerbrechlichkeit auf sich aufmerksam mache. Das Verblühen erinnere sie daran, sich mehr Zeit zu nehmen, die Schönheit zu würdigen.«

»Offenbar konnte sie aber nicht erkennen, dass sie mit dir jemanden an ihrer Seite hatte, der noch viel schöner und mindestens ebenso zerbrechlich ist, wie eine Blume.« Die Worte purzelten Theresa einfach so aus dem Mund.

Selina lächelte warm. »Danke. Das hast du schön gesagt.«

Theresa blickte angestrengt in ihren Kaffeebecher.

»Du rätst mir also, ich soll die Einladung ablehnen?«, fragte Selina.

Ja, natürlich! , rief es in Theresa. Doch ein Blick in Selinas Gesicht, ließ sie sich zügeln. Hier war Fingerspitzengefühl angesagt. *Nicht deine Stärke, Theresa. Aber je strikter du ihr zur Ablehnung rätst, umso wahrscheinlicher erreichst du genau das Gegenteil.*

»Um dir zu raten, müsste ich mehr wissen. Zum Beispiel ob du Franziska noch liebst und bereit wärst, ihr eine zweite Chance zu geben.« *Die diese Frau ganz sicher nicht verdient hat!*

»Meine Gefühle für sie sind ja nicht plötzlich verschwunden, nur weil sie weg ist. Und hat nicht jeder eine zweite Chance verdient?«

Auch wenn Theresa etwas in der Art erwartet hatte, schlug ihr die Antwort doch auf den Magen. »Du würdest Franziska zurücknehmen, obwohl sie dich betrogen hat?«

»Sie bereut es.«

»Ja. Bis zum nächsten Mal!«

»Da spricht wieder die Scheidungsanwältin aus dir.«

»Die schon hundert Mal ähnliche Geschichten gehört hat«, argumentierte Theresa. »Ein Seitensprung bleibt keine einmalige Sache. Das sagt die Erfahrung.«

Selina nahm ihr den Wind aus den Segeln. »Weil nur die Paare zu dir kommen, die auch die zweite Chance vergeigt haben.«

Theresa biss sich auf die Unterlippe und fluchte stumm. Diese Art Diskussion zu führen, würde nichts bringen. Sie machte einen tiefen Atemzug. »Das hört sich für mich an, als hättest du dich schon entschieden.«

»Ja, ich glaube auch. Ich werde hingehen.«

»Bitte, wenn du dich unbedingt schlecht fühlen willst«, murmelte Theresa.

»Wenn du recht behältst, werde ich mich an deiner Schulter ausheulen. Aber sei dann so gut, verkneif dir alles, in Richtung: Ich habe es ja gleich gesagt.«

Theresa verzog das Gesicht. »Du verlangst Unmögliches.«

»Du bist Anwältin und hast schon schwierigeres

bewältigt«, erwiderte Selina überzeugt.

Theresa schüttelte unzufrieden den Kopf. Aber was sollte sie tun? Auf Selina einreden und versuchen, sie umzustimmen? Das konnte nur zu einem Streit führen. Dem wollte sie sich nicht aussetzen. Also wechselte sie das Thema. »Apropos schwierig. Warum läuft Vera immer noch mit Trauermiene herum? Haben sie und Konstanze sich nicht versöhnt?«

Selina seufzte. »Sie haben zwar die Missverständnisse zwischen sich aus dem Weg räumen können, aber mehr leider nicht. Vera sagt, Konstanze schließt die Scheidung nach wie vor aus. Und sie will nicht darüber sprechen wieso.«

»Der klassische Stillstand also.«

»Bedauerlicherweise.«

»Tja, da kann man nichts machen.«

»Ich weiß nicht.«

Theresa hob die Augenbrauen. »Was meinst du damit denn schon wieder, um Gottes willen.«

»Es muss doch rauszufinden sein, was Konstanze Seiferth an ihren Mann bindet. Liebe ist es jedenfalls nicht.«

»Ganz egal was es ist, Selina. Uns geht das nichts an«, erinnerte Theresa.

Selina winkte ab. »Die Diskussion hatten wir schon einmal und du kennst meine Meinung dazu.«

Für Theresa war das zu viel. »Mir scheint, du bist ebenso stur wie naiv!« Damit erhob sie sich und verließ Selinas Büro.

KAPITEL 10

Montagmorgen. Der Wind zerrte an Theresas Mantel. Regen ergoss sich aus schweren dunklen Wolken über die Stadt. Theresa hielt den Regenschirm wie ein Schild vor sich, während sie von ihrem Wagen zum Hauseingang eilte. Hier stieß sie mit jemandem zusammen. »Sorry«, rief sie.

»Guten Morgen!« Selina lachte und schüttelte sich. »Von wegen Wonnemonat Mai. Das reinste Aprilwetter ist das.«

Sie gingen gemeinsam die Treppe hoch.

Wenig später trafen sie sich in der Küche wieder. Theresa sah zu, wie Selina die Kaffeemaschine bediente. Selina pfiff nicht und summte nicht. Auch sonst konnte Theresa kein Anzeichen ausmachen, dass Selina wie auf Wolken schwebte oder abwesend war. Sie gab die richtige Anzahl Kaffeelöffel in den Filter, füllte konzentriert das Wasser in den Behälter und vergaß nicht einzuschalten. Hieß das, Selina und Franziska hatten nicht … miteinander … geschlafen? Theresa konnte nicht einmal den Gedanken fassen, ohne Widerwillen zu spüren. Sie platze vor Neugier darüber, wie der Abend zwischen Selina und Franziska verlaufen war. Direkt danach fragen wollte Theresa allerdings nicht.

»Bitte«, Selina reichte Theresa eine Tasse Kaffee. Ihre Finger berührten sich flüchtig.

»Danke.« Theresa schaute auf die Uhr.

»Termin?«, forschte Selina.

»In einer Stunde. Außerhalb. Eine neue Mandantin.«

»Deine Kanzlei läuft gut an?«

»Geht so. Die Miete bringt es ein, keine Sorge.«

Selina hob ihre Tasse an den Mund und trank einen Schluck. »Warum bist du immer so?«, murmelte sie über den Rand.

Der ratlose Klang in Selinas Stimme überraschte Theresa. Sie hatte doch nur einen Scherz gemacht. Welche Laus war Selina über die Leber gelaufen, dass sie so ernst reagierte?

Jetzt winkte Selina ab. »Ich weiß, ich bin zu sensibel. Heute gleich zweimal. Entschuldige.«

Heute gleich zweimal? Was bedeutete das? Lief der Abend mit Franziska nicht so, wie Selina erwartet hatte? Bekamen sie sich in die Haare? Statt, wie Selina wohl hoffte, der Beziehung neues Leben einzuhauchen.

Theresa senkte den Blick. Sie wollte nicht in Selinas Augen sehen, wenn in deren Glanz die Sehnsucht nach Franziska stand. »Ich muss dann mal los«, sagte sie leise. »Mein Termin.«

Selina reagierte nur mit einem Nicken.

Theresa stellte die Kaffeetasse auf den Tisch. »Weißt du, wo Vera bleibt?«, fragte sie noch. »Normalerweise ist sie um acht da. Jetzt ist es schon halb neun durch.«

»Bestimmt hat sie nur verschlafen«, meinte Selina uninteressiert.

»Ja, vermutlich.« Theresa stand unentschlossen da. »Also dann …« Wartete Selina vielleicht darauf, dass sie sich bei ihr nach dem Verlauf des Abends erkundigte?

Doch Selina wedelte mit der Hand Richtung Tür. »Lass dich nicht aufhalten.«

***

Wie sich herausstellte, handelte es sich bei der Adresse der neuen Mandantin um ein Geschäft, einen Weinhandel. Marlies Reuter führte Theresa direkt eine Treppe hinab in den Keller, während sie von ihrer Ehe erzählte und dem Ende, welches sie nun beschlossen hatte. Sie tippte einige Ziffern auf einem Display neben einer Stahltür und drückte nach kurzem Summton die Klinke.

Kühle schlug Theresa entgegen. Marlies Reuter schob sie in den kleinen Kellerraum und schloss hinter ihnen die Tür.

Mit den Gedanken immer noch nicht ganz bei der Sache, hörte Theresa Marlies Reuter sagen, dass sie die Weinsammlung während der über zwanzig Jahre dauernden Ehe als privates Hobby angelegt hatte. Diese habe nichts mit dem gemeinsamen Weingeschäft zu tun, welches sie über die Jahre mit ihrem Mann betrieben hatte und das durch die anstehende Scheidung natürlich zu bewerten und dieser Wert aufzuteilen sei. Die Weinsammlung hingegen, stehe ihr allein zu. Oder?

»Ich fürchte, dass der Richter dafür die Rechnungen sehen will, welche die Käufe belegen. Diese sollten von einem Konto bezahlt sein, welches nur auf Ihren Namen lief. Anderenfalls wird es schwierig.«

»Aber die Käufe liegen teilweise Jahre, sogar Jahrzehnte zurück. Die Rechnungen habe ich nicht alle aufgehoben, nur die Zertifikate.«

»Haben Sie mit Freunden über die Sammlung gesprochen. Kann jemand bestätigen, dass die im Bestand befindlichen Weine allein Ihrer Auswahl zu verdanken sind?«

Frau Reuter bekam große Augen. »Ich weiß nicht, vielleicht andere Sammler, mit denen ich über die Jahre natürlich Verbindung hatte.«

»Das wäre auf jeden Fall hilfreich.«

»Sie machen mir aber nicht viel Mut.«

Theresa wollte ihrer Mandantin nicht sagen, dass Richter schon in klareren Fällen Entscheidungen trafen, in denen eine solche Sammlung nicht als Hobby durchging, insbesondere da Beruf und Hobby so nahe zusammenlagen. »Geht es Ihrem Mann um die Weine oder um den Wert?«

»Um Wein ist es dem noch nie gegangen.« Marlies Reuter strich mit der Hand fast zärtlich über einige der dunklen

Glasbäuche. »Er hat nicht mich, sondern das Geschäft meines Vaters geheiratet. Nur wusste ich das bei der Heirat noch nicht. Da hing für mich der Himmel noch voller Geigen. Die sind mir aber in den Jahren alle nach und nach auf den Kopf gefallen.«

Theresa kommentierte diese Lebenserfahrung nicht weiter. Stattdessen schlug sie vor: »Sie sollten versuchen herauszufinden, ob er bereit ist, einen Ehevertrag abzuschließen.«

»Jetzt? Vor der Scheidung?«, wunderte Frau Reuter sich.

»Geben Sie Ihrem Mann etwas, das er will und sichern sich im Gegenzug zum Beispiel Ihre Weinsammlung. Finden Sie einen Weg, einen für beide Seiten akzeptablen Kompromiss. So ersparen Sie sich den Prozess um den finanziellen Ausgleich.«

»Hm.« Frau Reuter dachte nach. »Vielleicht eine Überlegung wert. Ich bin diejenige, die den Laden weiterführen wird. Ich werde keine finanzielle Not leiden. Mein Mann hingegen will noch einmal sein Leben genießen, wie er es nennt. Weil er das ja bei mir nie konnte, sagt der Idiot.«

»Das klingt als wäre eine schnelle Lösung möglich. Sie haben sicher einen Steuerberater, der eine Vermögensaufstellung für Sie machen kann?«

»Natürlich. Aber er ist auch der Steuerberater meines Mannes«, gab die Noch-Ehefrau zu bedenken.

»Das macht nichts. Im Gegenteil«, beruhigte Theresa sie.

»Gut, dann bitte ich Sie hiermit, mich in meiner Scheidung zu vertreten. Und wenn der ein Ehevertrag vorangehen soll, auch gut.«

Theresa ließ die neue Mandantin das Vollmachtsformular unterschreiben und verabschiedete sich.

Sie kam gegen halb elf wieder in der Kanzlei an. Veras Büro war immer noch verwaist. Theresa versuchte, sie auf dem Handy zu erreichen. Vergeblich.

Sie ging rüber zu Selina. Ihre Bürotür stand offen. »Hat Vera sich gemeldet?«, fragte Theresa.

»Nicht bei mir.«

»Seltsam.«

Selina runzelte die Stirn. »Ja. Vielleicht fahre ich in der Mittagspause mal bei ihr zu Hause vorbei, um nachzusehen.«

»Gute Idee.«

Theresa wandte sich zum Gehen.

»Glaubst du wirklich, dass eine Beziehung einen Seitensprung nicht überlebt … nicht überleben sollte?«, fragte Selina zaghaft.

Theresa drehte sich langsam um. »Ja.«

»Aber jeder macht doch mal einen Fehler.«

»Ein Seitensprung ist nicht einfach nur ein Fehler. Es ist *der* Vertrauensbruch schlechthin. Wenn die betrogene Seite behauptet, darüber hinwegsehen zu können, belügt sie sich selbst.« Eindringlich fügte Theresa hinzu: »Das müsstest du doch am besten wissen, schon von Berufs wegen.«

»Ich weiß, dass es Möglichkeiten gibt, damit umzugehen.«

»Allein dieses Wort, Seitensprung, ist eine Lüge«, schnaufte Theresa. »Es klingt viel zu harmlos. Wie ein Klingelstreich. Es müsste mindestens Seiten*schlag* heißen, eigentlich *Tief*schlag. Auch bekannt als unfaires Foul.«

»Du hast schon recht. Aber vergisst du nicht etwas.«

»Was denn?«

Selinas Augen schimmerten dunkel. »Man kann einander auf so viele Arten wehtun. Und leider kommt es in Beziehungen häufig vor, dass man einander verletzt. Ohne die Fähigkeit zu verzeihen, geht es einfach nicht.«

»Du vergisst auch etwas?«, erwiderte Theresa.

»Und was?«

»Es muss eine Grenze geben.«

Selina seufzte. Sie setzte zu einer Antwort an. Doch in diesem Moment schlug eine Tür im anderen Teil der Bürogemeinschaft zu. Jemand schnaufte.

»Theresa?!«

»Vera!«, erkannte Selina.

Theresa eilte in ihren Teil der Räume. Hinter sich vernahm sie Selinas Schritte.

»Theresa, entschuldige!«, japste Vera. Sie hielt sich die Seiten und rang nach Luft. »Ich … du …« Sie brach ab, außer Atem vom schnellen Lauf die Treppen hinauf.

Theresa verkniff sich ein »Wieso kommst du so spät?« Sowieso erklärte Vera alles ganz von sich aus. Zumindest sprudelte eine Flut von Worten aus ihrem Mund, die sie wohl für eine Erklärung hielt. »Erst ging alles gut. Ich habe einfach gesagt, ich bin ihre Frau und die Ärztin ließ mich zu ihr. Aber dann kam ihr Ehemann, der sich, im Gegensatz zu mir, nicht die geringsten Sorgen um sie macht, und hat mich aus ihrem Zimmer bugsiert.«

»Vera, langsam!«, versuchte Theresa sie zu beruhigen. Vera kam also vom Krankenhaus. So viel konnte Theresa sich zusammenreimen. »Was genau ist passiert?«

»Konstanze hatte einen Autounfall. Sie liegt auf der Intensivstation.«

Selina drückte sich an Theresa vorbei und nahm Vera in die Arme. »Das ist ja schrecklich.«

»Und ich bin schuld. Ich habe Konstanze überredet, zu mir zu kommen. Dabei sagte sie, sie sei müde.« Vera brach ab und schluckte. »Warum mache ich nur immer alles falsch …« Sie lag mit aschfahlem Gesicht in den Armen ihrer Nichte. »Du musst mir helfen, Theresa«, flehte sie schwach. »Sie müssen mich wieder zu Konstanze lassen.«

Selina schob ihre Tante vor sich her in den Therapieraum und nötigte sie auf das Sofa. »Jetzt beruhige dich erst einmal, Vera. Ich hole dir ein Glas Wasser.« Sie eilte in die Küche.

»Ich kann mich nicht beruhigen.« Vera wollte vom Sofa aufspringen, doch Theresa drückte sie nieder und setzte sich neben sie.

»Doch, du kannst.« Theresa sprach mit sanfter Stimme. »Wie sagen wir immer? Aufregung ist …« Ihr Blick forderte Vera auf, den Satz zu beenden.

»… der beste Freund der Gegenseite.«

»So ist es.«

»Das sagt sich leicht, wenn man nur Beobachter ist.« Veras Stimme zitterte.

Selina kam zurück und drückte ihr das mitgebrachte Wasserglas in die Hände. »Trink!«

Vera tat es.

»Durchatmen«, flüsterte Selina.

Vera versuchte es zumindest. »Ich finde keine Ruhe, wenn ich Konstanze nicht sehen kann.«

»Das wirst du. Keine Sorge«, versprach Theresa.

Vera stellte das Glas ab. »Ich bin schuld«, wiederholte sie. »Ich hätte Konstanze nicht drängen sollen.«

Theresa dachte an das Zusammentreffen mir Konstanze Seiferth im Café und schüttelte den Kopf. »Ich glaube, diese Frau lässt sich zu nichts drängen, was sie nicht will.«

Selina setzte sich neben Vera auf die noch freie Seite.

Vera seufzte. »Auf den ersten Blick scheint es so, aber … nein. Konstanze ist sehr zerbrechlich. Und sie hat ein schlechtes Gewissen mir gegenüber. Ich habe das ausgenutzt. Und prompt die Quittung für meinen Egoismus kassiert. Diese Nacht war die schlimmste, die ich je erlebt habe.«

Selina nahm Veras Hände in ihre und drückte sie fest. »Du kannst nichts für den Unfall«, redete sie ihrer Tante gut zu.

»Nachdem wir miteinander telefoniert hatten, habe ich eine dreiviertel Stunde auf Konstanze gewartet. Dann versuchte ich, sie zu erreichen«, schilderte Vera jetzt den Verlauf der Nacht. »Konstanze ist nicht der Mensch, der schnell seine Meinung ändert. Sie ging aber nicht mehr an ihr Handy. Da ahnte ich schon, dass etwas passiert sein musste. Ich versuchte es alle halbe Stunde erneut. Vergeblich.« Vera schloss kurz die Augen und öffnete sie wieder. »Heute Morgen gegen sieben klingelte endlich mein Handy. Es war Konstanzes Nummer, aber nicht ihre Stimme. Ich habe Konstanze immer gesagt, es sei leichtsinnig, keine PIN auf ihrem Handy zu benutzen, aber nun war es ein Glück. Die Ärztin am anderen Ende meinte, mein Name stände ungefähr zwanzig Mal im Anrufverlauf der letzten Nacht, also ging sie davon aus, dass ihre Patientin mir nahesteht. Ich fuhr sofort ins Krankenhaus. Als ich ankam, hatte man ihr gerade ein Beruhigungsmittel gegeben und sie schlief.«

Selina stellte die bange Frage, die auch Theresa auf der Zunge lag. »Wie schlimm ist es?«

»Prellungen und ein schweres Schädeltrauma.« Ein Schluchzen zerriss Veras Stimme. »Und wenn sie aufwacht, kann ich nicht bei ihr sein, weil Seiferth das Krankenhauspersonal angewiesen hat, mich nicht mehr zu ihr zu lassen.«

»Seit wann weiß er denn von dir und Konstanze?«, wunderte Theresa sich. Und bereute ihre Frage sofort.

Vera stöhnte. »Oh Gott. Konstanze sagte, er hat mitbekommen, dass sie jemanden hat, aber nicht wen. Willst du damit sagen, die beiden haben sich deswegen gestritten, bevor Konstanze losgefahren ist?«

»Das ist doch reine Spekulation«, brummte Theresa.

Vera schien sie nicht zu hören. »Ich sag es ja. Das ist alles meine Schuld. Egal was ihr sagt, ich *fühle* mich schuldig, versteht ihr?«

Selina streichelte Veras Hand.

Theresas und Selinas Augen trafen sich. Natürlich verstanden sie. Und beide wollten sie Vera helfen. Aber wie?

***

Vera war vor Erschöpfung auf dem Sofa eingeschlafen. Und mit Hilfe einiger Baldriantropfen im Glas, wie Selina Theresa soeben gestanden hatte. Sie saßen in der Küche.

»Ich habe gar nicht gefragt, ob Lena schon Bescheid weiß«, murmelte Selina. »Am besten, ich rufe sie mal an. Vielleicht kann sie mit Vera ins Krankenhaus gehen und ...« Selina hielt inne, weil Theresa abwinkte.

»Lena ist nicht die leibliche Tochter«, erinnerte Theresa. »Seiferth hat garantiert *sehr* genaue Order gegeben.«

»Und wie willst du dann dafür sorgen, dass Vera Konstanze sehen kann?«

»Ich weiß noch nicht.«

Selina blickte überrascht. »Aber du sagtest ...?«

»Auch ich bin von der Geschichte etwas überrollt

worden«, gestand Theresa. »Ich wollte Vera einfach nur beruhigen.« Sie grinste schief. »Aber ich bekomme das schon hin. Anwälte sind schließlich bekannt dafür, anderen das Wort im Mund herumzudrehen. Frag Lena, wann sie ins Krankenhaus fährt, Vera und ich treffen sie dann dort.«

Selina stand auf. Theresa beobachtete, wie Selina um den Tisch auf sie zukam. Jetzt beugte Selina sich zu ihr herab und küsste ihre Wange. »Danke«, flüsterte sie in Theresas Ohr. Warmer Atem streifte Theresas Haut. Selina richtete sich wieder auf. »Ich geh kurz telefonieren.«

Allein in der Küche strich Theresa versonnen mit den Fingern über ihre Wange.

Was war das?

Eine Geste der Dankbarkeit, Theresa. So etwas tun Freundinnen.

Allerdings keine, die Theresa bisher kannte. Nicht, dass es besonders viele wären. Theresa wusste nur zu gut, dass sie mit ihrer direkten Art oft aneckte. Und sie nahm sich kaum Zeit für Small Talk. Das brachte ihr den Ruf ein, verschlossen zu sein.

Selina ließ sich von alldem nicht abschrecken.

Sie ist so ganz anders. Irritierend anders. Angenehm irritierend.

»Lena geht nicht ans Handy.« Selina kam zurück in die Küche. »Ich habe ihr eine WhatsApp geschickt.«

Theresa nickte stumm.

Selina legte den Kopf leicht schräg. »Ist alles in Ordnung mit dir?«

Warum? Sehe ich so aus, als ob es das nicht wäre?

»Ja, ja, alles gut«, murmelte Theresa.

»Wirklich? Du siehst erschöpft aus.«

»Keine Spur. Drama ist mein Leben, ich bin schließlich Scheidungsanwältin. Alles gut, wirklich«, versicherte Theresa.

»Vera muss sich furchtbar fühlen.« Selina fuhr sich mit einer hilflosen Geste durchs Haar. »Vorher schon und jetzt erst recht.«

»Vera kommt schon klar.« Davon war Theresa überzeugt. Konstanzes Unfall traf Vera natürlich und zog ihr im Moment den Boden unter den Füßen weg. Aber bald würde sie wieder fest auf ihm stehen.

»Ich denke, es ist besser, wenn ich heute Nacht bei Vera schlafe«, überlegte Selina leise.

»Sofern sie sich einen Meter vom Krankenhaus wegbewegt«, meinte Theresa.

»Ja, das natürlich vorausgesetzt. Vermutlich wird es nicht leicht, sie dazu zu bewegen.« Selina lehnte an der Arbeitsplatte der Küchenzeile, starrte auf ihre Füße und seufzte tief durch.

Ihr niedergeschlagener Anblick brachte Theresa dazu aufzustehen. Sie machte einen Schritt auf Selina zu und … zögerte. Doch dann tat sie, wozu sie aufgestanden war, und nahm Selina in die Arme. »Es hilft Vera doch schon, zu wissen, dass du für sie da bist«, flüsterte sie in Selinas Ohr. Sie strich sanft Selinas Rücken.

Auf einmal drängte sich der Gedanke in Theresas Kopf, wie sie sich fühlen würde, wenn Selina im Krankenhaus läge, man sie nicht zu ihr ließe und kein Arzt ihr eine Auskunft geben würde, wie es um Selina stand. Automatisch zog sie Selina fester in ihre Arme.

Der nächste Gedanke war noch unangenehmer.

Selina würde wohl kaum dich an ihrem Krankenbett erwarten, wenn sie aufwacht. Da kommen andere vor dir. Lena und auch Franziska.

Theresa schob Selina vorsichtig von sich weg. Doch die überraschte sie mit den Worten: »Noch nicht, bitte, halt mich noch einen Moment.«

Unsicher legte Theresa erneut ihre Arme um Selina. Die gewohnte Befangenheit kehrte zurück. Selinas gehauchtes »Danke.« sorgte nur dafür, dass Theresa sich versteifte. Und offenbar blieb Selina die Veränderung nicht verborgen. Sie atmete einmal tief durch, bevor sie sich von Theresa löste. »Entschuldige, ich dachte, es wäre in Ordnung für dich«, murmelte sie.

»Das ist es auch.« Theresa verfluchte ihre verdammte Unsicherheit. Es war wie verhext. Immer wenn Selina ihr näherkam, wurde sie nervös und dann kam so etwas dabei heraus.

In Selinas Büro klingelte ein Handy. Sie eilte dorthin. Schon nach zwei Minuten hörte Theresa Selinas Schritte zurückkommen.

»Lena saß in einer Vorlesung. Sie macht sich auf den Weg ins Krankenhaus.«

Theresa nickte. »Dann wecke ich Vera und wir fahren auch los.« Sie zögerte eine Sekunde. »Selina?«

»Ja?«

»Ich weiß, dass ich manchmal … ziemlich oft … abweisend wirke. Das ist nicht meine Absicht. Ich …«

»Schon gut«, Selina lächelte beruhigend. »Du musst nichts erklären.«

Aber Theresa wollte es. Sie wollte nicht mit dem Gefühl losfahren, Selina verletzt zu haben. »Das eben war keine Abwehr, das war Nervosität«, gestand sie hilflos. »Ich will nur, dass du das weißt.«

»Was macht dich denn so nervös?«, fragte Selina leise.

»Nicht was. Wer«, erwiderte Theresa. »Du!« Sie wartete Selinas Reaktion nicht ab. Hastig setzte sie ein »Bis später.« hinzu und drückte sich an Selina vorbei aus der Küche. Sie hatte es plötzlich sehr eilig.

***

Das Gespräch mit der Stationsärztin verlief erstaunlich unkompliziert. Die Krankenschwester, welche Vera von der Station verwies, habe sich von Herrn Seiferth, der sehr bestimmend gewesen sei, überfahren lassen, räumte die Ärztin ein. Frau Seiferth habe in der Zwischenzeit nach Frau Rotschild gefragt und natürlich könne die sie besuchen.

Dass Seiferth das Krankenhaus bereits wieder verlassen hatte, kam Theresa natürlich entgegen. Anderenfalls hätte es vermutlich trotzdem eine nervenzerrende Diskussion gegeben. Nicht, weil Seiferth sich um seine Frau sorgte. Sondern weil sein Ego als Macho Qualen litt, nun wo er wusste, wer sein »Nebenbuhler« war.

Theresa fuhr zur Kanzlei zurück, fand auf Anhieb eine

einladend große Parklücke und stellte ihren Wagen ab. Mit jedem Schritt, der sie dem gletscherblauen Altbau näherbrachte, fühlte sie ihr Herz schneller schlagen. Es war aber nicht die Aufregung dieses Vormittags, die ihren Puls beschleunigte. Es war die Erinnerung an ihr Gestammel, mit dem sie sich vorhin von Selina verabschiedet hatte. Was, wenn Selina sie jetzt darauf ansprach?

Mit mulmigem Gefühl drückte Theresa die Türklinke der Eingangstür zur Kanzlei hinunter. Leise schlüpfte sie in ihr Büro. Sie saß noch nicht richtig in ihrem Bürosessel, da näherten sich schon Schritte vom Flur.

Es klopfte an die Tür.

»Komm rein«, rief Theresa. Sie überlegte, ob sie sich beschäftigt geben sollte, während Selina in den Besucherstuhl vor dem Schreibtisch sank. Aber Selina würde sie durchschauen.

»Ein Herr Paschke war hier«, berichtete Selina.

»Mist«, fluchte Theresa leise. »Den habe ich ganz vergessen.«

»Ich habe ihm gesagt, du musstest zu einem Notfall. Er wird später anrufen.«

»Danke«, murmelte Theresa.

Selina schlug ein Bein über das andere. Eine klare Geste, dass sie nicht beabsichtigte, den Raum zu verlassen.

Sie wartete.

Theresa suchte ihr Heil in einer Ablenkung. »Ich habe Vera gesagt, sie soll sich den Rest des Tages frei nehmen. Morgen will ich sie dann wieder mit einem Lächeln im Gesicht sehen.«

Ein armseliger Versuch, Zeit zu schinden, Theresa.

Selina antwortete mit einem kurzem: »Nett von dir.«

Stille breitete sich aus.

Theresa spürte Selinas Blick auf sich ruhen. Er durchdrang sie, suchte nach einer Antwort. Selina zögerte! Doch Theresa wusste, was kommen würde. *Sie wird mir die Frage nicht ersparen.*

Und da kam sie auch schon.

»Warum mache ich dich nervös, Theresa?«

Theresa verharrte atemlos in ihrem Stuhl. Natürlich war leugnen zwecklos. Sie hatte es ja selbst zugegeben. Allerdings ohne auch nur eine Sekunde darüber nachzudenken, was sie da von sich gab! »Können wir uns darauf einigen, dass du die Erste bist, die es erfährt, sobald ich es herausgefunden habe?«

»Du willst mir erzählen, du weißt es nicht?« Selinas Stimme klang zweifelnd.

Theresa stand auf, wandte sich zum Fenster und schaute hinaus. »Du musst es nicht glauben, aber es ist so.«

»Natürlich glaube ich dir«, sagte Selina in Theresas Rücken.

Ach ja? Theresa drehte sich um.

Selina präzisierte: »Ich glaube dir, dass du nicht mit dem umgehen kannst, was diese Nervosität, wie du es nennst, bei dir auslöst. Das passt zum Rest des Bildes.«

»Was für ein Bild? Analysierst du mich etwa? Bin ich so eine Art Versuchsobjekt für dich?«

Selina schüttelte den Kopf, stand auf und ging zur Tür. Dort drehte sie sich noch einmal um. »Ich denke, ich habe dir deutlich gesagt, was du für mich bist.« Auch jetzt sprach Selina völlig ruhig. »Soweit ich mich erinnere, tauchte das Wort Versuchsobjekt nicht in meiner Erklärung auf.« Damit kehrte sie Theresa den Rücken zu und verließ das Büro.

Theresa presste die Lippen zusammen. Ihre Finger umgriffen den Fenstersims, an dem sie lehnte. Sie war mal wieder in ein Fettnäpfchen getreten, soviel stand fest.

Eher eine Tonne als ein Napf, Theresa.

KAPITEL 11

Vera lächelte tatsächlich, als sie am Morgen ins Büro kam. Die Blässe von gestern war aus ihrem Gesicht gewichen. Theresa hörte sie durch die offene Tür mit gewohnt fester Stimme telefonieren. Und in der gemeinsamen Kaffeepause bewies Vera, dass sie so scharf beobachtete wie eh und je, als sie Theresa fragte: »Du wirkst etwas angespannt. Hast du Ärger mit einem Mandanten?«

Theresa verneinte mit einem Kopfschütteln und der Versicherung: »Alles bestens.«

»Entschuldige noch einmal wegen gestern. Ich war so neben der Spur.«

»Hauptsache es geht dir wieder gut.«

»Ja, das tut es. Auch dank deiner Hilfe.«

»Ich habe nicht viel gemacht.«

»Okay, wenn du das so siehst …« Vera verzog den Mund zu einem schiefen Lächeln. »Dann sagst du vielleicht ja, wenn ich dich bitte, mir heute Nachmittag noch einmal frei zu geben. Ich weiß natürlich, dass mir noch kein Urlaub zusteht.«

»Natürlich.« *Sehe ich wie ein Unmensch aus?* »Warum fragst du das?«

»Weil du meine Chefin bist.«

»Ich dachte, ich wäre auch deine Freundin.«

Bei Vera fällt es mir nicht die Bohne schwer, dieses gewichtige Wort in den Mund zu nehmen.

»Bist du ja auch.« Vera lächelte.

Ihr Lächeln macht mich nicht nervös, dabei unterscheidet es sich gar nicht so sehr von Selinas.

Theresa rührte nachdenklich mit dem Löffel in ihrer Tasse.

»Aber irgendetwas hast du«, stellte Vera fest.

»Wie lange war Selina eigentlich mit dieser Franziska zusammen, weißt du das?« Theresa konnte die Frage nicht länger zurückhalten. Sie schwirrte ihr schon seit vier Tagen im Kopf herum.

»Knapp zwei Jahre, wieso fragst du?«

Weil es mich interessiert. Weil ich zu gerne wissen würde, wie das gemeinsame Abendessen der beiden ausging. Dabei geht es mich nicht das Geringste an. »Nur so.«

»Die beiden haben so gut zusammengepasst«, schwärmte Vera. Es folgte ein ratloses Schulterzucken. »Und dann so etwas. Selina hat sehr unter dem Vertrauensbruch gelitten.«

»Glaubst du, sie könnte Franziska verzeihen und wieder mit ihr zusammenkommen?«

Vera ließ sich mit der Antwort Zeit. Theresa konnte in ihrer Mimik verfolgen, wie Vera schwankte. »Ja«, lautete das Resultat der Überlegungen schließlich. »Selina kann über vieles hinwegsehen.«

»Warum hat sie sich dann getrennt?«

Vera zögerte. »Du weißt es nicht?«

»Was?«

»Es war Franziska, die ging.«

Theresa fühlte Übelkeit aufsteigen. Ihre Gedärme krampften vom Magen aufwärts. »Was?«

»Wieso fragst du das alles?«, wunderte sich Vera.

»Selina hat mir erzählt, Franziska hat sie eingeladen. Abendessen zu zweit.«

»Wann?«

»Letzten Samstag.«

»Warum hat sie mir nichts davon erzählt?« Vera winkte ab.

»Schon klar, ich bin zurzeit hauptsächlich mit mir selbst beschäftigt.« Sie starrte Theresa gespannt an. »Wie ging es aus?«

»Ich habe keine Ahnung.«

»Wieso?« Vera blinzelte verständnislos.

»Ich habe Selina nicht gefragt.«

»Aber du willst es doch wissen.«

Theresa stöhnte. »Ja, aber … was wird Selina denken, wenn ich sie danach frage?«

Vera grinste. »Sie wird denken, du interessierst dich für sie. Ist das schlimm?«

Theresa widersprach. »Ich interessiere mich aber nicht für sie.«

»Irgendwie wohl doch«, stellte Vera trocken fest. »Sonst würden wir nicht dieses Gespräch führen. Du willst wissen, ob die beiden dabei sind, ihre Beziehung aufzuwärmen.«

»Ich interessiere mich lediglich, wie es Selina geht. Mehr nicht.«

»Ist doch okay, dann frag Selina einfach. Du solltest mittlerweile wissen, dass sie so etwas nicht als Einmischung empfindet. Und falls doch, wird Selina es dir schon sagen.«

Einfach fragen, wenn ich das könnte, hätte ich es längst getan. Theresa nahm ihren Kaffeebecher, trat zur Spüle und goss den Rest der schwarzen Flüssigkeit in den Ausguss. Ihre Taktik, über Vera an Information zu gelangen, war gescheitert. Und es machte auch keinen Sinn, Vera zu bitten, Selina nach dem Ausgang des Abends mit Franziska zu fragen. Vera würde es zwar tun, aber nicht, ohne Selina zu verraten, wer sie schickte.

Also murmelte Theresa nur: »Ich habe gleich den nächsten Termin.«, stellte ihren Becher in die Geschirrspülmaschine und suchte das Weite.

Theresas Mandant, Marcus Paschke, war zur Abwechslung einmal nicht verheiratet und würde es so schnell auch nicht sein, denn seine Freundin hatte sich von ihm getrennt. Das akzeptierte der Verlassene auch, allerdings war er der Meinung: »Sie kann doch nicht einfach meinen Hund mitnehmen. Ich habe Max beim Züchter ausgesucht. Ich bin bei Wind und Wetter mit ihm raus, habe ihn zum Joggen mitgenommen und jede freie Minute mit ihm verbracht. Ein Hund ist der beste Freund des *Mannes*. Er stammt vom Wolf ab, nicht von Barbie! Die Frauen bekommen schon immer die Kinder, reicht das nicht?«

Interessante Logik, fand Theresa. »Haben Sie die Rechnung vom Kauf, Herr Paschke?«, überging sie seine Frage.

»Keine Ahnung. Aber die Tierarztrechnungen sind von meinem Konto abgegangen.«

»Das ist schon mal gut für Sie.«

»Sie hat Max nur mitgenommen, um sich an mir zu rächen. Ihr liegt nicht viel an ihm.«

»Um zu prüfen, ob Sie einen Herausgabeanspruch haben, muss festgestellt werden, wer der Eigentümer des Hundes ist. Auf wen ist der Hund registriert, wer zahlt die Versicherung und Steuer. Aber das alles ist für sich genommen kein automatischer Nachweis für das Eigentum. Leider hat ihre Ex-Freundin den Vorteil der Eigentumsvermutung auf ihrer Seite, nach der der Gesetzgeber grundsätzlich vermutet, dass der Besitzer einer Sache, und das ist im Moment ihre Ex-Freundin, auch gleichzeitig der Eigentümer ist.«

»Was heißt das genau?«

»Sie sagen, Sie haben den Hund beim Züchter gekauft, dann hat dieser eine Rechnung in seinen Büchern. Standen Sie beide als Käufer auf der Rechnung?«

Paschke strahlte mit einem Mal. »Nein, nur ich. Max war *mein* Wunschkind.«

»Nun, wenn das stimmt, verändert das die Sachlage erheblich zu Ihren Gunsten. Dann wären Sie nicht nur Miteigentümer, sondern Alleineigentümer an dem Hund und dieser wäre an Sie herauszugeben.«

»Das heißt, ich brauche die Rechnung?«

»Ja, unbedingt. Haben wir die, sollte ein Brief von mir an Ihre Freundin genügen, in dem ich die Sachlage schildere sowie Ihren Willen, notfalls eine Klage vor Gericht zu führen.«

»Ja, prima. Ich suche zu Hause die Adresse des Züchters heraus und die Papiere von Max.«

Theresa nickte.

»Klasse.« Paschke verabschiedete sich.

Theresa sah ihrem Mandanten nach. Der Mann würde vermutlich noch lange Single bleiben. Bis er merkte, dass auch eine Frau Aufmerksamkeit brauchte. Vielleicht merkte er es nie. Aber dann blieb er immerhin ein glücklicher Hundenarr.

Theresa ging zu Vera und instruierte sie: »Herr Paschke schickt uns eine Mail mit einer Züchteradresse. Bitte fordere dort die Rechnung vom Kauf seines Hundes an.«

Vera ließ keine Reaktion erkennen. Sie starrte vor sich auf den Tisch, wo ihr Handy lag. Sofort klingelten bei Theresa die Alarmglocken. »Schlechte Nachrichten aus dem Krankenhaus?«, erkundigte sie sich.

Vera schüttelte im Zeitlupentempo den Kopf. »Du errätst nie, wer mich angerufen hat.«

»Deine Hausverwaltung? Gab es eine Havarie bei dir zu Hause?«, riet Theresa ins Blaue.

»Das wäre mir fast lieber«, meinte Vera trocken. »Es war Seiferth.«

»Was will *der* denn von dir?«

»Sich mit mir treffen.«

»Du hast hoffentlich abgelehnt.«

»Nein. Ich … habe ich nicht. Ich meine, nicht hingehen kann ich immer noch, aber irgendwie … ich könnte doch versuchen herauszubekommen, was der Grund für Konstanzes Haltung ist, sich nicht scheiden zu lassen.«

»Und wenn du es weißt, was dann?«

»Dann kann ich Konstanze helfen.«

»Vielleicht gibt es nichts, womit du helfen kannst«, gab Theresa zu bedenken.

»Und wenn doch?« Vera sprang von ihrem Stuhl auf. »Würdest du mitkommen?« Sie lief um den Schreibtisch zu Theresa.

»Ich? Wozu?«

»Um mir den Rücken zu stärken natürlich. Ich bin nicht auf den Kopf gefallen, aber Seiferth ist mit allen Wassern gewaschen. Das wird kein freundschaftliches Gespräch, soviel ist klar. Du bist wie er.« Vera hob die Hände und wedelte hektisch, weil Theresa anhob zu widersprechen. »Im positiven Sinne. Du bist seiner Redegewandtheit ebenbürtig. Mich buttert er unter.«

Theresa hielt nicht fiel von der Idee. »Ach Vera, muss das sein? Verzichte besser auf dieses Treffen. Seiferth plant irgendeine Gemeinheit. Das liegt doch auf der Hand.«

»Du hast wahrscheinlich recht. Aber es ist immerhin eine kleine Chance, mehr zu erfahren. Bitte, Theresa.«

Theresa seufzte inbrünstig. »Ihr beide, du und Selina, ihr schafft mich.«

»Ist das ein Ja?«, griente Vera.

»Wann und wo?«, ergab Theresa sich.

»Nächsten Dienstag. Siebzehn Uhr. In der Eisdiele am Rathaus.«

»Also gut. Ich komme hin. Aber sage hinterher nicht, ich hätte dich nicht gewarnt.«

»Danke.« Vera strich Theresas Arm. »Ich trag es in deinen Kalender ein. Du hast etwas gut bei mir.«

»Schon gut«, wehrte Theresa ab. Es war ihr lieber, Vera machte keine große Sache daraus. »Wann habe ich den nächsten Termin?«, fragte sie.

»Deine nächste Mandantin, Frau Isabell Krüger, kommt in zwanzig Minuten. Na ja, Frau … sie ist sechzehn und will von ihrer Mutter den Namen ihres Erzeugers erfahren. Notfalls per richterlicher Verfügung.«

»Ach bitte, nicht so etwas«, stöhnte Theresa.

»Brauchen wir nun Mandanten oder nicht?«, kommentierte Vera.

»Ja, aber keine, die ihr Taschengeld zu uns tragen. Ich bin doch keine Räuberin.«

»Isabell ist eine erfolgreiche Youtuberin, Kosmetik und Style. Vielleicht verdient sie mehr als du. Zumindest im Moment.«

»Okay, wenn das so ist. Was glaubst du, verspricht sie sich von ihrem Vater, wenn sie ihn gefunden hat?«

»Ich weiß nicht. Frag sie doch.«

Das tat Theresa dann auch.

Isabell Krüger hatte, neben einem Allerwelts-Youtuberin Style – lange Haare, große blaue Augen, viel Schminke und einem Schmollmund – eine erstaunlich klare Vorstellung vom Ziel ihrer Suche. »Ich will wissen, was er für ein Typ ist. Ich weiß nur, was meine Mutter mir erzählt. Aber es gibt in so einer Sache immer zwei Seiten. Oder nicht?« Das Mädchen ließ sich in den Besucherstuhl fallen. »Ich will ihn einfach kennenlernen.«

»Vielleicht will Ihre Mutter Sie vor einer Enttäuschung schützen. Sie kennt den Mann ja schließlich«, gab Theresa zu Bedenken und bohrte tiefer. »Haben Sie noch einen anderen Grund? Hoffen Sie auf einen berühmten Namen, der sich vermarkten lässt?«

»Das kann Ihnen doch egal sein«, erwiderte die junge Bloggerin flapsig.

Theresa verzog keine Miene. »Ist es auch. Aber ich möchte Sie darauf hinweisen, dass eine Vatersuche mit einem Ergebnis enden kann, das Ihnen so nicht vorschwebt und unter Umständen … na ja, einen Schock beschert.«

»Was für einen Schock?« Isabell Krüger blinzelte irritiert.

»Darüber gibt es doch jede Menge Filme. Zum Beispiel könnte sich herausstellen, dass Ihre Mutter gar nicht Ihre Mutter ist, weil Sie adoptiert sind.«

»Ledige Mütter bekommen keine Kinder adoptiert.«

»Das ist ein weitverbreiteter Irrtum«, klärte Theresa ihr Gegenüber auf. »Die adoptionswillige alleinstehende Frau muss nur gewisse Voraussetzungen erfüllen.« Sie zählte auf: »Stabiles soziales Gefüge, fester Arbeitsvertrag, kindgerechte Wohnung, mindestens fünfundzwanzig Jahre alt …«

»Meine Mutter ist achtunddreißig, ich werde siebzehn.«

»Sie könnten entführt worden sein«, setze Theresa die Liste der Möglichkeiten fort.

»Ernsthaft?«

»Ein Findelkind, von den leiblichen Eltern ausgesetzt.«

»Sagen Sie mal, sind Sie … betrunken?«

»Ganz abgesehen von der simplen Samenspende«, fuhr Theresa unbeeindruckt fort.

»Ich denke, ich suche mir eine andere Anwältin.« Isabell Krüger stand auf und wandte sich zum Gehen.

»Jeder andere Anwalt wird ihnen genau dieselben Dinge sagen«, rief Theresa ihr nach. »Und wie ich, wird man Sie fragen: Ist es das wert, sich mit Ihrer Mutter zu entzweien? Das sollten Sie sich gut überlegen.«

Die blonde Mähne der Teenagerin schwang herum. Ihr Gesicht verzog sich zu einer Flunsch. »Zu spät. Meine Mutter spricht seit drei Wochen nicht mehr mit mir. Sie ist eine starke Frau. Sie sagte immer, ich brauche meinen Vater nicht. Mal war er ein Feigling, dann ein Schwein, weil er sie verlassen hat. Mag sein, dass es so ist. Aber dann will ich das selbst herausfinden. Ist das egoistisch von mir, wo sie doch immer für mich gesorgt hat? Ja. Aber es ist ebenso egoistisch von ihr, mir die Chance auf jedes Kennenlernen zu nehmen. Sie sagt, ich kann meine eigene Familie gründen. Sie begreift nicht, dass das zwei völlig verschiedene Paar Schuhe sind. Ich weiß, dass mein Vater meine Mutter verletzt hat. Und ich weiß, dass ich sie jetzt verletzte. Aber ich will es wissen. Ich kann nämlich ebenso stur sein wie meine Mutter.«

Das glaubte Theresa nach dieser Rede sofort. »Ihre Mutter sitzt aber am längeren Hebel«, stellte sie deshalb klar.

»Wieso?«

Theresa stand auf, ging um ihren Schreibtisch und lehnte sich gegen ihn. »Selbst wenn ein Gericht verfügt, dass Ihre Mutter den Namen des Kindsvaters zu benennen hat. Am Ende kann sie sich auf einen One-Night-Stand berufen und behaupten, den Namen des Vaters nicht zu kennen. Sie wird sagen, es war ihr peinlich dies zuzugeben.«

»Dann lügt sie!«

»Das müssen Sie beweisen. Dieser Prozess kann sich endlos hinziehen, er kostet sie einen Haufen Geld und am Ende erreichen Sie nichts.«

»Scheiße!«, fluchte die Teenagerin deftig. Sie ließ sich wieder in den Besucherstuhl fallen.

Theresa blieb gelassen. »Ich habe eine andere Idee.«

»Die wäre?«, knurrte Isabell Krüger mürrisch.

»Eine Mediation.«

»Hier bei Ihnen?« Resigniertes Abwinken. »Meine Mutter kommt niemals mit. Bei einer Anwältin wittert sie sofort Unheil.«

»Im Büro nebenan arbeitet eine Psychologin, eine Paartherapeutin genauer gesagt. Ich denke, das schließt Mütter und Töchter ein. Versuchen Sie, Ihre Mutter zu Frau Sonntag zu lotsen. Da haben Sie die größten Chancen, Ihr Ziel zu erreichen. Und Ihre Mutter hat eine Chance auf Versöhnung. Daran ist sie bestimmt interessiert.«

Isabell Krüger kniff die Augen zusammen. »Sind Sie sicher, dass Sie nicht betrunken sind? Sie schmeißen gerade Ihr Honorar in den Gully.«

Das war Theresa auch klar. »Ich arbeite noch daran, eine fiese, geldgierige Anwältin zu werden.« Sie zwinkerte ihrer nun schon wieder Ex-Mandantin zu. »Verraten Sie es niemandem.«

Isabell Krüger stand auf und boxte Theresa forsch gegen die Schulter. »Sie sind in Ordnung. Wenn die Sache funktioniert, sage ich der Psychotante, dass sie Ihnen ein Essen schuldet. Ach was, das schuldet Sie Ihnen so oder so. Mit allem Drum und Dran, drei Gänge und einen Stripper.«

Theresa verkniff sich den Hinweis, dass sie eine Stripper*in* bevorzugen würde. Sie zeigte Isabell den Gang, der zu Selinas Bereich führte und rief Vera kurz durch die Tür zu: »Ich laufe zum Bäcker und hole was Süßes.« Sie verspürte Lust auf einen saftigen Pflaumenkuchen mit viel Streuseln.

Bei ihrer Rückkehr hörte sie Selina in Veras Büro lachend sagen. »Wie es aussieht, bin ich diejenige, die euch die Kunden wegeschnappt und nicht umgedreht.«

Theresa schmunzelte vor sich hin und gesellte sich zu den beiden. »Ich habe meine Mandantin zu dir geschickt, das ist etwas anderes als wegschnappen«, stellte sie mit gespieltem

Ernst richtig. »Das ist Größe und keine Niederlage.«

»Ja, großes Kino«, feixte Selina. »Ich dachte, ich höre nicht richtig, als Isabell sagte, dass die nette Anwältin sie geschickt habe.«

»Wieso? Weil sie *nett* gesagt hat?«, tat Theresa pikiert. »Ich schmeiße eine Runde Pflaumenkuchen«, gab sie dabei bekannt und hob das Päckchen in ihrer Hand hoch.

»Und sie sagte, ich schulde der Anwältin ein Essen, mit allem Drum und Dran.« Selina lächelte warm in Theresas Richtung.

»Hat sie die drei Gänge und den Stripper nicht erwähnt?«

»Doch.«

»Darauf muss ich auch bestehen. Immerhin ist mir ein echt lukrativer Fall durch die Lappen gegangen.«

Vera war dem Wortwechsel gutmütig lächelnd gefolgt. »Also ihr beiden, für wann soll ich den Tisch bestellen und wo? Vielleicht das Restaurant, indem du mit Franziska warst, Selina? Wie hat es denn da geschmeckt?«

Selinas Lachen verebbte. Sie verschränkte die Arme vor der Brust, schaute erst Vera an, dann Theresa. Theresa legte den Kuchen auffallend umsichtig auf Veras Schreibtisch ab.

»Wie war der Abend denn so?«, fragte Vera unschuldig. Theresa hätte raten müssen ob aus Neugier oder weil Vera auf die Art versuchte, sich für die Hilfe bei Seiferth zu revanchieren.

»Nett«, sagte Selina. »Sehr nett sogar.«

»Beschreibe nett.«

»Nach Franziskas wortreicher Entschuldigung haben wir über alles Mögliche gesprochen. Sie fragte mich, wie meine Praxis läuft, ich fragte, wie ihre läuft. Sie forschte nach, ob ich noch Single bin. Und als sie es wusste, hat sie mich geküsst.«

»Oh, oh«, machte Vera.

»Ja, großes oh.« Selinas Blick richtete sich auf Theresa. »Noch Fragen?«

Theresa blieb stumm. Selina zuckte mit den Schultern und ließ ihre Tante mit Theresa allein.

»So, nun bist du im Bilde«, brummte Vera. »Zufrieden?«

Nein, ich bin nicht zufrieden! Selina hatte ihre Ex geküsst und, so wie es sich anhörte, würde dem noch mehr folgen. Theresas Magen drehte sich einmal um sich selbst.

KAPITEL 12

Freitagmittag klopfte Vera an Theresas offene Bürotür. »Ich habe einen Anruf von Konstanze bekommen. Sie wird aus dem Krankenhaus entlassen. Ich möchte sie abholen. Kann ich noch einmal …?«

»Natürlich.«

»Danke.«

Vera huschte in ihr Büro. Eine Minute später nahm sie die Jacke vom Kleiderständer im Entree. Sie übergab die Türklinke an eine Frau, die Theresa stark an ihre junge Mandantin Isabell Krüger erinnerte. Nur war diese Frau hier etwa zehn Jahre älter. Was sie noch perfekter machte. Geradezu makellos.

»Hallo Franziska«, murmelte Vera geistesabwesend und schob sich an ihr vorbei.

Theresa schluckte fassungslos. *Das war Franziska?*

Die Frau trat ein. Sie sah sich um wie jemand, der nach längerer Reise zurück nach Hause kam.

Theresa stand auf. Sie wusste, dass sie Franziska anstarrte, aber sie konnte nicht anders. Warum hatte sie sich bisher eigentlich nie gefragt, wie Franziska aussah? *Weil es oberflächlich ist, Theresa. … Ja, aber eines ist doch wohl klar. Wenn eine solche Frau dir sagt, dass sie dich liebt, dann willst du das glauben. Selina mag einiges können, aber sich dem entziehen?*

»Ich bin nur neugierig«, sagte Franziska und näherte sich Theresas Büro bis zu Tür. »Hallo. Mein Name ist Franziska Taucher. Ich hatte hier vor Ihnen meine Praxis.« Sie zeigte in Richtung Flur. »Ich gehe rüber zu Selina.«

Theresas Füße trugen sie wie von selbst zur Tür ihres Büros. Sie lugte um den Türpfosten und Franziska nach. Deren Schritte wurden auf halben Weg langsamer. Kurz vor Ende des Flures verharrte sie. Dann gab sie sich einen Ruck.

Theresa eilte auf leisen Sohlen hinterher, bis kurz vor Ende des Ganges. Die Frage, was sie da eigentlich machte, verdrängte sie. Wenn die beiden sie beim Lauschen ertappten, wäre das definitiv der peinlichste Moment ihres Lebens.

»Franziska?!«, hörte Theresa Selina überrascht ausrufen.

»Du hast gesagt, wenn ich mir sicher bin, soll ich mich melden. Ich bin mir jetzt sicher«, sagte Franziska.

Stille.

»Du … hast du deine Meinung geändert?«, forschte Franziska.

»Du hast eine Weile gebraucht.«

»Es waren noch ein, zwei Dinge in Ordnung zu bringen. Aber jetzt bin ich für einen Neuanfang bereit.«

Theresa hatte genug gehört. Sie zog sich langsam zurück.

Selina schlug ihren Rat also in den Wind. Na schön. Es war ihre Entscheidung. *Eine sehr, sehr dumme Entscheidung!* Für Theresa stand fest, Selina war auf dem besten Weg, sich ihr Herz ein zweites Mal von derselben Frau brechen zu lassen.

Aber das geht dich nichts an, Theresa! Du hast kein Recht, dich länger einzumischen.

Sie plumpste in ihren Bürostuhl.

Und sprang sofort wieder auf.

Doch! Und zwar das Recht einer Freundin! Sogar die Pflicht! Theresa stemmte die Hände auf die Tischplatte. Sie würde Franziska nicht gestatten, Selina unglücklich zu machen und ihr das Lächeln zu rauben. *Ich mag es nämlich, wenn Selina lächelt!*

Theresa fiel zurück in ihren Sessel.

Nur das?, regte sich eine Stimme in ihr. *Ist da nicht ein bisschen mehr, was du an Selina magst?*

Sie starrte den kleinen roten Blumentopf mit den Sukkulenten Herzen an, der zwischen ihrem Telefon und dem Bildschirm stand. Sie schob ihn ein paar Zentimeter nach rechts. Zu weit, wie sie entschied und schob ihn wieder ein Stück nach links.

Was ist los mit dir, Theresa?

Schnaufend griff sie nach dem Stapel Post, welchen Vera hingelegt hatte, und riss den ersten Brief auf.

Frau Reuter schickte die Vermögensaufstellung der Eheleute. Roter Marker hob die Sachwerte hervor, welche sie beanspruchte, und sie bat Theresa, einen entsprechenden Ehevertrag zu entwerfen. Ob die Weinliebhaberin mit ihrem Mann über das geplante Vorgehen gesprochen hatte, ging aus dem Schreiben leider nicht hervor. Theresa rief die Mandantin an und erfuhr, dass die es für geschickter hielt, ihrem Mann einen fertigen Vorschlag zu unterbreiten, welcher ihm die Augen mit einer fetten Eurosumme zukleisterte. So rechnete sie sich die besten Chancen aus, das zu behalten, worauf sie Wert legte. Insbesondere die Weinsammlung. Theresa bejahte die Frage, ob sie den Entwurf kurzfristig erstellen könne.

Ein zweiter Brief kam von einer Anwältin, welche sich durch Vollmacht auswies, den Verlag *edition moments* zu vertreten. Sie schrieb.

»Sehr geehrte Frau Kerner,

in vorbezeichneter Angelegenheit habe ich Ihr Schreiben mit meinem Mandanten besprochen.

Ich kann Ihnen nunmehr mitteilen, dass mein Mandant bereit ist, ein E-Book Honorar von zehn Prozent zu zahlen. Das setzt jedoch voraus, dass die Autorin den bestehenden Vertrag mit meinem Mandanten einhält, insbesondere die Optionsklausel. Ihre Mandantin ist insofern aktuell nicht berechtigt, eines Ihrer Werke selbst herauszugeben. Sie hat jedes Werk laut dem Vertrag zunächst meinem Mandanten anzubieten. Bitte erinnern Sie Ihre Mandantin daher an ihre Vertragspflichten.

Sobald die Autorin die Optionsklausel erfüllt, erhält sie das vorgenannte Honorar. Diesseits wird darauf hingewiesen, dass mein Mandant bereit ist, Entgegenkommen zu zeigen und von Ihrer Mandantin lediglich Vertragserfüllung erwartet, zu der sie ohnehin verpflichtet ist. Ein Vertragsbruch seitens Ihrer Mandantin könnte zu Schadensersatzforderungen des Verlages führen.

Ihre Mandantin möge bedenken, dass keine Buchhandlung, Onlinebuchhandlung und kein E-Book-Store ihre Bücher verkaufen kann, wenn sie nicht nachweisen kann, dass sie die Rechte an dem Manuskript besitzt. Diesen Nachweis kann sie nur erbringen, wenn der Verlag zustimmt. Deshalb wäre eine gütliche Einigung empfehlenswert, da *moments* sonst den Verkauf der Bücher Ihrer Mandantin, die sie selbst herausbringt, unterbinden kann. Der Vertrag ist eindeutig. Alle Rechte liegen beim Verlag.«

Theresa legte den Brief in den Scanner und schickte ihn per Mail an Frau Bachmann mit der Bitte, sie zurückzurufen, um das weitere Vorgehen abzusprechen. Der Anruf ließ keine fünfzehn Minuten auf sich warten.

»Nicht zu fassen«, schnaufte Irene Bachmann mit hörbar geplatztem Kragen. »Nach monatelangen Hick Hack bieten sie jetzt zehn Prozent Honorar an und tun sonst wie entgegenkommend. Natürlich nicht ohne drohend den Zeigefinger zu heben. Jetzt fangen sie wieder mit dieser Optionsklausel an. Ich habe die Nase gestrichen voll.«

»Ganz ruhig, Frau Bachmann«, versuchte Theresa ihre Mandantin zu besänftigen.

»Wie soll ich da ruhig bleiben? Bei *moments* denkt man offenbar, ich muss dem Verlag ewig Untertan sein. Wie eine Sklavin an der Kette.«

Theresa drängte sich das Bild von Irene Bachmann mit Stahlkette und Kanonenkugel am Fuß auf und sie musste unweigerlich grinsen.

Derweil redete die Freizeitautorin aufgeregt weiter. »Ich halte mich durchaus an die Verträge, ich will nur keine neuen mehr mit *moments* abschließen. Und auch mit keinem anderen Verlag. Ich will meine Bücher einfach selbst veröffentlichen.

Dafür brauche ich wohl kaum die Erlaubnis von irgendjemandem.«

»Sie sind die Urheberin und können natürlich selbst verwerten, was sie geschaffen haben«, bestätigte Theresa ihr. »Aber offenbar sind Sie dem Verlag wertvoller, als Sie glaubten. Sonst würde er nicht so verzweifelt klammern. Haben Sie denn Ihr neues Buch bereits veröffentlicht?«

»Nein, allerdings habe ich einige Kapitel als Leseprobe auf meine Homepage gestellt.«

»Haben Sie das vorher schon einmal bei einem anderen Buch gemacht?«

»Nein. Natürlich nicht. Werbung war ja Sache von *moments*.«

»Das heißt, die andere Seite merkt, wie ernst es Ihnen ist.«

Irene Bachmann ließ ein deutliches »Pffff.« vernehmen. »Also daran habe ich nun wirklich keinen Zweifel gelassen. Während der Diskussion um die Einsicht in die Abrechnungsunterlagen und meiner Bitte um Aufklärung zum Verlagssitz, habe ich wiederholt darauf hingewiesen, wie wenig Sinn es macht, eine Zusammenarbeit fortzusetzen, wenn die andere Seite sich fortwährend verweigert.«

»Die Sachlage ist eindeutig. Ich antworte dem Verlag und stelle Ihre Sicht der Dinge klar.«

»Danke.« Ein langer Seufzer drang durch das Telefon. »Ich hoffe, dass man bei *moments* endlich kapiert, dass man mich als Autorin verloren hat.«

Was das anging, hatte Theresa eine Vermutung: »Ich glaube, das hat man schon längst, Frau Bachmann. Dort will man nur nicht, dass Sie auf anderem Weg erfolgreich sind.«

»Das habe ich mir auch schon zusammengereimt. Aber was das angeht, bin ich optimistisch. Denn eines muss ich *moments* doch zugutehalten. Sie haben mich aufgebaut. Mein Pseudonym steht für einen Typ Bücher, der mittlerweile seine feste Leserschaft hat.« Eine kurze Pause entstand, in der Irene Bachmann zu dem Schluss kam, das ausgesprochene Lob zu relativieren. »Aber als Verlag kann man sich auf einer solchen Leistung nicht ewig ausruhen«, machte sie ihren Standpunkt klar. »Und am Ende habe ich ja schließlich einen nicht unwesentlichen Teil zur ganzen Sache beigetragen«, fügte sie mit Nachdruck hinzu.

Theresa wollte gerade fragen, unter welchem Pseudonym Frau Bachmann schrieb, um mal eines ihrer Bücher zu lesen, da legte sie mit einem »Also dann, Frau Kerner.« auf.

»Na, dann beim nächsten Mal«, murmelte Theresa. Sie schaute in ihren Terminkalender und auf eine Lücke bis vierzehn Uhr. Da würde sie Frau Bäumle kennenlernen. Bis es so weit war, konnte sie dafür sorgen, dass Max und Herr Paschke wieder zusammenkamen. Vera hatte die Rechnung vom Züchter aufgetrieben und die wies Paschke als Käufer aus. Theresa diktierte einen Brief, so dass Vera ihn später tippen konnte. »… da Herr Paschke also nachweislich Alleineigentümer des Hundes Max ist, ist dieser an Herrn Paschke herauszugeben. Bei einer Verweigerung der Herausgabe sieht mein Mandant sich gezwungen …«

Theresa horchte auf. Ein schallendes Lachen drang an ihr Ohr. Eines, welches zur Stimme von Franziska passte. Es rief ein Stirnrunzeln bei Theresa hervor. Franziska hatte wohl erreicht, was sie wollte. Sonst wäre sie kaum so fröhlich.

Konzentrier dich, Theresa!

»… rechtliche Schritte gegen Sie einzuleiten. Dies dürfte nicht in Ihrem Interesse liegen und auch mein Mandant betont ausdrücklich, dass er eine gütliche Einigung bevorzugt. Mit freundlichen Grüßen.«

Theresa drückte die Stopp-Taste des Diktiergerätes, legte es auf den Schreibtisch ab und lauschte.

Kein Lachen mehr, keine Stimmen.

Ob Franziska schon gegangen war? Wozu hatte sie Selina eingeladen? Zu einem romantischen Abend? Einem gemeinsamen Wochenende? Beide Möglichkeiten bescherten Theresa gleichermaßen Magendrücken.

Klappe halten!, knurrte sie deshalb die Stimme in ihrem Kopf an.

»Klopf, klopf. Kann ich Sie kurz sprechen?« Franziska stand wie aus dem Nichts in der Bürotür. »Oder wollen wir du sagen? Wir sehen uns jetzt sicher öfter.« Sie nahm die wenigen Schritte bis zu Theresas Schreibtisch. Eine schmale Hand streckte sich Theresa entgegen. »Selina hat dir sicher von mir erzählt. Freut mich, dich kennenzulernen. Wie gefällt es dir hier?«

»Ich kann nicht klagen«, quetschte Theresa hervor.

Franziska lachte. »Na ja, Begeisterung klingt anders. Selina hat schon durchblicken lassen, dass ihr öfter mal aneinandergeratet.«

»Ach so, hat sie das?«

»Sie ist ja wirklich der liebste Mensch auf der Welt, aber gerade das bringt einen manchmal zur Weißglut. Ich kenne das. Aber ich glaube, ich kann das Problem lösen.«

Welches Problem?

»Ach, wie habe ich dieses Zimmer vermisst«, seufzte Franziska. »Das Türkis gefällt mir. Ich würde die Farbe so lassen.«

»Ich hatte nicht die Absicht, etwas zu ändern«, murmelte Theresa.

Franziskas Wimpern sanken langsam über ihre azurblauen Augen. Um den darauffolgenden Aufschlag im Zeitlupentempo hätte sie sogar Marylin Monroe beneidet. »Meine Praxis liegt ganz in der Näher einer Einkaufspassage. Viel Laufkundschaft. Die Räume sind ebenfalls frisch renoviert. Sogar etwas größer als diese.«

Und das erzählst du mir, weil ...?

»Ein Tausch wäre relativ problemlos.«

»Was für ein Tausch?«

»Es war einfach ein großer Fehler, dass ich hier ausgezogen bin. Selina und ich, wir haben uns auch beruflich super ergänzt. Für dich als Anwältin ist es doch eher peinlich, eine Paartherapeutin als Büroteilhaberin zu haben. Dort wo ich jetzt bin, hättest du deine eigenen Räume und mehr Platz. Du könntest einen richtigen Empfang einrichten.«

Normalerweise brauchte Theresa nicht so lange, bis der Groschen bei ihr fiel. Doch in diesem Fall, war das Ansinnen einfach zu absurd. Weshalb sie sich vergewisserte. »Du willst ... ihr wollt ... ich soll hier ausziehen?«

»Komm einfach mal bei mir vorbei.« Franziska öffnete ihre Tasche und legte eine Visitenkarte auf Theresas Schreibtisch. »Schau dir das Ganze an. Du wirst sehen, dass es ein gutes Angebot ist.« Sie schob die Karte mit dem Finger über den Tisch.

Theresa starrte erst auf das kleine viereckige Stück Karton und dann in Franziskas Gesicht. Ihr Gegenüber meinte jedes Wort ernst, das sie sagte.

Und warum auch nicht, Theresa? Sie erinnerte sich gut, dass sie den Besichtigungstermin damals abbrechen wollte, als ihr klar wurde, was für eine Art Praxis sie zum Partner bekommen würde. Es war Selina, die sie dazu gebracht hatte, zu bleiben.

Aber jetzt will sie mich anscheinend gerne wieder loswerden und hat nicht mal die Courage, mir das selbst zu sagen!

»Moment«, sagte Theresa, stand auf und lief durch den Gang. Anklopfen und in Selinas Büro zu stürmen war eins. Dass Selina keine Kundschaft hatte, ersparte es Theresa, Selina umständlich rausbitten zu müssen. Sie konnte ihren Frust direkt herausschleudern. »Es ist eine Sache, und ganz allein deine, wenn du dich mit deiner Ex versöhnst. Aber mir deshalb meinen Schreibtisch vor die Tür stellen zu wollen, das ist unterste Schublade, Selina.« Theresa verschränkte die Arme vor der Brust. »Und dann schickst du auch noch *sie* vor, statt es mir selbst zu sagen.«

Selina hatte Theresa nicht unterbrochen. Theresa meinte sogar, für einen flüchtigen Augenblick vernommen zu haben, wie Selina lächelte. Sie verstand Selina nicht. Wie konnte Franziska ihr so schnell wieder den Kopf verdrehen? Selina hatte auf Theresa bisher nicht den Eindruck gemacht, leicht manipulierbar zu sein.

»Ich habe niemanden geschickt«, sagte Selina. »Ich habe Franziska lediglich gesagt, dass sie versuchen kann, dich zu fragen. Mehr nicht. Ich will dich nicht loswerden, Theresa. Aber ich wusste auch nicht, ob du nicht vielleicht an dem Angebot interessiert bist.«

»Das hat sich bei Franziska aber ganz anders angehört.«

»Wie denn?«

Theresa überlegte kurz. Eigentlich hatte Franziska gar nicht viel von Selina geredet, sondern hauptsächlich von sich. »Na ja, irgendwie ... klang es als … wäre es mehr als ein Vorschlag«, druckste sie. Und stellte fest: *Ich mag die Vorstellung nicht, weit weg von Selina zu sein.* Doch der Moment war ungeeignet, diesem Gedanken und dem zugehörigen Gefühl nachzugehen.

Zumal Selina sagte: »Du kannst nicht leugnen, dass wir beide oft aneinandergeraten. Und ich kann schließlich nicht in dich hineinsehen, Theresa. Ich weiß nicht, bist du wirklich ein so verschlossener Mensch? Oder gehe ich dir nicht doch auf die Nerven, und du bist nur ständig damit beschäftigt, mich das nicht merken zu lassen. Was dir allerdings nur schlecht gelingt.« Selina seufzte. »Ich weiß es einfach nicht, verstehst du?«

Theresa glaubte es zumindest. »Bei Franziska weißt du, dass sie dich liebt. Das ist natürlich ein weitaus besseres Gefühl.«

»Ja.«

»Aber ein glückliches Gesicht sieht anders aus«, konnte Theresa nicht umhin zu bemerken. »Warum strahlen deine Augen bei diesem Ja nicht?«

»Weil es nicht ganz so einfach ist.«

»Wäre es einfacher, wenn Franziska hier in deiner Nähe wäre?«

»Das weiß ich nicht.«

»Wünscht du es dir?«

»Mein Wunsch soll nicht den Ausschlag dafür geben, ob du bleibst oder gehst.«

Theresa ließ die Arme sinken. Ihre Wut war verraucht und Selinas Antworten hatten eine ganz neue Sichtweise der Dinge ins Spiel gebracht. Sie half Selina nicht, wenn sie sich als ihre Beschützerin aufspielte und erst recht nicht, wenn sie die Beleidigte gab. Möglicherweise wäre es Selina aber eine Hilfe, wenn sie sich zurückzog.

KAPITEL 13

»So schnell hatte ich deinen Anruf nicht erwartet. Umso mehr freue ich mich, dass du da bist.« Franziska kam mit ausgebreiteten Armen auf Theresa zu.

In gewohntem Reflex wich Theresa einen Schritt zurück und erntete prompt ein Lachen für ihre Reaktion. »Selina hat nicht übertrieben. Du bist leicht zu erschrecken.«

»Sehr witzig«, murmelte Theresa und verzog die Mundwinkel nach unten. Es schien, als hatten sich Franziska und Selina am Wochenende viel zu erzählen gehabt. Und sich dabei auf ihre Kosten ein wenig amüsiert. Auf welche Art sonst noch, wollte Theresa gar nicht wissen. »Ich dachte, ich kann mir die Sache ja wenigstens mal anschauen.« Nachdrücklich setzte sie hinzu: »Damit habe ich noch nicht ja gesagt.«

»Natürlich nicht. Wenn dir diese Räume nicht gefallen, finden wir sicher andere, die besser passen. Keine Sorge.« Franziska war ganz Feuer und Flamme. »Ich habe für den Fall auch schon etwas im Auge. Stilvoll. Perfekt für eine Anwaltskanzlei.« Ein vielsagender Blick folgte. »Großzügige Räume, hohe stuckgesäumte Decken, Holzdielenfußboden der dezent unter den Füßen knarzt, Wände frisch getüncht in zartem pastellgelb«, pries Franziska eifrig an. »Der Vormieter, ein Steuerberater, hat sich vergrößert.«

Theresa beschlich das komische Gefühl, in eine Falle getappt zu sein. Von einem eventuellen Tausch war bisher die Rede gewesen. Warum sprach Franziska plötzlich in der Manier einer Immobilienmaklerin?

»Ich kenne die Tochter des Vermieters.« Franziska zwinkerte schelmisch. »Sie verdankt mir zwölf Kilo weniger auf den Hüften. Ich werde dir einen schönen Rabatt raushandeln. Was hältst du davon?«

»Vielleicht sehe ich es mir bei Gelegenheit einmal an«, meinte Theresa zurückhaltend.

»Dann kann es schon zu spät sein. Komm! Es ist nur zwei Straßen weiter. Ich habe alles organisiert, der Hausmeister hat die Räume aufgeschlossen, wir können sie uns gleich ansehen. Das hier«, Franziska wedelte lässig mit der Hand durch die Luft, »läuft dir ja nicht weg.« Schon stand sie an der Tür und winkte Theresa, ihr zu folgen.

Theresa ergab sich seufzend. Und als sie wenige Minuten später in der Altbauwohnung stand, war sie auch durchaus beeindruckt. Allerdings … »Was kostet der Spaß denn?«, erkundigte sie sich.

»Das ist das Beste. Nur vierzehn Euro pro Quadratmeter. Na, was sagst du?«

Ein verlockendes Angebot, ohne Zweifel.

»Du Glückliche kannst schon in zwei Wochen hier residieren.« Franziska seufzte. »Ich bin fast ein wenig neidisch. Du musst nur ja sagen, dann bekommst du den Zuschlag.«

»Nein!« Das ging Theresa jetzt eindeutig zu schnell.

»Warum nicht?«

»Ich … muss darüber erst nachdenken.«

»Was gibt es da nachzudenken?« Franziska klang plötzlich beleidigt. »Glaubst du, du findest etwas Besseres?«

»Nein, aber ich … will wenigstens eine Nacht darüber schlafen. So etwas muss schließlich gut überlegt sein.«

»Während du überlegst, schnappt dir jemand anderes das Angebot vor der Nase weg«, mahnte Franziska.

Theresa schüttelte dennoch den Kopf. Sie ließ sich nicht

gerne überrollen. Und genau das tat Franziska gerade. Zumindest versuchte sie es. »Nein«, wiederholte Theresa fest. »Ich werde so eine Entscheidung nicht übers Knie brechen.«

Ein kurzes Aufblitzen in Franziskas Augen verriet ihren Unmut. Doch dann lächelte sie. »Okay, wie du meinst. Ich denke, ich kann dir die Option noch zwei bis drei Tage offenhalten.«

Theresa sagte nichts. Sie schaute sich noch einmal in der Wohnung um, deren Lage und Schnitt tatsächlich wie geschaffen für eine Kanzlei war. Durch die Flügelfenster aus Holz fiel warmes Sonnenlicht. Von der Straße her drang kaum ein Laut. Hier hätte sie eine perfekte Arbeitsatmosphäre.

Hallo Ruhe, ade Schreitherapie.

Doch etwas vermisste Theresa. Sie konnte nicht benennen, was es war. Sie wusste nur, dass etwas fehlte. Dieses Etwas war einerseits nicht zu greifen und andererseits so deutlich, dass Theresa bereits jetzt wusste, sie würde das Angebot sausen lassen. Sie wusste nur noch nicht, wie sie es Franziska und Selina erklären würde.

***

Schon am Dienstag stand Franziska mit drei Sushi Boxen zum Mittag da und mit der drängenden Frage: »Was ist jetzt? Hast du darüber geschlafen?«

Theresa spürte Franziskas Blick, der sich durch sie bohrte, während sie an ihrem mariniertem Hähnchenspieß knabberte, sich ein Lächeln abrang, aber stumm blieb. Sie schaute verstohlen zu Selina.

Ebenso wie Franziska. »Kannst du begreifen, warum man so lange braucht, ein Topangebot anzunehmen?« Sie legte ihre beiden Lachs Makis auf Selinas Teller und stibitzte sich im Gegenzug die Gurkenhappen. Sie schwang mit ihren Stäbchen durch die Luft, zeigte mit den Enden auf Theresa und verkündete: »Mit der Frau stimmt etwas nicht.«

Auch Selina schwieg. Theresa schien, dass Selina

angespannt war. *Oder sie genießt einfach das Sushi.*

»Jetzt mach es nicht so spannend, Anwältin«, forderte Franziska.

Theresa versuchte, Selinas Blick einzufangen, doch die betrachtete intensiv das Makrelen Nigri vor sich. *Na, dann bist du eben die nächsten hundert Jahre sauer auf mich, aber fakt ist:* »Ich weiß, ihr habt etwas anderes erwartet, doch ich fühle mich hier wohl und ich bleibe.« Theresa stieß die Worte hastig hervor. Sie wollte sie einfach hinter sich bringen. Immer noch suchte sie Selinas Blick. Doch Selina schloss gerade die Augen.

»Ist das dein Ernst?«, schnappatmete Franziska.

»Ich denke schon«, sagte Theresa.

»Aber wieso?«

»Ich möchte einfach lieber bleiben.«

»In meinem Büro«, brummte Franziska.

Selina griff ein. »Franziska, sie will nicht. Damit ist die Sache vom Tisch.«

»Nein, Sel! Kündige ihr!«, verlangte Franziska.

Sel? Sie nennt Selina Sel? Warum nimmt sie sich nicht die Zeit, diesen wundervollen Namen auszusprechen? SELINA.

»Du weißt, das kann ich nicht«, sagte Selina. »Theresa hat einen Vertrag für drei Jahre.«

»Und es scheint dir nichts auszumachen. Du könntest wenigstens so tun, als wärst du traurig«, schmollte Franziska.

»Natürlich hätte ich mich gefreut, wenn es geklappt hätte. Aber wenn Theresa nun einmal nicht tauschen will.«

»Schön, dass du so viel Verständnis für sie hast. Aber was ist mit mir? Mit uns?«, drängte Franziska.

Selina seufzte. Sie legte ihre Hand auf Franziskas Arm. »Vielleicht ist es gar nicht so verkehrt, wenn wir es langsam angehen lassen.«

Franziska runzelte die Stirn. »Willst du einen Rückzieher machen?«

»Aber nein.«

»Hm«, machte Franziska. Die Zweifel standen ihr deutlich im Gesicht geschrieben. Doch dann zog ein Lächeln darüber.

»Es gefällt dir, mich zappeln zu lassen.« Sie beugte sich zu Selina und flüsterte ihr etwas ins Ohr. Von dort wanderten Franziskas Lippen Selinas Hals hinab und küssten sie am Übergang zur Schulter.

Theresa hüstelte umständlich.

»Daran musst du dich gewöhnen, wenn du hierbleibst«, gluckste Franziska.

***

Die Quecksilbersäule des Thermometers zeigte mollige siebenundzwanzig Grad an. Die knapp zwanzig Tische vor dem Eis-Café waren bis auf zwei Ausnahmen besetzt. Orange Sonnenschirme boten den Besuchern des Cafés zwar Schatten, doch gegen die drückende Schwüle konnten auch sie nichts ausrichten. Kellner balancierten im Minutentakt Tabletts mit bunten, üppigen Eiskreationen. Vorbeigehende Passanten blickte neidvoll und legten lieber einen Schritt zu, in ihrer Hast zu ihrem Termin, oder wohin es sie sonst trieb.

Theresa genoss es, das kühle, sahnige Schwarzwälder in sich hineinzulöffeln. Leider war dieses Vergnügen gekoppelt an Seiferths baldigem Auftauchen – falls er denn kam. Er war bereits fünfzehn Minuten über der verabredeten Zeit.

Doch um zu hoffen, dass das Gespräch nicht stattfinden würde, war es zu früh. Theresa wusste aus ihren Jahren bei Seiferth, dass der es für eine gute Taktik hielt, sich zu verspäten, um seine Gesprächspartner nervös zu machen.

Bei Vera klappte das offenbar auch. Sie schaute immer öfter zur Uhr und sich in alle Richtungen um. »Wo bleibt der denn?«, murmelte sie nicht zum ersten Mal.

Theresa wies mit ihrem Löffel etwa dreißig Grad an Veras rechter Schulter vorbei, zögerte kurz, weil sie nichts Falsches sagen wollte. Aber ja, maßgeschneiderter Anzug, offener Hemdskragen, voll ergrautes Haar, Millimeter kurzer, ebenso grauer Vollbart. Da kam Seiferth.

»Hinter dir«, brummte sie und dachte: *Schade. Zu früh. Jetzt kann ich mein Eis nicht in Ruhe zu Ende genießen.*

Vera drehte sich um. »Wird ja auch Zeit«, meinte sie wirsch.

Seiferth war jetzt bis auf zehn Meter heran. Als er Theresa erkannte, blieb er kurz stehen. Sein Gesicht nahm einen unzufriedenen Ausdruck an. Diese Unzufriedenheit sprach auch deutlich aus seinen ersten Worten. »Ich hatte um ein vertrauliches Gespräch gebeten.« Er setzte sich zu ihnen. »Unter vier Augen.«

»Die Anzahl der Augen war nicht Teil unseres Telefonates«, erwiderte Vera kühl. »Und ich vertraue Theresa.«

»Na, schön. Soll mir recht sein«, knirschte Seiferth. Für seine Verspätung entschuldigte er sich nicht.

»Also, weswegen haben Sie um dieses Treffen gebeten? Worüber möchten Sie mit mir reden?«, erkundigte sich Vera.

»Über meine Frau natürlich.«

»So viel ist mir klar. Aber um was geht es konkret?«

»Was glauben Sie denn?« Seiferth fixierte Vera mit einem Ausdruck im Gesicht, der nicht den geringsten Zweifel an seiner Abneigung ließ. »Ich möchte, dass Sie sich von Konstanze fernhalten.«

Vera blinzelte irritiert und Theresa verstand sehr gut, warum. *Das war's?* Deshalb bestellte Seiferth Vera her? Das hätte er nun wirklich am Telefon erledigen können.

»Das steht nicht zur Debatte«, ließ Vera vernehmen. »Ich liebe Konstanze. Und was noch viel wichtiger ist, sie liebt mich.«

»*Das* glauben Sie?« Seiferths Mundwinkel hob sich spöttisch.

»Das weiß ich.«

»Sie kennen Konstanze doch gar nicht. Sie sind jetzt wie lange mit ihr …?« Er winkte ab, um zu bedeuten, wie unwichtig die Antwort war. »Ich *lebe* seit fast dreißig Jahren mit ihr. Ich weiß, wie sie tickt. Auch wenn Konstanze es nicht wahrhaben will, sie genießt die Freiheit, die ich ihr biete. Ebenso wie sie den Luxus liebt.« Seiferth lehnte sich selbstsicher in seinem Stuhl zurück. Der herannahenden

Kellnerin bedeutete er mit einem Kopfschütteln, dass er sie nicht benötigte. »Konstanze wird weder das eine noch das andere je aufgeben. Glauben Sie mir. Im Übrigen sind Sie nicht die Erste und Sie werden nicht die Letzte sein, mit der meine Frau herummacht«, stichelte er.

Der Seitenhieb traf. Was Theresa daran erkannte, dass Vera einmal durchschluckte, bevor sie erwiderte: »Wenn Sie da so sicher sind, was beunruhigt Sie?«

»Ich bin nicht beunruhigt.« Seiferth schaute auf die Uhr.

Theresa wunderte sich. Viel Zeit schien Seiferth nicht mitgebracht zu haben. Zudem war sein Auftritt bis hierher eher harmlos. Reine Zeitverschwendung. Und Seiferth war nicht der Mann, der seine Zeit verschwendete. Normalerweise schoss er schon bei Betreten eines Raumes, den ersten Pfeil in Richtung Gegner ab. Theresa konnte jedoch immer noch nicht erkennen, wo dieses ziellose Geplänkel hinführte.

Also was wird das hier?

»Jetzt sagen Sie nur noch, wir sitzen hier, weil Sie *mir* unnötigen Kummer ersparen wollen?«, meinte Vera. Sie hielt die Hände im Schoß, die Finger waren ineinandergeflochten, doch ihr rechter Daumen schlug nervös gegen den linken.

Seiferths Mundwinkel verzog sich spöttisch nach oben. Sein Blick blieb an etwas oder jemanden hinter Vera hängen. Doch nur eine Sekunde. Dann fixierte er Vera. »Nein. Wir sitzen hier, weil Konstanze angedeutet hat, dass Sie sich für die Beziehung mit ihr eine Zukunft wünschen. Und bevor Sie beginnen, Hochzeitspläne zu schmieden, denke ich, Sie sollten wissen, eine Scheidung steht für mich nicht zur Disposition. Ich werde meiner Frau keinesfalls mein Geld in den Rachen werfen, welches sie dann mit Ihnen durchbringt.«

Aha, jetzt kommen wir der Sache näher. Und nein, keine Überraschung, es geht ums liebe Geld.

»Also sind Sie doch beunruhigt«, stellte Theresa sachlich fest. Zumal Seiferth sich ja wohl denken konnte, wer im Verfahren zum Vermögensausgleich seine Gegnerin sein würde.

Seiferth lachte laut und unecht. Jedenfalls in Theresas Ohren. Sie nahm ihm die zur Schau gestellte Gelassenheit nicht ab.

»Sie überschätzen sich, Kollegin«, sagte Seiferth mit immer noch viel zu lauter Stimme. Einige Gäste von den Nachbartischen und sogar ein Passant warfen neugierige Blicke zu ihnen.

»Und Sie lügen«, warf Vera Seiferth an den Kopf. »Konstanze genießt weder ihre angebliche Freiheit noch den Luxus. So oberflächlich ist sie nämlich nicht. Sie zwingen Konstanze in diese Ehe, in der sie unglücklich ist. Und ich werde herausbekommen, wie Sie das anstellen.«

Theresa schaute missbilligend zu Vera. Das war keine taktische Meisterleistung gewesen. Leider jetzt nicht mehr zu ändern.

»Ich zwinge niemanden«, behauptete Seiferth. Er lächelte jovial. »Oder hat Konstanze dergleichen erzählt?«

Vera blieb stumm.

»Nein? Sehen Sie.« Er schaute Vera herausfordernd an.

Oder an ihr vorbei? Auf Theresa wirkte ihr ehemaliger Chef abgelenkt.

In Seiferths Blick funkelte es auf, ein breites Grinsen folgte. »Vera, ich habe Sie immer gemocht. Sie waren lange Jahre für mich tätig und ich schätze sie als kluge Frau. Eine, die mit beiden Beinen auf dem Boden der Tatsachen steht. Aber was Konstanze angeht, sind Sie nicht objektiv. Verständlicherweise.« Seiferth beugte sich vor und tätschelte übertrieben wohlwollend Veras Hand. Vera war so perplex, dass sie sie nicht einmal wegzog. »Trotzdem muss Ihnen doch aufgefallen sein«, fuhr er fort, »dass meine Frau im Moment sehr labil ist. In so einem Zustand sucht man Bestätigung, wo immer man sie kriegen kann. Ich will nicht leugnen, dass Sie für Konstanze irgendwie wichtig sind, im Moment. Aber interpretieren Sie da nicht zu viel hinein.« Er lehnte sich wieder zurück. »Sie sollten froh sein, dass ich Verständnis für die Situation aufbringe. Ich will Sie doch nur davor bewahren, sich emotional zu stark in einer Sache zu engagieren, welche nicht die geringste Chance auf eine Zukunft hat.«

Theresa beobachtete, wie Veras Miene zwischen Abwehr und Verwunderung hin und her schwankte.

Nicht besser erging es Theresa. Eben noch ging Seiferth Vera frontal an und plötzlich machte er auf Gönner. Was führte der Mann im Schilde? Die Suche nach der Antwort auf diese Frage nahm Theresa für den Moment so sehr ein, dass sie die Frau, die sich ihrem Tisch näherte, und jetzt neben ihm stehen blieb, zunächst nicht wahrnahm. Erst als eine zitternde Stimme fragte: »Was ist hier los?«, wandte Theresa den Blick nach rechts.

»Konstanze!« Vera konnte in ihrem Stuhl kaum atmen. »Was machst du denn hier?«

»Offensichtlich dich dabei überraschen, wie du dich hinter meinem Rücken mit Jörg triffst.«

»Setz dich doch«, bot Seiferth seiner Frau an.

»Nein, ich habe einen Termin im GIGA-Hotel. Sie suchen jemanden, der neue Fotos für die Homepage macht.«

»Ja, ich erinnere mich. Ich hatte dich der Managerin empfohlen. Eine Mandantin von mir. Wie schön, dass es geklappt hat«, machte Seiferth auf Small Talk

»Schön, ja«, murmelte Konstanze. Mehr nicht. Einem leichten Kopfschütteln folgte ein enttäuschter Blick auf Vera. Dann drehte sie sich um und ging.

»Konstanze, warte!« Vera sprang auf und lief ihr nach.

Theresa beschlich angesichts Seiferths hämischen Grinsens das Gefühl, Teil eines schlechten Schauspiels geworden zu sein. Seiferth war der Regisseur gewesen. Er hatte den Schauplatz gewählt, das Eiscafé direkt neben dem GIGA-Hotel. Sie und Vera waren seine Darsteller. Nur das keine von ihnen gewusst hatte, dass ein Film gedreht wurde.

KAPITEL 14

Gedämpfte Motorengeräusche drangen durch das angekippte Fenster von der Straße in Theresas Büro. Irgendwo hupte es und ein Mann brüllte herum. Vera setzte einen Kaffeebecher auf Theresas Schreibtisch ab.

»Danke«, murmelte Theresa.

»Franziska ist da. Sie hat Pizza mitgebracht.«

»Ich dachte sie ist Ernährungsberaterin. Im Moment kommt sie mir eher wie ein Lieferservice vor«, kommentierte Theresa die Tatsache, dass Franziska seit einer Woche jeden Tag über Mittag in der Praxis auftauchte.

»Sie strengt sich ziemlich an, dass es mit ihr und Selina wieder etwas wird. Die beiden gehen jeden Abend aus.«

»Tja, arme Lena«, presste Theresa hervor.

»Lena?«, wunderte Vera sich. »Was hat die damit zu tun?«

»Na, ich hatte den Eindruck, bevor Franziska auftauchte, lief da etwas zwischen Selina und Lena. Zumindest bahnte sich etwas an.«

»Ganz sicher nicht«, lachte Vera. »Lena hat doch einen Freund. Christian heißt er.«

Theresa Kopf schnellte hoch. »Was?«

»Wusstest du das nicht?«

Woher denn? Wenn es mir niemand erzählt! »Und wo war dieser Christian an Lenas Geburtstag?«

»Er macht ein Auslandssemester in London.« Vera griente. »Ich wusste gar nicht, dass du so an Lenas Gefühlszustand Anteil nimmst.«

»Das war nur so ein Gedanke«, murmelte Theresa. »Apropos Gefühlszustand.« Sie blinzelte, unsicher ob sie Vera wirklich fragen sollte. Andererseits wirkte sie ziemlich ausgeglichen, also war es Vera wohl gelungen, die Wogen zwischen ihr und Konstanze zu glätten. »Wie läuft es zwischen dir und Konstanze?«

Vera, schon auf dem Weg zur Tür, blieb stehen und drehte sich um. »Na ja, um ehrlich zu sein, nicht so gut.« Sie kam zurück zum Schreibtisch und setzte sich. »Wir drehen uns im Kreis. Sie tut, als hätte ich sie hintergangen, weil ich mich mit ihrem Mann traf. Ich wiederum versuche, ihr zu erklären, dass ich nur erfahren will, warum sie in dieser Ehe festhängt. Dass ich es ganz bestimmt nicht genossen habe, ihren Mann zu treffen und so etwas nicht nötig wäre, wenn *sie* mit mir reden würde.«

»Und?«

»Jedes Mal, wenn wir an diesem Punkt sind, macht sie dicht. Sie besucht mich zwar, aber sie ist nicht wie sonst. Ich meine, sie ist immer etwas spröde. Was es umso schöner macht, wenn ich sie zum Lachen bringen kann. Aber im Moment … sie steht ziemlich oft neben sich. Auch wenn sie so tut, als wäre alles wieder in Ordnung. Das ist es nicht. Das spüre ich.«

Es klopfte an die offene Tür. »He ihr zwei, es gibt Pizza in der Küche. Mögt ihr?« Selina lehnte sich gegen den Rahmen.

»Ich bin nicht hungrig«, lehnte Theresa ab.

»Danke«, sagte Vera. Sie drehte sich in ihrem Stuhl um. »Aber meine Waage hat mich heute Morgen eindringlich vor weiteren Kaloriensünden gewarnt.«

Selina schmunzelte. »Ihr streikt schon?«

Vera drehte den Stuhl, in dem sie saß, um den Hals nicht so verrenken zu müssen. »Wie steht es denn zwischen dir und Franziska jetzt?«, erkundigte sie sich. »Wie lange willst du sie noch zappeln lassen?«

»Wer sagt denn, dass ich das tue?«

»Warum sonst überschlägt sich Franziska so? Du hast dich noch nicht entschieden«, stellte Vera fest.

Selina schwieg.

»Was stimmt denn nicht?«, wollte Vera wissen. »Ich dachte, du bist froh, dass Franziska zurückgekommen ist.«

»Ja, natürlich bin ich das.« Selina drückte sich vom Türrahmen ab, machte kehrt und verschwand.

Vera hob die Augenbrauen und drehte sich samt Stuhl wieder zu Theresa. »Ist ja komisch«, murmelte sie. Doch sie weihte Theresa nicht in ihre Gedanken ein, was genau sie komisch fand.

Theresa hakte auch nicht weiter nach. Stattdessen fragte sie. »Sag mal, weißt du zufällig, ob der Termin, den Konstanze in diesem Hotel hatte, schon länger feststand?«

»Nein, wieso fragst du?«

»Hm«, machte Theresa nur.

Vera wartete.

»Hattest du nicht auch den Eindruck, dass Seiferth …«, Theresa fiel es schwer, zu beschreiben, was sie störte, »… na ja, er hat zwar viel geredet, aber nichts gesagt.«

»Worauf willst du hinaus?«

»Als du Konstanze hinterhergelaufen bist, saß er da und hatte so einen zufrieden hämischen Ausdruck im Gesicht. Ich habe den Verdacht, bei dem Treffen ging es um etwas ganz anderes als das Treffen selbst.«

»Ich kann dir immer noch nicht folgen.« Vera zuckte mit den Schultern.

»Seiferth hat das Ganze in Szene gesetzt.«

»Was?«

»Er wusste von Konstanzes Termin und hat uns zur passenden Zeit in das Café bestellt, von dem er wusste, dass Konstanze dort vorbeikommen würde.« In Theresas Kopf setzten sich die Bruchstücke plötzlich wie von selbst zu einem Ganzen zusammen. »Seiferth tastete die ganze Zeit mit seinem Blick unauffällig die Gegend ab, von einem Moment zum anderen hebt er seine Stimme, so dass sie über die ganze

Straße hallt und dann legt er auch noch seine Hand auf deine.«

Vera kratze sich hinterm Ohr. »Aber was sollte Konstanze denn annehmen, als sie uns sah? Sie glaubt ganz sicher nicht, dass ich etwas mit ihrem Mann anfange, noch dazu in deinem Beisein!«

»Nein, das wohl nicht. Er wollte Misstrauen sähen. Und der Plan hat funktioniert, das siehst du ja an Konstanzes Reaktion.«

»Manipulation. Das passt zu Seiferth«, murmelte Vera nachdenklich. »Und zu dem, was Lena gesagt hat. Aber was tun wir dagegen?«

Theresa rieb sich die Schläfen. »Da haben wir wenig Möglichkeiten, fürchte ich. Erst recht, solange deine Konstanze nicht den Mund aufmacht und sagt, warum sie sich ihrem Mann fügt.«

Vera seufzte. »Ich will sie im Moment nicht weiter drängen. Wenn ich das tue, erreiche ich eher das Gegenteil. Sie verschließt sich nur noch mehr.«

»Das verstehe ich. Ich bin auch sicher die Letzte, die dir Tipps geben kann, wie du Konstanze bewegen kannst, sich zu öffnen. Aber ich kann dir raten, Seiferth keine weitere Gelegenheit zu geben, sein Spielchen mit dir zu treiben. Gehe ihm besser aus dem Weg.«

Vera nickte. Theresa sah ihr an, wie unwohl Vera sich gerade in ihrer Haut fühlte. Vera stand auf. »Ich glaube, ich muss mal ein bisschen frische Luft schnappen«, murmelte sie.

»Mach das«, sagte Theresa.

Wenig später fiel die Tür im Flur ins Schloss.

Theresa entschloss sich, zur Bäckerei auf der anderen Straßenseite zu gehen. Sie hatte nämlich gelogen, als sie sagte, sie habe keinen Hunger. Sie hätte nichts gegen ein Stück Pizza einzuwenden gehabt. Nur wollte sie es nicht essen, während Franziska mit Selina turtelte.

Das Klingeln des Telefons ließ sie ihr Vorhaben noch einmal verschieben. Sie nahm ab. Marcus Paschke bedankte sich wortreich und glücklich für ihre Hilfe. Er ließ auch Max einmal zum Dank sein tiefes Bellen durch die Leitung schicken. Theresa schmunzelte. Es war selten, dass sich ein Mandant die Zeit für einen solchen Anruf nahm. Und es zeigte ihr, dass es Paschke wirklich um Max gegangen war und nicht darum, seiner Ex-Freundin eins auszuwischen.

Sie schloss ihr Büro ab und ging.

Drei Minuten später bestellte Theresa in der Bäckerei Cappuccino und einen Erdbeerplunder.

»Fünf Euro fünfzig«, sagte die Verkäuferin und fragte. »Hier essen oder mitnehmen?«

Theresa schob das Geld über den Tresen. »Hier.«

Die Verkäuferin legte den Plunder auf einen Teller, während der Cappuccino in eine Tasse lief. Tasse und Teller stellte sie schließlich vor Theresa auf den Tresen. »Bitte schön.«

Theresa nahm beides und setzte sich an einen der Tische vor dem Laden. Genüsslich biss sie in den Blätterteig mit Pudding. Gerade als sie die erste Erdbeere erwischte, hörte sie neben sich eine bekannte Stimme sagen: »Aha, du stehst also auf süße Verführungen.« Es war Franziska. Sie sah lächelnd auf die kulinarische Sünde in Theresas Hand.

»Erwischt«, sagte Theresa trocken.

Franziska setzte sich an den Tisch. »Da bin ich aber froh, ich dachte schon, du gehst auf Abstand zu mir.«

»Warum sollte ich?«

»Genau das habe ich mich auch gefragt.« Franziska schlug ein Bein über das andere und lehnte sich im Stuhl zurück.

Theresa nippte an ihrem Cappuccino. Sie spürte Franziskas Blick, der sie ziemlich ungeniert musterte und für Theresas Geschmack etwas zu lange in Höhe ihrer Brust verweilte. Wieso verweilte er überhaupt dort?

Jetzt schüttelte Franziska lächelnd den Kopf. »Du redest nicht gern über dich. Das hat mir Selina schon gesagt.«

»Ach ja?«

»Allerdings.«

»Was hat sie dir sonst noch so über mich erzählt?«

»Nicht viel. Was, ehrlich gesagt, untypisch für Selina ist. Irgendwie macht sie um dich ein kleines Geheimnis. Was mich wiederum umso neugieriger macht.«

Deshalb also der abtastende Blick. Vermutete Franziska in ihr etwa eine Rivalin?

»Selina und ich teilen uns die Geschäftsräume, wie du weißt. Viel mehr gibt es da nicht zu sagen.« Theresa beabsichtigte nicht, Franziska irgendwelche Details zu verraten, die Selina und sie betrafen. Jede Minute mit Selina, selbst die Meinungsverschiedenheiten, gehörten ihr. Sie gedachte nicht, diese Momente mit Franziska zu teilen. Dass es Selina offenbar ebenso ging, ließ Theresa in sich hineinlächeln. Auch wenn sie Selinas Gründe dafür nicht kannte, es fühlte sich gut an.

Franziska kniff die Augen zusammen. »Selina sagte, dass sie sich meistens nur mit dir streitet und deshalb keine Lust hat, über dich zu reden. Sie wollte aber nicht sagen, worüber ihr streitet.« Sie machte eine Pause. Betont bedächtig fuhr sie fort: »Kann es sein, dass ich da in etwas hineingeplatzt bin? Ich habe das Gefühl, dass es zwischen euch ein wenig knistert.« Ein weiteres Mal tasteten Franziskas Augen Theresa ungeniert ab. »Verdenken könnte ich es Selina nicht. Du hast von der Natur viel Schönes mitbekommen.«

Theresa blinzelte irritiert. *Was wird das jetzt?* Klopfte Franziska auf den Busch oder … flirtete sie etwa? Theresa entschloss sich zu einem kleinen Test. Sie zwinkerte Franziska zu. »Es fällt anderen noch nicht auf, also verrat es nicht weiter, aber ehrlicherweise muss ich gestehen, es gibt bereits deutliche Anzeichen verfallender Jugend.«

Prompt gluckste Franziska. »Glaube mir, ich habe ein Auge für so etwas. Bei dir passt alles tipp topp.«

Sie flirtet!

»Sag jetzt nicht, du hörst das zum ersten Mal.« Franziskas Augenaufschlag faszinierte Theresa wider aller Abneigung. »Hätte ich etwas genauer hingesehen, wer jetzt in meinem Büro sitzt, wäre ich vielleicht gar nicht zu Selina gekrochen, um sie um Verzeihung zu bitten. Jedenfalls nicht gleich.«

Die Botschaft war eindeutig. Theresa verstand sie und dankte ihrer Selbstbeherrschung, welche es ihr ermöglichte,

Franziska nicht fassungslos anzustarren. Sie stieg auf das Spiel ein, um zu sehen, wie weit Franziska ging.

»Wer sagt dir denn, dass ich nicht abgeneigt wäre?«

»Bist du?«

Theresa verzog den Mund, als überlege sie. »Ich denke das ist keine gute Idee. Ich möchte keinen Stress mit Selina.«

»Sie wird es nicht erfahren. Nicht von mir.«

Aber von mir! Ich werde Selina sagen, was hier gerade passiert ist und … sie wird mir kein Wort glauben. Mist! Sie wird mir vorwerfen, ich denke mir das aus, weil ich gegen ihre Beziehung zu Franziska bin.

Theresa fiel nichts Besseres ein als: »So etwas kommt früher oder später immer raus.«

Franziska schmunzelte nur. »Aber das ist ja eher mein Problem als deines.«

Theresa verstand nichts mehr. »Warum kämpfst du überhaupt um Selina?«

»Weil es das ist, was mich reizt. Die Eroberung.« Franziska lächelte bei den folgenden Worten beinah weich. Ihre Stimme klang tatsächlich sanft. »Und weil es angenehm ist, auch einmal zu verweilen. Bei Selina fühlt sich beides gut an.«

Sie ist sich ihrer Sache absolut sicher. Schlechtes Gewissen: Fehlanzeige.

Franziska stand auf. Immer noch lächelnd machte sie einen Schritt um den Tisch herum und beugte sich zu Theresa hinunter. »Überleg es dir«, hauchte sie in Theresas Ohr. Ihre Lippen streiften Theresas Haut. »Mein Angebot steht. Du wirst nicht enttäuscht werden.«

Theresa blieb sitzen. Verblüfft schaute sie auf die Gänsehaut, die ihren Arm überzog.

***

Es klopfte. Theresa schaute auf.

Selina betrat das Büro und setzte sich in den rechten der zwei Stühle vor Theresas Schreibtisch. Ihr ernster Blick veranlasste Theresa, die Akte von Frau Bachmann zur Seite zu legen. »Hallo, wie geht es dir? Kann ich etwas für dich tun?«

»Ja, das kannst du«, sagte Selina.

Mehr sagte sie nicht.

Theresa wartete. Für eine Sekunde durchfuhr sie der Schreck, weil ihr der Gedanke durch den Kopf schoss, dass Franziska Selina von ihrem Gespräch erzählt hatte. Und nun wollte Selina eine Erklärung von ihr, warum sie Franziskas Angebot, welches natürlich nicht ernst gemeint war, offenbar in Erwägung zog. Theresa fühlte, wie ihr heiß wurde.

»Wieso gehst du mir eigentlich aus dem Weg?«, fragte Selina leise.

»Was?«

»Ich weiß ja, dass ich, deiner Meinung nach, einen Fehler mache, weil ich Franziska eine zweite Chance gebe. Aber das ist kein Grund, mir auszuweichen.«

»Das tue ich auch nicht.« Theresa fiel ein Stein vom Herzen. Das war Selinas Problem?

»Du hast in den letzten Tagen kaum ein Wort mit mir gesprochen«, beschwerte Selina sich jetzt.

Theresa lachte befreit. »Ich hatte viel um die Ohren. Wirklich. Es tut mir leid, wenn bei dir ein falscher Eindruck entstanden ist. Das klingt fast so … hast du mich etwa vermisst?« Sie musste grienen.

Selina schnaufte. »Ja, stell dir vor«, quetschte sie heraus. »Aber bilde dir bloß nichts darauf ein. Ich habe mich einfach nur daran gewöhnt, mit dir zu streiten.« Sie sprang auf und ging zur Tür.

»Warte mal«, rief Theresa ihr nach.

Selina blieb stehen, drehte sich aber nicht um.

Theresa stand auf, ging um ihren Schreibtisch und machte zwei zögerliche Schritte auf Selina zu. »Ich … du hast recht, die Sache mit Franziska gefällt mir nicht. Daran hat sich nichts geändert.« *Schon gar nicht nach meiner letzten Unterhaltung mit Franziska.* »Es tut mir leid, dass ich nicht aus meiner Haut kann.«

Jetzt wandte Selina sich um. Ihre Augen schwammen in zurückgehaltenen Tränen.

Es versetzte Theresa einen Stich. *So sehr ist sie also immer noch in Franziska verliebt.* Hilflos stand sie vor Selina.

Deren Stimme klang viel fester als Theresa erwartet hätte, als sie sagte: »Es mag in deinen Augen dumm sein, denselben Fehler zweimal zu machen. Aber ich finde, noch dümmer ist es, aus lauter Angst davor, etwas falsch zu machen, gar nichts zu tun.«

»Soll das heißen, du lässt dich wieder mit Franziska ein, weil du die Gewissheit haben willst, dass sie sich nicht ändern kann?«

Selina schüttelte resigniert den Kopf. »Nein, das soll es nicht.«

»Was dann?«

Selina seufzte. Eine Antwort gab sie nicht.

»Ich versteh dich nicht.« Theresa wunderte sich selbst, wie gereizt sie klang.

»Nein, offensichtlich nicht.«

»Dann sprich weniger in Rätseln.«

»Weniger Rätsel? Das sagt die Richtige«, murmelte Selina. Sie presste die Lippen zusammen. Doch dann brach es aus ihr heraus. »Also schön, Theresa. Dann Klartext. Du hast von Anfang an keinen Zweifel daran gelassen, dass du von der Liebe wenig hältst. Aber das gibt dir nicht das Recht, dich in *mein* Leben einzumischen.«

Theresa wich, von dem unerwarteten Vorwurf und der Wut in Selinas Stimme überrascht, zwei Schritte zurück und stieß sich an der Schreibtischkante. An dieser hielt sie sich fest und hob zu Protest an. »Aber ich ...«

»Hör mir zu!«, schnitt Selina ihr das Wort ab. »Du hast nicht das Recht, dich meinen Freundinnen gegenüber schroff zu verhalten, wie du es Lena gegenüber getan hast. Ebenso wenig hast du das Recht, eine Frau schlecht zu machen, weil ich sie vielleicht immer noch liebe. Franziska mag ihre Fehler haben, aber du bist nicht diejenige, die darüber befindet, was sie mir bedeuten darf. Nur, weil du selbst nicht an Gefühle glaubst, genauer gesagt gerade deswegen, hast du nicht die geringste Ahnung von ihnen. Kein Wunder, dass sie dir Angst machen. Aber daran bist du selbst schuld, weil du zu feige bist, dich ihnen zu stellen.«

Theresa stand mit offenem Mund da. In ihrem Kopf schwirrten tausend Worte, aber sie konnte keine zwei zusammenbringen, geschweige denn einen ganzen Satz, mit dem sie Selina eine Antwort geben konnte. Sie fühlte ihren Puls in den Ohren sausen und war heilfroh, dass der Schreibtisch, an dem sie lehnte, ihr Halt gab. Allerdings verhinderte er auch, dass sie Selina ausweichen konnte, die in diesem Moment hautnah an sie herantrat. »Wie lange willst du noch so weitermachen, Theresa?« Selinas Stimme war plötzlich nur noch ein Flüstern. Ihre Augen schimmerten. Theresa versank in ihrer sanften Tiefe, welche sich durch das zarte Streicheln von Selinas Fingern in ihrem Nacken mit einem Kribbeln im Bauch verband.

Selinas Lippen trafen weich auf Theresas. »Da ist nichts, wovor du Angst haben musst«, hauchte Selina.

»Ich weiß«, flüsterte Theresa. »Es ist nicht mein erster Kuss.« Dennoch ließ sie die Tischkante nur zögernd los, denn sie wollte sicher gehen, dass ihre Knie, die gerade weich zu werden begannen, sie noch trugen. Als sie dessen sicher war, legte sie ihre Hände auf Selinas Hüfte.

Hatte Selina darauf gewartet? Jedenfalls wurde der Druck ihrer Lippen genau in diesem Moment fordernder. Doch auf eine sanfte Art.

Nicht so bei Theresa. In ihr hatte sich etwas angestaut und sie konnte nicht verhindern, dass es herausbrach. Mit einer Leidenschaft, die sie selbst nicht bei sich kannte, kostete sie gierig von Selinas Lippen. Doch auch das genügte ihr nicht. Sie wollte mehr und sie kam nicht als Bittstellerin. Selina seufzte leise. Ein leidenschaftliches Spiel ihrer Zungen begann. Theresa erlebte es wie einen Rausch und erst Selinas Hand auf ihrer Brust, die sie vorsichtig, aber bestimmt von sich drückte, brachte Theresa wieder zur Besinnung.

»Das reicht«, keuchte Selina. Ihre Wangen überzog ein tiefes Rot.

Auch Theresa atmete heftig. »Entschuldige, ich wollte dich nicht derart … ich habe die Kontrolle verloren.«

»Schon gut.« Selina machte einen Schritt zurück. Immer noch hob und senkte sich ihr Brustkorb überdeutlich. »Ich weiß nicht, was das eben war, Theresa. Ich wollte nur … ich weiß nicht einmal mehr, was ich wollte. Ich war einfach wütend auf dich, weil du machst, dass ich mich schlecht fühle, verstehst du?«

»Ja.«

»Wirklich?«

Theresa lächelte schief. »Ich versuche es.«

Selina sah sie durchdringend an. Dann schüttelte sie den Kopf und verließ das Büro.

Auch Theresa schüttelte den Kopf. Ohne so recht zu wissen, worüber. *Sie hat mich geküsst, weil sie wütend ist?* Die Erklärung kam Theresa seltsam vor. Doch da es keine Option war, Selina nachzugehen, hakte sie die Frage ab. Es blieb allerdings eine andere. Warum hatte *sie* Selina geküsst? Auf diese Art!? Mit dieser Leidenschaft?

Ein mulmiges Gefühl beschlich Theresa. Wieder einmal.

Und wieder einmal zog sie es vor, sich davon abzulenken.

Sie verschanzte sich hinter ihrem Schreibtisch und zog sich die Akte Bachmann heran. Noch einmal überflog sie die Mails, welche zwischen Irene Bachmann und deren Verlag im Laufe der letzten Monate hin und hergingen. Anschließend las sie erneut die Verträge. Dann sprach Theresa den Brief an die Verlagsanwältin in ihr Diktiergerät.

»Sehr geehrte Frau Kollegin,

in oben genannter Sache habe ich mich mit meiner Mandantin beraten und darf Ihnen folgendes mitteilen.

Ich kann nicht erkennen, dass meine Mandantin gegen Pflichten aus den verschiedenen Autorinnenverlagsverträgen, insbesondere gegen die dort enthaltene Optionsklausel, verstoßen hat. Nachdem die Optionsklausel ohne zeitliche oder gegenständliche Beschränkung ausgestaltet ist und sich damit auf das gesamte künftige Schreiben meiner Mandantin bezieht, bestehen bereits grundsätzliche Bedenken an der Wirksamkeit dieser Klausel.«

Verdammt. Selina fühlt sich schlecht in meiner Nähe? So schlecht, dass sie wütend auf mich ist. Aber wieso kommt sie dann in mein Büro, um mich zu fragen, warum ich ihr aus dem Weg gehe? Das macht gar keinen Sinn.

Theresa trommelte grüblerisch mit den Fingern auf die Tischplatte. *Frauen und Paragrafen haben doch einiges gemein. Man hört oder liest ihre Worte, aber der Sinn erschließt sich nur langsam, bei Frauen manchmal auch gar nicht.*

»Ich gehe davon aus, dass die von Ihnen verwendete Regelung nach Paragraf 138 BGB sittenwidrig und damit nichtig ist. Das gilt umso mehr, als dass die von Ihnen erwähnte Optionsklausel in jedem Vertrag wiederholt verwendet wird. Diesseits wird festgestellt, dass auch unter Berücksichtigung der Regelung des Paragraf 40 UrhG gerade diese Hintereinanderschaltung der Optionen zu einer Sittenwidrigkeit und damit Unwirksamkeit führt.«

Theresa unterbrach ihr Trommeln. Stattdessen hypnotisierte sie einen imaginären Punkt an der Zimmerdecke.

Wenn ich so schlimm bin, müsste Selina doch froh sein, wenn sie mich nicht sieht. Und warum sagt sie mir das erst jetzt? Sie ist doch sonst nicht um Klarheit verlegen.

»Vorsorglich kündige ich hiermit namens und in Vollmacht meiner Mandantin sämtliche zwischen dem Verlag und meiner Mandantin in der Vergangenheit geschlossenen Optionsvereinbarungen mit sofortiger Wirkung, hilfsweise zum nächstzulässigen Termin.«

Ich mische mich doch nicht in ihr Leben! Im Gegenteil. Ich versuche, mich so gut es geht rauszuhalten.

Theresa legte die Stirn in Falten. Na gut, hin und wieder hatte sie eine Bemerkung gemacht, die – ja, sie gab es zu – auch mal schroff rüberkam. Aber sie sagte doch nur ihre Meinung. Und eigentlich war Selina doch gar nicht so überempfindlich.

Verdammt, konzentrier dich, Theresa.

»Ergänzend möchte ich darauf hinweisen, dass meine Mandantin selbst bei unterstellter Geltung der Optionsregelung bisher nicht gegen entsprechende Pflichten verstoßen hätte. Meine Mandantin hat bisher etwaige unter die Optionsregelung fallende neue Werke ausschließlich selbst verwertet. Dies geschah insbesondere durch die öffentliche Zugänglichmachung auf ihrer Website. Derartige Verwertungshandlungen meiner Mandantin als Urheberin stellen keinen Erwerb der Verlagsrechte im Sinne der von Ihnen erwähnten Optionsklausel dar.«

Sie ließ das Diktiergerät sinken.

Oder hatte Selina bisher einfach nur nichts gesagt und das Fass volllaufen lassen?

Das würde Selinas Wut erklären. Aber nicht, dass sie sich beklagt, weil sie mich nicht zu sehen bekommt. Zumal sie selbst die ganze Zeit mit Franziska beschäftigt ist.

Welcher sollte überhaupt der entscheidende Tropfen gewesen sein, der das Fass zum Überlaufen gebracht hatte?

Vielleicht hatte es Krach zwischen Selina und Franziska gegeben. War das der Grund für Selinas tränenschwere Augen? Dann bedeutete Selinas Ausbruch vielleicht nichts weiter, als dass sie totunglücklich war. In einer solchen Gefühlslage konnte man schon mal irrational reagieren.

Theresa seufzte tief. Sie hob das Diktiergerät wieder zum Mund.

»Dies scheitert bereits daran, dass die Verwertung von einer einzigen Person, namentlich meiner Mandantin als Urheberin vorgenommen wurde. Ein zweiseitiger Verlagsvertrag wie dieser in Paragraf eins Verlagsgesetz als Vertrag zwischen dem Verfasser und dem Verleger definiert ist, liegt damit nicht vor. Meine Mandantin verwertet schlicht das von ihr selbst als Urheberin erstellte Werk. Dies kann und wird sie auch künftig in jeder ihr beliebigen Form tun. Diesseits ist nicht zu erkennen, dass diese Eigenverwertung irgendeine Form von Schadensersatzansprüchen Ihrerseits begründen könnte, da solchem jede Vertragsgrundlage fehlt.

Mit kollegialen Grüßen und so weiter und so weiter.«

Theresa schaltete das Diktiergerät aus.

Ja, so muss es sein. Selina ist einfach durch den Wind. Und das alles nur wegen Franziska, die Selina überhaupt nicht verdient hat!

KAPITEL 15

Selina hatte sich wieder gefangen. Schon am Tag nach ihrem Ausbruch entschuldigte sie sich bei Theresa. Dann bekam Theresa Selina bis zum Wochenende nicht mehr zu Gesicht, so dass sich nun ihr der Verdacht aufdrängte, Selina mied sie. Doch ganz sicher beabsichtigte Theresa nicht, in Selinas Büro zu gehen und sie zu fragen, warum.

Mit der neuen Woche kehrte Selinas gewohnt stilles Lächeln zurück. Sie scherzte mit Vera und ließ sich von Franziska umwerben. Zwischen den beiden lief es wohl gut. Bei dem Gedanken verspürte Theresa eine deutliche Gereiztheit, weshalb sie den Rest ihres Kaffees mit mehr Schwung in den Ausguss des Küchenwaschbeckens entsorgte als beabsichtigt. Die Flüssigkeit spritzte zurück und einige der Spritzer landeten in Bauchhöhe auf ihrer Bluse.

»Mist«, fluchte Theresa leise. Sie befeuchtete ein Handtuch und begann hektisch, die Flecken herauszureiben. Natürlich ohne Erfolg. Statt kleiner schwarzer Punkte prangte auf ihrer Bluse jetzt ein großer hellbrauner Fleck, der Sommersprossen hatte. »Na super.«

Der Tag beginnt richtig gut!

Theresa schaute auf die Uhr. Um noch einmal nach Hause zu fahren, reichte die Zeit nicht. Ihr erster Mandant kam in zwanzig Minuten. Also knöpfte sie kurzerhand die Bluse auf und zog sie aus. Sie hielt die betroffene Stelle unter den Wasserhahn und rieb den Stoff gegeneinander. Der Kaffeefleck begann zu verblassen.

»Das ist bei weitem das beste Outfit, das ich bisher an dir gesehen habe.«

Theresa fuhr herum. Franziska hatte die Küche betreten.

»Was machst du denn so früh hier?« Eilig schlüpfte Theresa in ihre Bluse, um ihre nackte Haut Franziskas Blicken zu entziehen. Die Knöpfte widersetzten sich jedoch ihren fahrigen Fingern.

»Ich hole Kaffee für Selina. Wir installieren gerade ein neues Antivirusprogramm auf ihrem PC.« Franziska kam lächelnd näher.

»Aha«, murmelte Theresa. *Verdammt, diese Knöpfe wollen einfach nicht in ihre Löcher.*

Franziskas Lächeln wurde tiefer, ebenso wie ihre Stimme. »Mache ich dich nervös?« Warme Hände umschlossen Theresas Finger. »Soll ich dir helfen?« Franziskas Stimme war kaum mehr als ein Hauch. Spielerisch strich sie mit der Hand über Theresas Bauch.

Theresa schob sie weg. »Lass das.«

Doch Franziska lachte nur leise. Die Hand kam zurück, fuhr Theresas Taille entlang und kroch aufwärts. Theresa spürte, wie Franziska sich gegen sie lehnte. Mit einer Kopfdrehung wich sie Franziskas Lippen aus. Das belustigte Glucksen, welches Franziska von sich gab, quittierte Theresa mit einem wirschen: »Das ist nicht lustig.«

Sie sah Franziskas Hand, die sich neben ihrem Kopf am Hängeschrank abstützte. Franziskas andere Hand spürte Theresa an ihrer Wange. Bestimmt, aber nicht zwingend. Diesmal wich Theresa nicht aus. Franziskas Lippen fanden ihr Ziel.

Nicht sonderlich überrascht hielt Theresa still. Was Franziska wohl als Aufforderung verstand. Ihre Zunge drängte in Theresas Mund.

»Das geht jetzt wirklich zu weit«, presste Theresa hervor. Sie drückte Franziska von sich weg.

»Das sehe ich auch so«, schnitt Selinas Stimme scharf durch die Luft.

»Selina!« Theresa stieß Franziska von sich. Im selben Moment wurde ihr klar, dass sie immer noch mit offener Bluse dastand. Falls Selina dieses Detail bis eben nicht aufgefallen wäre, jetzt sprang es ihr direkt ins Auge. »Es ist nicht das, wonach es aussieht!«

Selinas starrer Blick lag auf Theresa. Jetzt wanderte er zu Franziska. »Und du? Hast du auch etwas dazu zu sagen?« Sie wartete die Antwort nicht ab. »Ach, wisst ihr was. Ich wünsche euch viel Spaß miteinander.« Sie wandte sich ab und ging.

»Selina, warte.« Franziska lief ihr eilig nach. »Verdammt, was erwartest du, wenn du mich am ausgestreckten Arm verhungern lässt?« Die Stimme ging über in Flehen. »Sel, das ist unfair ...« Den Rest konnte Theresa nicht mehr hören. Er wurde durch das Geräusch einer sich schließenden Tür abgeschnitten. Sie bekam nur noch so viel mit, dass es hinter der Tür nach anfänglichem lautem Streit allmählich stiller wurde.

Theresa trocknete notdürftig mit dem Handtuch den nassen Stoff, der an ihrer Haut klebte. Geistesabwesend knöpfte sie die Bluse zu. Ihr Kopf war leer, bis auf eine einzige Frage: Würde Selina je wieder ein Wort mit ihr sprechen?

Ich muss ihr erklären, wie es dazu gekommen ist … sobald ich es selbst begreife. Warum habe ich das getan? Warum habe ich Franziska geküsst? Ich habe das Funkeln in ihren Augen gesehen, ich wusste, worauf es hinauslaufen würde, und ich habe mich im besten Fall halbherzig gewehrt.

Während ihres Termins mit der nächsten Mandantin drehte sich dieses Fragenkarussell in Theresas Kopf zunehmend schneller. Der Blick der Mandantin wurde immer fragender, denn es war ganz offensichtlich, dass die Anwältin alles andere als in Topform war. Theresa entschuldigte sich vage mit Kopfschmerzen, trieb das Ende des Termins herbei und verzichtete darauf, die Frau hinauszubegleiten. Mit einem drängenden »Sie finden hinaus?« beendete sie das Gespräch und lief durch den Flur.

Vor Selinas Bürotür atmete sie einmal tief durch, legte die Hand auf die Klinke und klopfte. Entschlossen drückte Theresa die Türklinke hinunter. Sie wollte unter allen Umständen mit Selina reden und klarstellen, dass Franziskas Kuss nichts bedeutete. *Meine Knie haben nicht gebebt, in meinen Ohren hat es nicht gerauscht, ich war bei vollen Sinnen.*

Theresa sah nur einen verwaisten Stuhl und machte kehrt. Ihr Blick fiel auf die Tür zum Therapieraum, welche einen Spalt offen stand. Sie ging darauf zu. Leise schob sie die Tür auf. Selina lag auf der Behandlungscouch. Den Arm hatte sie über die Augen gelegt. Es sah aus, als ob sie schlief.

Leise näherte sich Theresa der Couch.

Selina hob kurz den Arm. »Ich mag nicht darüber reden. Und ich mag dich nicht sehen«, brummte sie. Der Arm sank zurück.

Theresa blieb stehen. Sie wartete. Doch es folgte kein »Nie mehr!« und auch kein »Verschwinde!«. Das nahm sie zum Anlass zu bleiben. Endlich fiel ihr ein, was ihr die ganze Zeit auch noch im Kopf herumschwirrte und was sie nur nicht hatte greifen können. Franziska hatte gesagt, sie würde am ausgestreckten Arm verhungern. Hieß das etwa … »Es lief zwischen euch doch auch ohne dem was vorhin passiert ist nicht gut, Selina. Du warst dir unsicher. Habe ich recht?«

Jetzt sprang Selina mit einem Satz auf. Wütend fuhr sie Theresa an: »Ja! Bist du nun zufrieden?«

Theresa hob beschwichtigend die Hand. »Es tut mir leid, wirklich.«

»Was tut dir leid?«

»Sieh es doch positiv. Du weißt nun, woran du mit Franziska bist.«

Selina wandte Theresa demonstrativ den Rücken zu, stapfte zum Fenster und sah starr hinaus. Ihre Stimme wurde immer leiser während sie sagte: »Das wusste ich vorher schon, Theresa. Du verkennst die Situation.«

»Was meinst du damit?«

Selina drehte sich um. »Ich bin enttäuscht von Franziska, ja. Aber noch mehr von dir. Ich hätte nicht gedacht, dass du so weit gehst, nur um recht zu behalten.«

Theresa schluckte. Selina dachte, sie hätte mit Franziska angebändelt? Hatte Franziska ihr das so erzählt? »Es war Franziska, die mir ein eindeutiges Angebot gemacht hat, nicht umgedreht«, verteidigte sie sich.

»Und du konntest nicht ablehnen«, sagte Selina ätzend.

»Franziska hat mich schlicht überrumpelt. So war das.«

»Ich bitte dich. Willst du mir erzählen, sie hat dich gezwungen, sie zu küssen?«

Das nun nicht gerade. Theresa schwieg.

»Ich will das wirklich wissen, Theresa. Warum hast du Franziska geküsst?«

»Vielleicht wollte ich wissen, was du an ihr findest. Ich war neugierig, was sie Großartiges kann. Kusstechnisch.«

Selina lachte bitter. »Und? Hast du es herausgefunden?«

»Nein. Oder ja. Da war nichts Besonderes.« *Ganz anders als bei unserem Kuss.* »Ich bin auch plötzlich über mich selbst erschrocken. Ich war gerade dabei, das Ganze zu beenden, als du dazukamst.« Das wollte Theresa in jedem Fall klarstellen.

Selina schüttelte den Kopf. »Du wolltest sehen, wie weit Franziska geht und es mir dann unter die Nase reiben.«

Theresa seufzte. »Vielleicht auch das, aber ich will einfach nicht, dass sie dir weh tut, Selina.«

»Deshalb übernimmst du das gleich selbst! Na ja, ich hoffe das war es dir wert.«

Theresa sah, wie Selinas Augen zu schwimmen begannen. Sie trat zu ihr und legte die Hand auf Selinas Arm, doch Selina schob sie bestimmt weg. Theresas Herz klopfte unheilahnend. »Was … meinst du?«

»Unsere Freundschaft, Theresa. Das funktioniert nicht. Ich hätte es schön gefunden, aber es geht nicht. Ich möchte, dass wir uns in Zukunft auf das Geschäftliche beschränken.«

»Was?«, krächzte Theresa und würgte gegen den Frosch im Hals an.

»Ich bitte dich, das zu akzeptieren«, sagte Selina. Ihre

Stimme wackelte dabei, aber ihre Worte waren endgültig: »Ab sofort kein Wort mehr zu meinen privaten Angelegenheiten. Umgekehrt werde ich mich natürlich aus deinen heraushalten.«

Theresa fand ihre Stimme wieder. »Das ist doch albern, Selina. Wie soll man das denn so scharf trennen?«

»Das werde ich dir dann schon zeigen. Und jetzt möchte ich allein sein, bitte.« Selina wies mit der Hand Richtung Tür. Ihr Gesicht wirkte wie versteinert. Es würde nicht gelingen, sie jetzt umzustimmen. Das sah Theresa Selina an. Also ging sie.

Ich werde später weiter mit ihr reden oder morgen, wenn sie sich beruhigt hat.

KAPITEL 16

Theresa war sich durchaus bewusst gewesen, dass es zu einem guten Tag gehörte, einen netten Plausch mit Selina halten zu können. Die vielen kleinen Begegnungen mit ihr, selbst das einfache aneinander Vorbeigehen, bei dem sie nur ein Lächeln von Selina auffing. Was sie nicht ahnte, war, dass der Verlust dieser netten Kleinigkeiten sie so stark treffen würde. Drei Wochen wich Selina ihr nun schon aus. Theresas anfängliches Schuldbewusstsein schlug allmählich in Frust um. Sie klammerte sich hauptsächlich an einen Gedanken: *Das hält Selina niemals durch.*

Theresa schloss die Eingangstür zur Kanzlei auf, ging in ihr Büro, wo sie ihre Tasche auf den Schreibtisch ablegte, und folgte dem Kaffeegeruch bis in die Küche. Selina goss sich gerade eine Tasse ein.

»Guten Morgen«, begrüßte Theresa sie.

Selina nahm ihre Tasse vom Küchentresen, schaute Theresa an, gab eine gemurmeltes »Guten Morgen« zurück und verließ ohne ein weiteres Wort die Küche. Theresa schnaufte unwirsch, während auch sie sich eine Tasse füllte, die sie mit ihn ihr Büro nahm.

Ein Schlüssel klapperte im Flur. Vera steckte kurz den Kopf durch die Tür. »Kann ich dich nachher mal sprechen?«

»Von mir aus auch gleich.«

»Okay, ich leg nur schnell ab.«

Eine Minute später war Vera zurück. Sie schloss die Tür hinter sich. Zögernd kam sie näher und setzte sich in einen der beiden Stühle vor Theresas Schreibtisch. Ganz untypisch für sie kaute Vera auf ihrer Unterlippe herum, ein deutliches Zeichen, dass sie reden wollte, aber nicht wusste, wie sie anfangen sollte.

»Was hast du auf dem Herzen?«, ermunterte Theresa sie deshalb. Aber Vera konnte sich dennoch nicht entschließen.

»Wie geht es Konstanze eigentlich?«, erkundigte sich Theresa. Vielleicht ging es ja um Veras Freundin. »Und dir«, setzte sie hinzu.

»Na ja, es ist schwierig. Ich bin natürlich darauf bedacht, Konstanze das Gefühl zu vermitteln, dass ich sie zu nichts dränge. Andererseits weiß sie, was ich mir wünsche und worauf ich warte. Damit steht sie immer etwas unter Druck, fürchte ich.«

»Wohnt sie bei dir?«

Vera seufzte kopfschüttelnd. »Nein. Sie bleibt auch selten die ganze Nacht. Ich sehe sie manchmal zwei drei Tage gar nicht, weil sie lieber allein ist.«

»Das muss nichts Schlimmes bedeuten, Vera.«

»Ich weiß. Aber es ist schon etwas verletzend. Doch was soll ich machen? Ich liebe Konstanze. Also hoffe ich einfach, dass sie wirklich nur Zeit braucht, wie Lena gesagt hat.«

Das hoffte Theresa auch, für Vera.

»Ich bin also eigentlich genug deprimiert und im Moment eine schlechte Trösterin«, meinte Vera und in ihrem Ton schwang jetzt deutlicher Vorwurf mit.

Theresa blinzelte überrascht.

»Außerdem hatte ich bisher den Eindruck, dass du Selina magst«, sprach Vera weiter. Und dann platzte es aus ihr heraus. »Mein Gott, Theresa, würdest du mir bitte erklären, was in aller Welt in dich gefahren ist, dass du Franziska geküsst hast?«

»Selina hat es dir erzählt?«, fragte Theresa überflüssigerweise. Eigentlich hatte sie schon viel früher mit diesem Gespräch gerechnet. Es sich sogar gewünscht. Sie verband damit die leise Hoffnung, dass Vera zwischen ihr und Selina vermitteln würde.

»Gestern. Nachdem ich gefühlte zwanzig Mal gefragt habe, was mit ihr nicht stimmt. Selina ist so enttäuscht von dir, Theresa! Und ehrlich gesagt, ich bin es auch. Wie konntest du das tun?«

Theresa seufzte. Sie hatte es schon Selina kaum erklären können, und sie konnte es auch jetzt gegenüber Vera nicht. »Das war eine ganz blöde Situation. Ich wollte das gar nicht, ehrlich. Ich weiß, ich hätte früher stopp sagen müssen, aber Franziska war definitiv die, von der die Initiative ausging.« Reumütig fügte sie hinzu: »Ich wünschte, ich könnte diesen verdammten Kuss rückgängig machen, glaube mir.«

Vera schüttelte missbilligend den Kopf. »Das ist keine Erklärung, Theresa. Nachdem du aus deiner Abneigung zu Franziska keinen Hehl gemacht hast, ist dir doch klar, wonach das aussieht.«

»Natürlich, aber ich schwöre hoch und heilig, dass es nicht meine Absicht war, Selina und Franziska auseinanderzubringen.«

»Bist du dir da sicher?«

»Ja! Aber natürlich glaubt Selina mir das nicht. Und du offenbar auch nicht.«

»Es fällt mir schwer«, sagte Vera zweifelnd.

»Was hätte ich denn davon?«, versuchte Theresa sie zu überzeugen.

Vera kniff leicht die Augen zusammen. »Ich hatte hin und wieder den Eindruck, dass du … eifersüchtig bist.«

Theresa schüttelte energisch den Kopf. »So ein Unsinn!«

»Findest du Selina nicht attraktiv?«

»Darüber habe ich noch nicht nachgedacht!«

Vera grinste. »Das ist doch keine Sache, über die man nachdenken muss. So etwas weiß man nach der ersten Minute.«

»Ich mag Selina, das weißt du doch.«

»Uuuuund?« Vera zog das Wort bedächtig in die Länge. »Möchtest du herausfinden, wie es ist, sie zu küssen?«

Das habe ich bereits. Theresa fühlte Hitze in sich aufsteigen bei der Erinnerung.

»Du hast ...?« Vera starrte sie groß an.

Theresa begriff, dass ihr der Gedanke über die Zunge geschlüpft war. »Und ich habe Selina auch gesagt, dass Franziskas Kuss im Vergleich zu ihrem nichts Besonderes war.«

Veras Augenbrauen hoben sich. »Und was hast du ihr noch gesagt?«

»Nichts. Warum auch, wenn Selina mir bei jeder Gelegenheit zu verstehen gibt, wie schlecht sie sich in meiner Nähe fühlt!«

Vera entfuhr ein tiefer Seufzer. »Langsam beginne ich zu begreifen.«

»Tatsächlich?« Theresa schnaufte frustriert. »Dann bitte, weihe mich ein. Ich verstehe nämlich rein gar nichts. Selina sagt, sie wäre von *mir* enttäuscht. Jedenfalls mehr als von Franziska. Und sie redet kein Wort mehr mit mir.«

»Angenommen Selina würde wieder mit dir reden, hättest du ihr denn etwas Bestimmtes zu sagen?«, wollte Vera wissen.

»Etwas Bestimmtes? Meinst du eine Entschuldigung? Ich habe ihr bereits gesagt, dass mir leidtut, was passiert ist.«

Ein leichtes Kopfschütteln bei Vera. »Das ist es nicht, was sie hören will, glaube ich.«

»Dann hilf mir. Sag mir, was ich tun soll. Was erwartet Selina?«

Veras Blick durchdrang Theresa. Nach einer für Theresa ewigen Minute des Schweigens, erhielt sie von Vera den wenig hilfreichen Rat: »Das musst du schon selbst herausfinden.«

Theresa hob verzweifelt die Hände. Sie verspürte den unbändigen Drang, auf den Tisch zu hauen, beherrschte sich aber in letzter Sekunde. »Wie denn, wenn sie nicht mit mir redet?«, fragte sie ratlos.

»Bleib eben dran.«

»Ich denke, ich warte besser, bis Selinas Laune sich etwas gebessert hat«, murmelte Theresa.

»Na, dann hast du hoffentlich viel Geduld, denn eines kann ich dir sagen. Selina kann manchmal auch stur sein.«

Theresa zog die Mundwinkel nach unten. »Na toll.«

Vera sah sie auffordernd an. Weil Theresa nicht reagierte, drehte Vera den Kopf demonstrativ langsam zur Tür und wieder zurück. Erneut forderte ihr Blick Theresa auf.

»Du meinst jetzt gleich?«

Kopfnicken.

»Vera, ich weiß nicht. Selina hat mich vorhin kaum gegrüßt.«

»Ein Grund mehr«, erwiderte Vera unnachgiebig. »Los!«

Theresa erhob sich widerstrebend.

»Nun geh schon«, sagte Vera. Sie stand auf und schob Theresa zur Tür. Wohl um sicher zu gehen, öffnete sie sie auch gleich. So blieb Theresa nichts anderes übrig. Sie gab sich einen Ruck und durchquerte den Gang.

Selinas Bürotür stand offen. Sie hob auf Theresas Klopfen hin den Kopf und senkte ihn sofort wieder.

Theresa blieb unsicher stehen. Ihr fiel nichts Besseres ein als die Frage: »Was ist eigentlich aus Mutter und Tochter Krüger geworden? Hat Isabell erfahren, wer ihr Vater ist?«

Selina hob erneut den Kopf. »Bisher nicht.«

»Aussichtsloser Fall?« Theresa machte einen Schritt ins Zimmer.

»Eine Herausforderung«, korrigierte Selina kühl.

Theresa lächelte. »Damit wirst du doch fertig.«

»Mal sehen«, erwiderte Selina unbestimmt und sah demonstrativ auf ihre Armbanduhr. »Ich habe gleich einen Termin, Theresa. Meine Patienten kommen jeden Moment.«

Ein höflicher, aber unmissverständlicher Rauswurf. Sie war abgeblitzt! Und obwohl Theresa mit einer solchen Reaktion Selinas gerechnet hatte, minderte das nicht ihre Enttäuschung. Doch so schnell wollte sie nicht aufgeben. »Ich kann nicht zurück in mein Büro. Vera sitzt dort und wartet, dass wir uns versöhnen. Zumindest miteinander reden. Sie braucht das, für ihren Gemütszustand, sagt sie. Und ehrlich gesagt, geht es mir genauso.« Sie lächelte unsicher.

»Was gibt es da zu reden, Theresa? Du hast den Bogen einfach überspannt.«

»Aber es war Franziska …«

»Nein, Theresa«, unterbrach Selina sie. »Gib nicht Franziska die Schuld. Du hättest es nicht so weit kommen lassen müssen. Egal was du für einen Grund hattest, du wusstest, dass es falsch war. Du hast es trotzdem getan. Das ist der springende Punkt.«

»Aber ich tat es nicht mit Absicht. Das muss doch auch etwas zählen. Gerade du als Paartherapeutin musst doch wissen, wie irrational Menschen manchmal handeln, wenn es um Gefühle geht.«

Selina Gesichtsausdruck veränderte sich. Glaubte Theresa zumindest. *Weniger Vorwurf, etwas Überraschung. Erleichterung?*

»Ging es denn um Gefühle, Theresa? Das hast du bisher nämlich nicht gesagt. Ich erinnere mich nur an einen kusstechnischen Vergleich und einem angeblichen Beschützerinstinkt.«

»Nicht angeblich«, verteidigte Theresa sich. »Wieso sollte ich das denn vorgeben?«

»Weil du einfach beweisen wolltest, dass Franziska eine notorische Fremdgängerin ist. Damit du recht behältst und deinen Zynismus pflegen kannst.«

»Nein, verdammt! Ich wollte gar nichts beweisen. Ich konnte doch gar nicht wissen, dass du genau in dem Moment dazukommst.«

Selina stutzte. »Also gut«, meinte sie. »Dann sag mir bitte, welche Gefühle du meintest, als du eben von irrationalem Handeln gesprochen hast.«

Theresa wich aus. »Nichts Konkretes, ganz allgemein.«

Vom Flur erklangen Stimmen. Selinas Kunden trafen ein.

»Das ist mein Termin«, sagte Selina. »Du musst gehen.«

Es klang nicht bedauernd, fand Theresa.

In ihrem Büro wurde sie von Veras gespannt blickenden Augen in Empfang genommen. »Und? Wie lief es?«

Theresa setzte ein schiefes Lächeln auf. »Wie die meisten solcher Gespräche mit Selina. Verwirrend. Also wahrscheinlich nicht so gut.«

Vera verzog enttäuscht den Mund.

KAPITEL 17

Immer noch kaum ein Wort von Selina. Jedenfalls keines, welches Theresa ihr nicht aus der Nase ziehen musste. Von einem freundlichen Lächeln ganz zu schweigen. Dabei lächelte Selina wieder mehr, nur eben nicht in Theresas Richtung. Dahin wehte lediglich ein kühler Wind.

Wenigstens blieb Franziska weg. So viel hatte der Ärger immerhin gebracht. Theresa musste sich mit diesem Erfolg begnügen. Und mit der kleinen Freude darüber, dass Isabell Krüger in der Zwischenzeit ihren Vater kannte, wenigstens dem Namen nach. Isabell hatte sich bei Theresa persönlich bedankt, auch wenn ihr Anteil am Erfolg nur an der Weitervermittlung zur Therapeutin bestanden hatte.

Irene Bachmann, die Freizeitautorin, konnte offensichtlich ebenfalls nicht zufrieden sein. Sie saß heute ein weiteres Mal vor Theresa, und zwar mit angespanntem Oberkörper und ziemlich fassungslos. »Wissen Sie, Frau Kerner, in dem Moment als ich *moments* durch Sie mitteilen ließ, dass die Zusammenarbeit beendet ist, ging ich ja schon davon aus, keine Tantiemen mehr zu erhalten. Ich habe den finanziellen Totalverlust für meine Freiheit in Kauf genommen, denn eine Auseinandersetzung vor Gericht kann und will ich mir nicht leisten. Allein schon meiner Nerven wegen. Deshalb hat es mich nicht sonderlich tangiert, als drei Tage nach Ihrem letzten Brief an *moments* sämtliche meiner E-Books von 7,99 Euro auf 0,99 Euro im Preis purzelten. Ich habe mich nur gefragt, wie unprofessionell ein Verlag sein kann, dass er sich so eine billige Rachenummer nicht verkneifen kann. Schließlich sinken so ja nicht nur meine Einnahmen, die ohnehin nur lächerliche fünf Prozent vom Nettopreis betragen, sondern vor allem die Einnahmen des Verlages. Aber«, Irene Bachmann beugte sich vor, »es ist eine Dreistigkeit ohne Ende, wenn die andere Seite jetzt Buchhandlungen kontaktiert und behauptet, ich veröffentliche meinen neuen Roman widerrechtlich, weil der Verlag seine Zustimmung nicht dazu gegeben hat.«

»Wie bitte?« Theresa glaubte, sich verhört zu haben. »Ich hatte doch absolut klar dargelegt, warum eine Veröffentlichung durch Sie keiner Zustimmung bedarf.«

»Ja, sehr klar. Für Sie, für mich, eigentlich für jedermann. Aber was schert das den Verlag? Der verfährt nach seiner üblichen Methode. Was man nicht hören will, ignoriert man. Aber jetzt sind sie zu weit gegangen. Diese Aussage gegenüber dem Handel ist nicht nur dreist, das ist bewusstes Verbreiten von Unwahrheit mit der Absicht, meinem Ruf zu schaden. Das lasse ich mir nicht gefallen!«

»Ich werde sofort eine Unterlassungsaufforderung aufsetzen, der ich eine Schadensersatzforderung beifüge.«

»Ja, und schreiben Sie auch dazu, dass, wer im Glashaus sitzt, nicht mit Steinen werfen sollte.«

»Wie meinen Sie das?«

Irene Bachmanns schnaufte. Um ihren Mund zuckte es. »Sie erinnern sich an den Wirrwarr mit den Verlagsadressen?«

Theresa nickte.

Irene Bachmann zerrte ein Papier aus ihrer Jackentasche, faltete es auf und legte das Blatt demonstrativ vor Theresa auf den Schreibtisch. »Seit Neuestem weiß ich, dass sich zu dieser stattlichen Anzahl Adressen mehrere ausländische Konten gesellen.« Der Zeigefinger der Autorin hämmerte auf den Zettel. »Schon letztes Jahr bekam ich mein Honor von einem Konto in Sofia überwiesen. Da habe ich mich schon gewundert. Dieses Jahr, ich weiß nicht, was das soll, kommt das Honorar aus Windhoek, Namibia. Außerdem läuft das Verlagskonto nicht auf den Namen des Verlagsinhabers, Ruben Geiger, sondern auf den seiner Frau, wie im Verwendungszweck zu sehen. Hier.«

Theresa beugte sich vor und überflog die Kopie der Kontoauszüge.

»Und?«, fragte Irene Bachmann gespannt. »Entwickelt sich da nur bei mir eine gewisse Fantasie?«

Theresa hob die Augenbrauen. Laut der Firmierungsangabe in den Verträgen war der Verlag ein Einzelunternehmen mit genau einem Eigentümer. Und nur dieser Eigentümer war berechtigt, Konten für *moments* zu eröffnen. »Sieht aus, als fand ein Eigentümerwechsel statt«, meinte sie. »Oder eine Schließung des Verlages mit anschließender Neugründung unter gleichem Label.«

»Über beides hätte man die Autoren zumindest informieren müssen.«

»Das stimmt«, bestätigte Theresa ihrer Mandantin. »Üblicherweise gibt es in solchen Fällen einen Nachtrag zum Vertrag, welcher die geschlossene Vereinbarung auf die neue Firma überträgt. Natürlich nur, wenn beide Seiten dem zustimmen.«

»Ich fände es durchaus interessant zu wissen, wann sich die Eigentumsverhältnisse des Verlages geändert haben. Und damit, wie lange die neue Verlagsinhaberin schon, ohne Zustimmung der Autoren, Bücher aus Altverträgen vertreibt.«

Bei aller Fantasie fiel es Theresa schwer zu glauben, dass ein Verlag sich Urheberrechtsverletzungen in einem solchen Ausmaß leistete. Da lag eine andere Vermutung doch näher.

Warum sollten nur Ehemänner ihr Geld im Ausland verstecken, um es bei der Scheidung nicht an die Frau zu verlieren. Das konnten Firmen genauso gut, wenn nicht sogar besser. Deren ungeliebte »Frau« hieß Finanzamt. Und das böse S-Wort nicht Scheidung, sondern Steuer. Es kam den Firmen zugute, dass einige ausländischen Banken nachlässig mit der Legitimationsprüfung bei Kontoeröffnungen waren.

»Mit Spekulationen soll man ja vorsichtig sein, aber es gibt auch noch eine andere Möglichkeit«, sagte Theresa deshalb.

»Sie meinen ein kreatives Steuermodell?« Irene Bachmann feixte. »Daran habe ich natürlich auch schon gedacht. Mittlerweile traue ich dem Verlag alles zu.«

»Ich denke, unter den gegebenen Umständen ist es angebracht, den Verlag aufzufordern, die Angaben auf Ihrem Kontoauszug zu erklären.«

Irene Bachmann winkte ab. »Die werden gar nichts erklären.«

»Dann muss ich Ihnen als meine Mandantin empfehlen, den Fall der Steuerbehörde zu melden, um sich selbst zu schützen. Auch das werde ich *moments* natürlich schreiben. Für den Fall der Auskunftsverweigerung werde ich der anderen Seite die Verlagsrechte vorsorglich entziehen.«

»Das heißt, *moments* dürfte keinen meiner Romane mehr veröffentlichen? Ich könnte sie selbst in einer zweiten Auflage herausbringen.«

Theresa nickte bestätigend.

Irene Bachmann lehnte sich zufrieden in ihrem Stuhl zurück. »Ich kann es kaum erwarten, die Antwort vom Verlag zu lesen.«

Theresa diktierte den Brief an *moments* direkt im Anschluss des Gespräches. Damit er schnellstmöglich in die Post kam, brachte sie Vera die Aufnahme. Weil Vera telefonierte, legte sie ihr das Diktiergerät auf den Tisch und bedeutete durch Tippen auf ihre Armbanduhr, dass sie den Brief möglichst schnell aufsetzen sollte. Vera nickte. »Ja, in die Lindenstraße 15 b, gestern Abend, zwei Dutzend rote Rosen«, sprach sie dabei ins Telefon und lauschte. »Nicht? Ganz sicher? Okay, danke für die Auskunft.« Sie legte auf, strich eine Zeile auf dem Blatt Papier durch, das vor ihr lag und griff erneut zum Hörer.

Theresa blieb verwundert stehen. »Was machst du da?« Mit leicht verdrehtem Kopf versuchte sie zu lesen, was auf dem Blatt stand. Schließlich tippte sie kurzerhand mit dem Finger auf das Papier, zog es zu sich und drehte es herum. Es war eine Liste von Blumenläden.

»Jemand hat mir Blumen geschickt«, erklärte Vera. »Und ich will rausbekommen wer. Genaugenommen kann ich mir denken wer, aber ich möchte gerne Gewissheit.«

»Weil?«

»Weil ich dann Konstanze in diesen Blumenladen schleppen kann, und sie von anderen hört, dass ihr Mann hinter der Sache steckt.«

»Hinter welcher Sache?«

Vera schnaufte. »Stell dir vor, gestern Abend, Konstanze und ich sitzen gerade bei ....« Sie unterbrach sich und schaute zur Tür.

Theresa drehte sich um. Selina stand dort. »Störe ich?«

»Nein, komm ruhig rein. Ich erzähle Theresa gerade, was gestern Abend passiert ist.«

Selina kam näher.

»Also, Konstanze und ich sitzen bei einem netten Glas Wein auf meiner Terrasse«, nahm Vera den Faden wieder auf. »Es klingelt. Ich gehe zur Tür, mache auf und stehe vor einem opulenten Strauß dunkelroter Rosen. Ich bin hin und weg, weil ich natürlich denke, dass Konstanze sie mir schickt. Also nehme ich den Strauß, gehe zurück auf die Terrasse, um mich bei ihr zu bedanken. Aber sie sagt, der Strauß ist nicht von ihr. Dann sehe ich den kleinen Umschlag. Ich mache ihn auf und auf der Karte steht: *Liebe Vera, danke für die schönen Stunden. Du bist eine sexy Braut. Deine M.* »Eine Verwechslung«, sage ich zu Konstanze und laufe zur Tür, um den Boten zurückzurufen. Doch der ist nicht mehr zu sehen. Zurück auf der Terrasse fällt mir sofort auf, dass Konstanze mich ganz komisch ansieht.«

»Sie glaubt doch nicht etwa, dass du sie betrügst«, murrte Selina. Dass irgendjemand ihrer Tante so etwas zutraute, empfand sie sichtlich als Kränkung. »Völlig absurd.«

»Das habe ich ihr auch gesagt, aber … na ja, wir befinden uns in einer Art Schwebezustand. Und offenbar schließt sie nicht aus, dass ich mich woanders umsehe.«

Selina schüttelte den Kopf. »Warum um alles in der Welt

ist sie so unsicher?«

Vera zuckte nicht minder ratlos mit den Schultern. »Was das angeht, hüllt Konstanze sich nach wie vor in Schweigen. Das macht es mir ja so schwer.«

»Und jetzt versuchst du, den Laden zu finden, über den die Blumen geschickt wurden, um Seiferth als Auftraggeber zu entlarven«, erriet Theresa.

»Ja, aber bisher ohne Erfolg. Seiferth hat wahrscheinlich sowieso unter falschen Namen dort angerufen. Dann nützt es mir auch nichts, wenn ich herausbekomme, welcher Laden geliefert hat.« Veras Stimme schwoll vor Ohnmacht. »Aber ich muss etwas tun, sonst platze ich.«

Theresa schaute auf die Liste. Dort standen noch mindestens zwanzig Telefonnummern. Sie nahm das Blatt, faltete es ungefähr auf Höhe der Hälfte der Nummern und trennte es vorsichtig durch. »Ich übernehme diesen Teil«, sagte sie wie selbstverständlich. »Und wenn wir wissen, wen Seiferth zum Boten gemacht hat, Vera, gehe ich mit dir da hin. Vielleicht können wir den Ladenbesitzer überreden, uns die Informationen zu geben, die wir brauchen. Zumindest werde ich nichts unversucht lassen.«

Vera lächelte dankbar, wenn auch nicht sehr zuversichtlich. »Ja, vielleicht«, murmelte sie verzagt.

Mit dem abgerissenen Blatt in der Hand ging Theresa zurück in ihr Büro. Allerdings machte auch sie sich nicht allzu große Hoffnung. Seiferth konnte genauso gut in einen Blumenladen marschiert sein, die Rosen gegen Bares gekauft haben und später einen x-beliebigen Burschen, den er auf der Straße ansprach, Geld dafür in die Hand gedrückt haben, dass er den Strauß bei Vera ablieferte. Wenn Theresa es genau bedachte, sprach sogar mehr dafür als dagegen, dass es so abgelaufen war.

Sie wählte die erste Nummer. –

Eine knappe halbe Stunde später hatte Theresa alle Nummern auf ihrem Teil der Liste durchgestrichen, ohne einen Treffer gelandet zu haben. »Mist«, murmelte sie.

Sie suchte Vera und fand sie in der Küche, zusammen mit

Selina. Die beiden blickten sie erwartungsvoll an. Theresa schüttelte bedauernd den Kopf.

»Bei mir dasselbe«, brummte Vera unzufrieden. »Auf die Art wird diese verflixte Distanz zwischen Konstanze und mir nie verschwinden. Sie entfernt sich nur noch mehr von mir. Das ist genau das, was der Mistkerl erreichen will. Ich kann wahrscheinlich ewig warten.«

»Bist du dir sicher, dass Konstanze unter diesen Umständen die Richtige für dich ist?« fragte Theresa vorsichtig. Sie hob abwehrend die Hand angesichts Veras und Selinas protestierender Gesichter.

Vera legte impulsiv ihre Hand über ihre linke Brust. »Ich kann ja meine Gefühle nicht einfach abstellen.«

»Schon gut, war ja nur so ein Gedanke. Ich wollte nicht … vergiss es.« Theresa wollte kehrt machen, um sich nicht noch mehr Groll zuzuziehen.

»Aber wenn ich ehrlich bin, habe ich mir die Frage auch schon mehr als einmal gestellt«, gestand Vera da zaghaft. »Wenn Konstanze mir nicht vertraut, kann unsere Beziehung doch gar nicht funktionieren, oder?«

Theresa blieb nun doch stehen. Vera schaute Hilfe suchend Selina an. Sie wollte eindeutig *keine* Bestätigung auf ihre Frage. Womit Selina in einer Zwickmühle steckte. Sie konnte nicht glaubhaft leugnen, dass Vertrauen die Basis einer Beziehung war. Aber natürlich wollte sie Vera irgendwie aufbauen. Theresa beneidete Selina nicht um diesen Tanz auf dem Drahtseil.

»Manche … viele Leute haben eben ein Problem damit, sich zu öffnen.« Selina nahm Veras Hand in ihre. »Das hat ganz verschiedene Ursachen. Meistens sind es schlechte Erfahrungen, auf Grund derer eine Person ihr verletztes Inneres einhüllt und so zu schützen versucht. Je sensibler ein Mensch ist, je dicker ist die Schutzschicht. Ein vormals fröhlicher Mensch verschließt sich, kapselt sich ab. Zumindest immer dann, wenn jemand an der Schutzschicht zu kratzen beginnt.«

»Was ist mit: Liebe versetzt Berge?«, wollte Vera wissen.

»Liebt Konstanze mich nicht genug?«

»Du meinst, weil sie trotz schlechter Erfahrung spüren müsste, dass sie sich auf dich verlassen kann?«

»Ja!«

»Vera, Probleme in der Liebe sind nicht abstrakter Natur. Sie lassen sich nicht mit Wenn-Dann-Algorithmen lösen«, sagte Selina schwerseufzend.

Der Blick, den Theresa dabei von Selina auffing, sandte ein »Glaub mir, ich weiß, wovon ich rede«, aus und hinterließ in Theresa einmal mehr ein Schuldgefühl. Sie überlegte, ob sie diesen Blick aushalten oder besser doch die Küche verlassen sollte. Sie entschied sich dafür zu bleiben. Selina hatte jedes Recht der Welt, sie spüren zu lassen, wie sehr sie sie mit dieser dämlichen Kussaktion gekränkt und die letzte vage Hoffnung auf eine Beziehung mit Franziska in ihr zerstört hatte.

Vera erhob sich träge. »Es war einen Versuch wert.« Ihre Augen richteten sich auf Theresa. »Ich werde dann mal den Brief schreiben.« Wohl ihrem schlechten Gewissen geschuldet, hier die Stimmung zu drücken, fügte sie hinzu: »Bevor du auf die Idee kommst, mir die Zeit für die Telefoniererei vom Lohn abzuziehen.« Es war ein eher lahmer Scherz.

Theresa tat ernst. »Bring mich nicht auf Ideen.« Ihr mitfühlender Blick folgte Vera. Dann schielte sie zu Selina.

»Danke«, flüsterte die.

»Wofür?«, fragte Theresa überrascht.

»Dass du Vera so hilfst.«

»Ich habe doch nur ein paar Telefonate geführt«, wehrte Theresa ab.

»Du verhältst dich in der ganzen Sache nicht wie ihre Chefin, sondern wie eine Freundin.«

»Hm. Wenigstens bei Vera klappt das.«

Selinas Gesicht verschloss sich schlagartig. Sie blieb aber sitzen. Theresa nutzte die Gelegenheit, um sich ein weiters mal zu entschuldigen. »Es tut mir wirklich leid, Selina. Ich weiß, es geht mich nichts an, mit wem du … es wird nicht wieder vorkommen.«

»Doch, das wird es«, erwiderte Selina kühl.

»Nein, ganz sicher nicht.«

»Und wenn ich dir sage, dass ich am Samstag mit Franziska ausgehe. Sie hat mich zum Essen eingeladen und ich habe angenommen.«

Theresa schluckte. »Dann würde ich hoffen, dass du mich nur testen willst.« Ein Blick in Selinas unbewegte Miene und sie fügte hinzu. »Und sagen, dass es allein deine Sache ist.«

»Ach, jetzt doch? Und wie kommt das?«, wollte Selina wissen.

»Das Allerletzte, was ich will, ist, dass du dich schlecht fühlst, glaube mir. Schon gar nicht meinetwegen. Ich werde lernen, meine Meinung öfter mal für mich zu behalten.«

»Öfter mal?«, wiederholte Selina skeptisch.

»In gewissen Situationen ... in denen Zurückhaltung angebracht ist«, murmelte Theresa. »Ich will dich nicht noch mehr enttäuschen.«

»Seit wann machst du dir darüber Gedanken?«

»Ich habe mir von Anfang an Gedanken über dich gemacht.« *Das ist ja das Problem. Hätte ich mir weniger Gedanken gemacht, mich einfach nur um mich gekümmert, und um meine Arbeit, dann wäre alles in Ordnung. Es gäbe das ganze Chaos in mir nicht.* »Das war sicher ein Fehler«, murmelte sie.

»So siehst du das?« Selinas Stimme vibrierte. Scharf fügte sie hinzu: »Warum bist du dann nicht einfach gegangen, als du die Gelegenheit hattest? Du hättest nur Franziskas Angebot annehmen müssen.« Es hielt Selina nicht mehr auf ihrem Stuhl. Sie sprang auf. »Warum machst du das, Theresa?«

Theresa verschränkte die Arme vor der Brust. »Was mach ich denn?«

»Na das! Du ...« Selina fuchtelte mit den Händen in der Luft herum. »Erst erweckst du den Eindruck, dass ich dir nicht gleichgültig bin, und dann stößt du mich weg.«

»Ich dich?« Theresas Stimme schlug leicht über.

»Ja, natürlich«, sagte Selina nachdrücklich.

»Das … sehe ich ein bisschen anders. *Du* …« Theresa stockte.

»Ja?«

Theresa hob hilflos die Hände. »Du provozierst mich.«

Diesmal war es Selinas Stimme, die fast überschlug. »Ich? Wie denn?«

»Mit Franziska und … du hast mich geküsst! Schon vergessen?«

»Nein, natürlich nicht! Aber nicht, um dich zu provozieren.«

Theresa lachte frustriert. Sie verschränkte erneut die Arme vor der Brust. »Na dann eben, wie du es nennst, weil ich ein Feigling bin. Du wolltest mir eine Lektion erteilen.«

Selina seufzte. »Nein.«

Theresa blinzelte verwirrt. »Also ich erinnere mich ziemlich gut, dass du sagtest …«

»Was hätte ich denn sonst sagen sollen, Theresa?«, schleuderte Selina ihr entgegen. »Dass ich mich in dich verliebt habe?«

Theresa blinzelte noch schneller. Ihre Arme fielen herab. »Was? Nein, äh …«, stotterte sie und verstummte.

Selina wartete. Als von Theresa nichts weiter kam, schüttelte sie resigniert den Kopf. »Ach, vergiss es.« Sie ging.

Theresa starrte ihr perplex nach. Sie haderte mit sich, ob sie Selina nachgehen sollte. Bevor sie einen Entschluss fassen konnte, erschien Vera in der Tür und teilte ihr mit: »Frau Brämer ist da.«

***

Ohne die Mandantin zu unterbrechen, hatte Theresa sich deren Schilderung angehört. Jetzt legte sie das Schreiben des Anwaltskollegen, welches Frau Brämer mitgebracht hatte, vor sich auf den Tisch. »Leider stimmt, was dort steht«, musste sie ihrer Mandantin erklären. »Wenn beide Partner das Sorgerecht haben, stellt der Auszug eines Partners mit den Kindern gegen den Willen des anderen Partners einen

Kindesentzug dar. Und das sehen weder das Jugendamt noch das Gericht gerne. Es war also keine kluge Entscheidung, einfach so mit den Kindern zu Ihrer Mutter zu ziehen.«

»Mein Mann weiß doch, wo ich und die Kinder sind. Ich habe es ihm gesagt.« Die Frau verstand das Problem nicht.

»Das spielt keine Rolle. Sie hätten vorher das Aufenthaltsbestimmungsrecht auf sich übertragen lassen müssen. Ich kann Ihnen nur raten, mit den Kindern in die gemeinsame Wohnung zurückzugehen. Zumindest vorerst.«

»Aber solange wir da waren, waren wir ihm völlig egal. Er hat uns gar nicht wahrgenommen. Höchstens als Lärmfaktor, der ihn bei seiner Arbeit stört, welche er sich noch mit nach Hause genommen hat.«

Theresa lächelte beruhigend. »Bei einer Trennung ist derjenige gut beraten, der einen kühlen Kopf behält. Sie sollten versuchen, sich gütlich und vor allem sinnvoll mit Ihrem Mann zu einigen, wie es weitergehen soll. In Ihrem Interesse und dem der Kinder. In der momentanen Situation, wo weder das Jugendamt noch ein Gericht eine Regelung getroffen hat, empfehle ich Ihnen, wenn es Ihnen wirklich ernst ist, das Trennungsjahr offiziell zu beginnen. Ich kann in Ihrem Namen eine entsprechende Anwaltserklärung per Einschreiben an Ihren Mann zustellen lassen.«

Das Gesicht ihrer Mandantin verzog sich skeptisch. »Trennungsjahr unter demselben Dach? Das funktioniert doch niemals.«

»Aber Ihr Mann arbeitet die meiste Zeit, wenn ich Sie richtig verstanden habe. Arbeiten Sie selbst auch?«

»Halbtags, bis die Kinder aus der Schule kommen.«

»Das heißt die Betreuung der Kinder zu Hause und bei Krankheit liegt bei Ihnen.«

»Davon können Sie ausgehen.«

»Gibt es Probleme in der Schule?«

»Die Kleine hat eine Rechtschreibschwäche.«

»Na ja, das kann man Ihnen nicht anlasten. Ich dachte mehr in Richtung Disziplin, Desinteresse, Mobbing.«

Die Mandantin schüttelte den Kopf.

»Hat Ihr Mann Eltern, die sich um die Kinder kümmern würden?«, forschte Theresa weiter.

»Seine Eltern wohnen im Saarland. Ich glaube nicht, dass sie hierherziehen wollen.«

Theresa nickte. »Dann sehe ich keinen Grund, warum das Familiengericht anders entscheiden sollte, als dass die Kinder bei Ihnen wohnen werden, sobald Sie eine eigene Wohnung haben. Das wird auch *sein* Anwalt ihm sagen. Besprechen Sie die Situation mit Ihrem Mann und versuchen Sie, sich mit ihm über eine Besuchsregelung zu einigen. Wenn er sich stur stellt, rufen Sie mich an. Dann besprechen wir Alternativen.« Theresa stand auf, kam um den Schreibtisch und reichte der Frau die Hand. »Einverstanden?«

»Na gut, wenn Sie meinen.«

Theresa brachte Frau Brämer zur Tür, welche sie mit einem unterdrückten Seufzer schloss. Kommunikation war mal wieder das Zauberwort. Nur konnte man natürlich nicht erwarten, dass Paare, die in der Ehe kaum noch miteinander sprachen, ausgerechnet bei der Trennung darauf kamen, dass miteinander reden ein adäquates Mittel ist, Probleme zu lösen.

Na ja, gut für mich. Davon lebe ich schließlich. Und Kommunikation allein ist ja auch nicht zwangsweise ein Weg zu mehr Klarheit. Insbesondere, wenn sie in Fragesätzen formuliert wurde.

Selinas Worte gingen Theresa nicht aus dem Kopf. *»Was hätte ich denn sonst sagen sollen, Theresa? Dass ich mich in dich verliebt habe?«* Sie hatte ihr die Worte wütend an den Kopf geknallt. Auch ohne Psychologiestudium war Theresa in der Lage, daraus auf eine gewisse emotionale Stresssituation bei Selina zu schließen. Was frustrierte Selina so?

Vielleicht ist es ja wahr …

Für eine Sekunde spürte Theresa ihr Herz schneller schlagen. Bis sie sich daran erinnerte, was Selina kurz zuvor sagte: »Sie hat mich zum Essen eingeladen und ich habe angenommen.«

Franziska, immer wieder Franziska!

Theresa ließ sich in ihren Schreibtischsessel fallen. Für

etwa eine Sekunde. Dann sprang sie auf, durchschritt mit forschen Schritten ihr Büro und den Gang. Selinas Bürotür stand offen. Wie immer, wenn sie nicht drinsaß. Aus dem Therapieraum vernahm Theresa dumpfe Stimmen. Sie widerstand dem Drang hineinzustürmen, ging in Selinas Büro und setzte sich in den Sessel vor Selinas Schreibtisch.

–

»Was machst du hier?«, fragte Selina kühl, ging an Theresa vorbei und legte ihr Notizbuch auf die Ablage.

Theresa stand auf. »Warum sprichst du mit mir kein Wort, lässt dich aber von Franziska einladen? Kannst du mir das mal erklären?«, verlangte sie.

»Und das willst du wissen, weil?«

»Weil es unfair ist!«, beschwerte Theresa sich.

»Sagt ausgerechnet die Frau, die am liebsten andere darüber belehrt, dass das Leben kein Wunschkonzert ist.« Selinas Spott war kaum zu überhören.

Theresa ging darüber hinweg. »Willst du mir eins auswischen?«

»Warum sollte ich?«

»Bitte, Selina, könntest du dir diese Therapeutenangewohnheit, auf Fragen mit Gegenfragen zu antworten, für deine Patienten aufheben und vernünftig mit mir reden.«

»Wenn du mir sagst, was dich daran stört, dass ich mit Franziska essen gehe.«

»Ernsthaft? Nach allem, was passiert ist? Du hast etwas Besseres verdient als sie.«

Selina trat dicht vor Theresa. »Ach ja? So einen Sonnenschein wie dich etwa?«

»Ich würde dich jedenfalls nicht betrügen«, brummte Theresa trotzig und stolperte gleichzeitig über ihre eigenen Worte. *Wieso betrügen? Setzt das nicht voraus, dass du und Selina …* Etwas, das sich ähnlich wie Bauchschmerzen anfühlte, traf Theresa von einem Moment zum anderen. Und das mit der Wucht einer Dampfwalze. Ihr Herz klopfte so stark in ihrer Brust, dass es ihr Nebel vor die Augen zog. Sie suchte nach

Halt und fand ihn nur an Selinas Arm.

»Nein, das würdest du wahrscheinlich nicht.« Selina strich mit der Hand leicht über Theresas Schulter. »Aber eigentlich weiß ich auch das nicht.«

»Was meinst du mit *auch*?«, krächzte Theresa. Ihr Hals war wie zugeschnürt.

»Ich meine, dass ich keine Glaskugel besitze, in die ich hineinschaue und alles offenbart sich mir. Ich hänge in der Luft und verstehe immer besser, wie Vera sich fühlt.«

Wieso Vera? Was hat die jetzt damit zu tun? Vera ist in Konstanze verknallt und das ist etwas ganz anderes als das zwischen uns beiden. Wir sind … waren Freundinnen. An dieser Stelle ihrer hektischen Gedanken, hielt Theresa endlos verwirrt inne.

Selina ging jetzt um ihren Schreibtisch und setzte sich. »Im Übrigen, Franziska und ich gehen nur essen. Mehr nicht. Und wenn es dir nicht passt, dann ist das dein Problem.«

»Ich habe kein Problem damit«, behauptete Theresa. Selbst in ihren Ohren klang sie allerdings wenig überzeugend.

»Na bestens. Worüber reden wir dann?«

»Ich habe keine Ahnung.« Das war nicht gelogen. Theresa schwirrte der Kopf. Ihr Herz schlug schneller, wenn sie an Selinas Kuss dachte und wie er ihr den Boden unter den Füßen weggerissen hatte. Sie sehnte sich danach, Selinas Lippen erneut auf ihren zu spüren.

Dann tu es doch! Es sind höchstens drei Schritte bis zu ihr. Zieh sie in deine Arme. Oder fürchtest du, dir eine einzufangen, wenn du es versuchst?

Nein, das war es nicht. Eher das Gegenteil. Selina würde viel in einen solchen Kuss hineininterpretieren. *Sehr viel. Alles.* Aber Theresa kannte sich. Sie gehörte nicht in die Kategorie Beziehungsmensch. Alle Frauen, mit denen sie bisher zusammen war, hatten ihr das gerne bestätigt. Auf nette oder weniger nette Art. Sie brauchte das wirklich nicht einmal mehr. *Ich bin nicht gut für Selina. Wer weiß, ob ich überhaupt besser bin als Franziska. Am Ende bin ich nur auf eine andere Art schlecht.*

Theresa trat einmal mehr den Rückzug an und ging.

KAPITEL 18

Es war so peinlich!

Theresa schnaufte vor sich hin. Sie hatte sich immer und immer wieder ermahnt, diesen Gedanken zu verwerfen. Dennoch saß sie jetzt hier, wie eine verdammte Stalkerin, in ihrem Wagen und wartete auf Selinas Rückkehr.

Nur essen? Das werden wir ja sehen.

Sie hatte Selina um viertel vor sieben in ihrem weißen VW Kombi wegfahren sehen. Aus sicherer Entfernung, etwa fünfzig Meter entfernt von Selinas Hauseingang parkend. Und wenn sie sich die ganze Nacht um die Ohren schlagen musste, Theresa wollte es wissen. Würde Selina allein nach Hause kommen oder mit Franziska? Oder gar nicht?

Theresa schaute auf die Uhr. Halb zehn.

Sie versuchte, irgendeine bequeme Sitzhaltung zu finden und rutschte in ihrem Sitz hin und her. Dabei verdrängte sie hartnäckig den Gedanken, der mit jeder viertel Stunde, die verstrich, stärker wurde. Nämlich dass sie sich idiotisch benahm. Dennoch konnte Theresa sich nicht dazu entschließen, den Wagen zu starten und nach Hause zu fahren. Dort würde sie nur die Ungewissheit quälen und sie würde bereuen, das hier nicht durchgezogen zu haben. Wenn sie sich also schon wie eine Idiotin fühlte, dann wenigstens mit der Aussicht auf Klarheit.

Viertel vor zehn.

Theresa schaltete das Autoradio aus und beobachtete gelangweilt einen vorbeifahrenden Fiat 500 mit der Aufschrift Pizza Pronto. Sofort meldete sich ihr Magen mit einem leichten Knurren.

Du hättest etwas essen sollen, bevor du dich als Detektivin betätigst, Theresa.

Doch im selben Moment vergaß sie ihren Hunger, denn ein weißer VW bog in die Straße.

Da kommt sie!

Theresa beugte sich vor und fixierte Selinas Wagen. Der parkte nur wenige Meter von Selinas Haustür entfernt ein. Selina stieg aus und auch auf der Beifahrerseite öffnete sich die Tür. Genau in diesem Moment schob sich ein Transporter Taxi in Theresas Blick, hielt und verdeckte die Sicht auf Selinas Wagen. Die Seitentür des Transporters wurde aufgeschoben und zwei deutlich alkoholisierte Fahrgäste stolperten heraus.

Verdammt!

Zu Theresas Ärger verabschiedeten sich die jungen Männer wortreich von der fröhlichen Runde, die noch im Taxi verblieb. Als der Transporter endlich weiterfuhr, waren Selina und ihre Begleitung nicht mehr zu sehen.

Egal, ich weiß auch so, was ich wissen wollte. Nur essen, von wegen!

Theresa lehnte sich in ihrem Sitz zurück.

So, und nun?

Wütend stieß sie die Wagentür auf.

Nun werde ich der Farce ein Ende machen. Die beiden sind untrennbar? Meinetwegen. Dann bekommt Franziska diese verdammten Räume eben zurück. Wir hätten das längst erledigen sollen.

Am Hauseingang angekommen, stand dort einer der beiden Männer, die kurz zuvor aus dem Taxi gestiegen waren. Es war ihm gerade gelungen, seinen Schlüssel ins Türschloss zu führen. Theresa drückte die Tür auf, der Typ stolperte in den Flur und schleppte sich die Treppe hoch.

Theresa stand vor Selinas Wohnungstür im Erdgeschoss. Ein Poltern über ihr und ein Stöhnen zeugten davon, dass der betrunkene Heimkehrer morgen außer einem Kater wahrscheinlich auch einen blauen Fleck als Folge des alkoholreichen Abends haben würde.

Theresa klingelte.

Es rührte sich nichts.

Das zweite Klingeln fiel langanhaltender aus. Theresa hatte nicht die Absicht zu gehen, bevor diese Sache geklärt war.

Oben fiel eine Tür ins Schloss.

Gleichzeitig öffnete sich die Tür vor Theresa.

»Du?« Selinas Blick musterte sie skeptisch von Kopf bis Fuß.

»Kann ich reinkommen?«

»Ich habe Besuch.«

»Ich weiß.« Theresa schob Selina zur Seite und trat an ihr vorbei in die Wohnung. »Ich störe auch nicht lange. Sobald ich gesagt habe, was zu …« Sie brach ab, musste sich sammeln. »Lena? Was machst du denn hier?«

»Hallo Theresa, lange nicht gesehen. Wie geht es dir?« Lena stand lächelnd hinter der Kochinsel. Sie war gerade damit beschäftigt, Eiswürfel in zwei Gläser zu verteilen und Tonic darüber zu gießen. »Auch etwas Kühles?«

»Danke.«

»Danke, ja oder danke, nein?«

»Ja.« Etwas Kühles hatte sie eindeutig nötig! Theresa versuchte, einen klaren Gedanken zu fassen. Hatte Franziska das Essen abgesagt? Das konnte sie sich nicht vorstellen. War Lena zufällig auf Selina und Franziska getroffen und jetzt noch mit zu Selina gefahren, während für Franziska der Abend tatsächlich nach dem Essen endete? Nein, Franziska hätte sich nicht so einfach abwimmeln lassen. Das war nicht ihre Art.

Selina trat neben Lena, nahm ein drittes Glas aus dem Schrank und stellte es hart auf den Tresen. »Was wolltest du sagen, Theresa?«, fragte sie kühl.

Theresa fühlte, wie ihr die Felle davonschwammen. »Ich dachte … ich wollte … Franziska hat dich gar nicht zum

Essen eingeladen«, murmelte sie. Es war die einzig sinnvolle Erklärung.

»Nein«, bestätigte Selina. »Ich war mit Lena verabredet.«

»Warum hast du … wolltest du mich eifersüchtig machen?«

»Geht das denn überhaupt?«, seufzte Selina. »Dazu müsstest du ja so etwas wie Gefühle für mich haben.«

Theresas sandte einen flüchtigen Blick zu Lena, die dem Gespräch mit außerordentlicher Neugier folgte. Theresa überwand sich und presste hervor. »Habe ich auch. Und das weißt du.«

»Ach ja, woher denn? Ich erinnere mich nicht, von dir etwas in der Richtung gehört zu haben wie: Selina, ich mag dich. Alles, was ich von dir höre, sind Spott und Ausflüchte.«

»Okay, ihr zwei«, meldete Lena sich zu Wort. »Ihr habt offensichtlich einiges miteinander zu klären. Ich verschwinde.« Sie flüsterte Selina etwas ins Ohr, winkte Theresa flüchtig zu und kurz darauf klappte die Wohnungstür hinter ihr ins Schloss.

Theresa verharrte bewegungslos vor dem Tresen.

Selina schob ihr eines der Gläser zu.

Stille hing im Raum.

Selina kam langsam um den Tresen auf Theresa zu. Ihr Blick durchdrang sie. »Und was für Gefühle sind das? Jetzt rede endlich, Theresa. Denn eines solltest du wissen. Ich bin es langsam leid, zu warten. Zumal ich nicht einmal weiß worauf.«

Theresa griff nach dem Glas auf dem Tresen und nippte nervös daran. Ihre Hand begann zu zittern. Selina nahm ihr das Glas ab und stellte es zurück. Ihre Hand strich sanft Theresas Wange. »Also gut, dann ich noch einmal«, sagte Selina sanft. »Ich habe mich in dich verliebt, Theresa. Und ja, es stimmt. Ich wollte dich eifersüchtig machen.« Selinas Lippen berührten sanft Theresas Mund. »Hatte ich damit Erfolg?«

»Das weißt du doch«, brummte Theresa. Sie erwiderte das Streicheln von Selinas Lippen, doch die zogen sich unerwartet zurück.

Zu allem Überfluss rollte Selina mit den Augen. »Ich bin Therapeutin, keine Hellseherin. Deshalb weiß auch ich nur das, was man mir sagt. Erschwerend kommt hinzu, ich bin eine Frau. Frauen wollen immer alles hören. Besonders was diese spezielle drei-Worte-Sache angeht. Muss ich noch deutlicher werden?«

Ich wusste es. Drei Worte. Millionenfach gebraucht, leichtfertig benutzt, beschworen und verraten, tagtäglich. Und so in die Bedeutungslosigkeit getrieben. Ich kann sie nicht sagen, ich WILL nicht. Theresa musste sich zwingen, nicht die Hände gegen den Bauch zu pressen, wo das Verlangen nach Selina so sehr in ihrem Magen tobte, dass ihr schwindelig wurde. *Aber ich WILL Selina.* Sie warf einmal, zum ersten Mal, alle Bedenken über Bord.

»Reden ist Silber, zeigen ist Gold«, wandelte sie das Sprichwort kurzerhand nach ihrem Bedürfnis ab. Ihr Kuss fand Selinas Mund. Sie ertrank augenblicklich in einer Flut aus zärtlichen Liebkosungen durch Selinas Lippen. Selinas warmer Atem streifte über Theresas Mund, die geöffneten Lippen machten Theresa ein Angebot, welches sie ohne zu zögern annahm. Zu lange hatte sie darauf gewartet, sich erneut an dem Feuer zu verbrennen, welches Selinas Kuss in ihr entfacht hatte. Sie wagte kaum daran zu denken, was noch intimere Berührungen mit ihr machen würden. Allein bei dem Gedanken spürte sie zwischen ihren Oberschenkeln eine verräterische Hitze.

Theresa stöhnte. Und protestierte sofort mit Gegenwehr, als Selina sie jetzt sehr bestimmt von sich wegschob. »Ich meine es ernst, Theresa«, japste sie.

»Ich auch«, murmelte Theresa und eroberte sich Selinas Mund zurück.

»Dann sag es.« Selina hielt jetzt, unfairerweise wie Theresa fand, eine Hand vor ihren Mund.

»Du weißt, dass ich nicht der Standesamt Typ bin«, wand sich Theresa. »Große Schwüre sind nicht mein Ding.«

»Das ist okay.« Selina lächelte. »Sag nur das, was dir ohne

Schwierigkeiten von der Zunge geht. Aber gib dir etwas Mühe, sonst wird der nächste Kuss ein Abschiedskuss.«

»Das ist Erpressung«, murrte Theresa.

Selina blieb hart. »Verklag mich oder fang an.«

Theresa musste gegen ihren Willen schmunzeln. Und die Worte fielen ihr viel leichter als gedacht. Eigentlich kamen sie fast von selbst über ihre Lippen: »Ich bin gern in deiner Nähe. Ich freue mich jeden Tag darauf, dich zu sehen. Ich fühle mich mies, wenn du sauer auf mich bist. Dann habe ich nur einen Wunsch. Dass du mir verzeihst.« Seufzend gestand Theresa: »Ich habe dein Lächeln vermisst.«

Selina wog den Kopf hin und her. »Klingt beinah überzeugend, das muss ich sagen. Aber ich will ein bisschen mehr.«

Theresa nahm Selinas Hände in ihre und fing ihren Blick ein. »Du bist eine wundervolle, sanfte Frau, mit Augen, die mich wie magisch zwingen, in ihnen zu versinken. Seit du mich zum ersten Mal geküsst hast, sehne ich mich nach so viel mehr von dir. Der Gedanke, dass du mit Franziska …«

»Ich versteh immer noch nicht, dass du sie geküsst hast«, brummte Selina unwirsch.

»Ich glaube, es war der unsinnige Versuch, deine Lippen zu berühren«, gestand Theresa.

»Was?« Selina lachte.

»Na ja, ihre Lippen haben deine berührt. Unzählige Male.«

»Theresa!«

»Liebe macht blöd. Sag ich doch immer!«, brummte Theresa und bemerkte nicht einmal, dass sie *dieses* Wort benutzt hatte. Allerdings bemerkte sie, wie Selina sie anstarrte. »Was ist los?«

Selina griente. »Nichts. Das war recht passabel. Ich glaube das genügt mir … vorerst. Wie wäre es jetzt mit einer Therapiesunde?«

Theresa kam nicht ganz mit. »Was denn jetzt, genug geredet oder nicht genug?«

»Eine Bonding Einzelstunde mit mir als Partnerin …«, flüsterte Selina in Theresas Ohr. »… und viel Körperkontakt.

Den kommunikativen Teil können wir ausnahmsweise mal vernachlässigen …« Sie zupfte spielerisch an Theresas Bluse.

Theresa küsste Selinas Hals. Während ihre Hände hinab zu Selinas Hüften glitten, wanderte ihr Mund zu Selinas Lippen, umspielten sie zärtlich, bevor sie sie mit der Zunge öffnete. Theresas Hände glitten weiter von Selinas Hüfte zu deren Po, zogen ihn fest an sich. Selinas Hände befanden sich mittlerweile in Theresas Rücken, wo sie ihr ungeduldig die Bluse aus dem Hosenbund zerrten. Theresa löste sich widerwillig von Selina, aber es musste sein, denn es dauerte ihr zu lange. Eilig entledigte sie sich des leichten Stoffes und streifte auch gleich ihren BH ab. Sie seufzte wohlig als Selina begann, ihre nackte Schulter mit Küssen zu betupfen. Dann wanderten Selinas Lippen tiefer. Zärtlich umspielte sie mit der Zungenspitze Theresas Knospen.

Theresa neigte den Kopf nach hinten und stöhnte. »Ich kann keine fünf Sekunden mehr stehen, wenn du so weitermachst«, stieß sie hervor.

Selina hielt tatsächlich inne. Um ihren Mund zuckte es. »Bist du so aus der Übung?« Sie trat etwas zurück, knöpfte aufreizend langsam ihre Bluse auf und ließ sie mit einer lockeren Schulterbewegung auf den Boden gleiten. »Wo doch das Beste noch kommt.«

Mit einem einzigen Schritt war Theresa bei Selina, zog sie in die Arme und flüsterte heiser: »Nur ein wenig eingerostet, nichts ernstes.« Gierig bedeckte sie Selinas Lippen mit ihren und ein stürmischer Kuss nahm ihnen beiden den Atem.

Theresa fühlte sich sanft rückwärts geschoben. Selina dirigierte sie am Tresen vorbei und nach hinten in den Wohnteil. An der Schiebewand zum Schlafzimmer holten sie einen Moment Luft. Selina schob die Wand auf und gab Theresa einen sanften Schubs. Mit fahrigen Händen öffnete Theresa Knopf und Reißverschluss ihrer Hose und entledigte sich ihrer. Der Slip folgte unmittelbar. Nackt und mit fliegendem Atem stand sie vor Selina.

Ihre Blicke hingen ineinander.

Selina trat hautnah an Theresa heran. Ihre Hand glitt

zwischen Theresas Beine. Theresa stöhnte erregt. Sie musste sich an Selina festhalten. »Zieh dich aus«, hauchte sie.

Selina presste ihre Lippen fest auf Theresas. »Mach du.«

Theresa öffnete Selinas Hose und schob den Stoff über ihren Po, direkt auf warmer Haut. Selina trug nichts drunter. Jetzt fühlte Theresa Selinas Hand, die sie sanft nach unten drückte. Sie sank auf das Bett und schob sich, auf dem Rücken liegend, in dem kühlen Laken hoch. Dann wartete sie auf Selina, die aus ihrer Hose stieg und den BH abstreifte.

Selina stieg über Theresa und stützte ihre Hände links und rechts neben ihr ab. Zuerst trafen sich ihre Brüste. Sie schmiegten sich weich aneinander. Es folgte Stück für Stück jede Faser ihrer Oberkörper. Theresa fieberte dem Moment entgegen, bis sich Selinas Schambein an ihres presste. Das Pochen zwischen ihren Beinen nahm unaufhaltsam zu.

Ein zärtlicher Biss Selinas in Theresas Brust ließ Theresa lustvoll stöhnen. Selinas Küsse wanderten abwärts, kamen an Theresas Bauchnabel an. Wie zufällig glitt Selinas Finger das erste Mal über Theresas Klitoris. Theresa sog heftig die Luft ein. Schon huschte Selinas Finger ein zweites Mal hindurch. Und kam sofort zurück. Und wieder. Unter dem sanften Druck schwollen Theresas Schamlippen schnell an. Ihre Mulde begann zu schwimmen. Endlich tauchten Selinas Finger in Theresa ein. Sie genoss jeden der sanften Stöße. »Das ist wunderbar, Selina.« Theresa hob ihr Becken an und ließ sich von dem Gefühl erwartungsvoller Lust davontragen. Sie flüsterte Selinas Namen. Aus dem Flüstern wurde schnell ein Keuchen. »Bist du eigentlich … immer nackt … unten drunter?« Die Frage ließ Theresa einfach nicht los. Sie würde neben Selina nie wieder einen klaren Gedanken fassen können, wenn sie sich vorstellte …

Automatisch bewegte sie sich schneller.

»Ja«, hauchte Selina. »Hätte ich dir das sagen sollen?«, sie gluckste dumpf.

»Kommt darauf an, ob du von Anfang an auf mich scharf warst.«, japste Theresa.

»Was denkst du denn?«

Theresa spürte den Moment in sich herankriechen, an dem sie kommen würde. Ihr entfuhr ein lustvollen: »Oh ja!«

»Du bist ziemlich eingebildet.«

Theresa fehlte die Konzentration, den Irrtum aufzuklären, dass ihre Worte nicht die Antwort auf Selinas Frage waren. Dann war sie eben eingebildet. Es schien Selina ohnehin nicht zu stören. »Was machst du mit mir?«, japste Theresa mit einer Mischung aus Freude und Entkräftung in der Stimme. Sie spürte eine neue, noch heftigere Welle des Verlangens in ihrer Mitte zusammenlaufen. In ihren Ohren begann es zu rauschen. Die Schläfen pochten. »Oh bitte, Selina«, bettelte Theresa und fühlte sich regelrecht zerbersten. Ab diesem Moment fiel Theresa. Und während sie fiel, wusste sie, dass Selina sie auffangen würde, wann immer sie aufkam.

KAPITEL 19

Matt, aber zufrieden rekelte sich Theresa mit geschlossenen Augen auf dem Laken. Sie wollte sie noch nicht öffnen. Die Helligkeit des Tages würde den Zauber der Nacht durchbrechen, in dem sie noch ein wenig schwelgen wollte. Sie tastete neben sich nach dem Körper, mit dem sie in den vergangenen Stunden immer wieder auf die intimste Weise verschmolzen war.

Doch ihre Hand griff wiederholt ins Leere.

Verwundert öffnete Theresa die müden Lider. Sie lag allein im Bett. Offenbar war Selina eine Frühaufsteherin, denn es konnte doch nicht später als halb acht … *ach herrje!* Theresa starrte auf die Anzeige des Radioweckers auf dem Nachttisch. 9:45.

Na, dann wird es ja wirklich Zeit. Sonntag hin oder her.

Sie sprang aus dem Bett. Auch ihre Geruchsnerven erwachten und signalisierten Theresa einen aromatischen Kaffeeduft.

Sie seufzte melancholisch. Vor dem Frühstück noch ein bisschen Kuscheln, oder auch etwas mehr, wäre nicht zu verachten gewesen. Andererseits, ein Frühstück, durch das man erst zu Kräften kam, hatte auch etwas für sich. Danach stand einem Vormittag im Bett ja nichts im Wege. Allein der Gedanke genügte und Theresa spürte ein Ziehen zwischen den Beinen.

Wann hatte ich das letzte Mal am Morgen so ein Gefühl?

Theresa konnte sich nicht erinnern.

Sie entdeckte ihre Bluse auf einem Kleiderbügel, der von außen am Schrank hing und warf sie sich lässig über. Also dann: *Frühstück, ich komme.* Mit einem Lächeln auf den Lippen schob sie die Tür auf, tippelte durch das Wohnzimmer und – starrte auf die drei Frauen am Esstisch.

»Guten Morgen, Chefin«, grüßte Vera mit einem breiten Grienen. Neben ihr saß Konstanze Seiferth und biss in ein Croissant. Selina, bis eben mit dem Rücken zu Theresa sitzend, drehte sich um und stand lächelnd auf.

»Morgen«, war alles, was Theresa herausbrachte. Sie lief knallrot an, zumindest fühlten sich ihre Wangen so an: heiß. Ihre Anwesenheit bei Selina so früh am Morgen und ihre knappe Bekleidung machten jede Erklärung überflüssig. Falls noch ein letzter Zweifel bestanden hätte, räumte Selina diesen jetzt mit ihrem Kuss aus.

Nun wurde selbst Vera etwas verlegen. »Sorry, wenn wir gewusst hätten, wo wir hier reinplatzen … wir wollten wirklich nicht stören.« Doch das Grienen fand schnell in ihr Gesicht zurück. »Was wird das für ein Verwandtschaftsgrad, wenn ihr beide heiratet? Bist du dann meine angeheiratete Nichte?«

»Vera, jetzt lass Theresa doch wenigstens erst einmal mit dem Frühstück beginnen«, tadelte Selina ihre Tante.

Theresa ging ohne ein weiteres Wort zurück ins Schlafzimmer und plumpste aufs Bett. Die Situation überforderte sie komplett. Statt einen entspannten Morgen zu zweit mit anschließendem Sex zu genießen, sah sie sich neugierigen Blicken und Hochzeitsgeflüster ausgesetzt.

Selina kam ins Schlafzimmer. »Sorry, ich hatte vergessen, dass Vera sich und Konstanze zum Frühstück eingeladen hatte. Hör einfach nicht hin, was sie da sagt.« Sie setzte sich neben Theresa. »Zieh dich an und komm zu uns, ja?«

Theresa blieb bewegungslos sitzen. Enttäuschung stieg in ihr auf. Das Gefühl, um etwas Schönes gebracht worden zu sein, breitete sich in ihr aus. Und das betraf nicht nur diesen Sonntagmorgen, der so ganz anders verlief als erhofft. Sondern auch das Geheimnis, das sie miteinander teilen sollten. Das Geheimnis einer so besonderen Nacht. Und vieler weiterer Nächte. Warum musste Selina gleich alles an die große Glocke hängen? Warum hatte sie Vera und Konstanze nicht einfach gesagt, sie hätte Kopfschmerzen und sie weggeschickt?

»Theresa? Was ist?«

Selina hatte sie ganz bewusst und ohne Vorwarnung in diese peinliche Situation stolpern lassen. Halbnackt hatte sie in der Küche gestanden, vor ihrer Angestellten, die Vera ja immerhin war, und einer fast Fremden! »Ich kann da wirklich nicht drüber lachen, Selina.«

»Niemand lacht über uns, Theresa. Vera freut sich einfach nur.«

»Ja, auf unsere Hochzeit.«

Selina kicherte. »Das geht selbst mir zu schnell, keine Sorge.«

»Ich hätte es besser gefunden, wenn wir es noch für uns behalten hätten.«

»Wozu?«, wunderte Selina sich.

»Um es zu genießen.«

»Das können wir viel besser, wenn wir kein Geheimnis daraus machen, du wirst sehen. Ich habe lange genug aus meinem Herzen eine Mördergrube machen müssen, weil du dich so geziert hast.«

»Geziert? Ich?« Das ließ Theresa nicht auf sich sitzen. »Du hast dich auch nicht gerade offenbart.«

»Na meinetwegen, wir haben uns beide vielleicht nicht besonders geschickt angestellt«, räumte Selina ein. Ihre Lippen legten sich auf Theresas Ohr. »Deshalb haben wir eine Menge nachzuholen«, hauchte sie, zog Theresa an sich und mit sich hoch. Selina knöpfte ihre Hose auf und führte Theresas Hand hinein. »Die beiden sind in einer Stunde weg und dann bekommst du alles, was du willst. Das verspreche ich dir.«

Theresa hielt den Atem an und schluckte trocken. Eine Stunde schien ihr in diesem Moment wie eine Ewigkeit. »Ich kann nicht so lange warten«, flüsterte sie gequält.

Als hätten die beiden in der Küche ihre Not gehört, rief es von dort: »Wir sind dann mal weg!«

Selina gluckste. »Das ist jetzt wirklich peinlich.«

»Nicht mehr als der Rest«, murmelte Theresa und ließ ihren Finger über Selinas Perle streichen.

Selinas Finger krallten sich sofort in Theresas Schultern. »Du machst mich wahnsinnig ...« Sie streifte ihre Bluse ab und zog Theresa mit sich aufs Bett. Wenige Handgriffe später hatte Theresa Selina die Hose von den Beinen gezogen und sich ihrer Bluse entledigt. Selina lag mit gespreizten Beinen und bebend vor ihr. »Nimm dir, was du willst«, sagte sie und hob sich Theresa entgegen.

Theresa schob ihre Arme so weit unter Selina, dass sie mit der Zunge von ihrer Nässe zwischen den Beinen kosten konnte. Schon bei der ersten Berührung ihrer Perle zuckte Selinas Unterleib wie elektrisiert zusammen. Vorsichtig umspielte Theresa das empfindliche Fleisch, bevor sie langsam tiefer glitt in das feuchte Tal. Selinas heftiges Stöhnen und ihr kürzer werdender Atem berauschten Theresa, sich immer mehr zu nehmen. Ihre Zunge tanzte hinter dem Eingang der Höhle einen Tanz nach dem anderen, mal langsam, mal schneller. Selina stöhnte laut zu dem Takt, den Theresas Liebkosungen ihr vorgaben. Zwischendurch verlegte sie sich auf leises betteln. »Bitte Theresa, mehr … ja … oh … ja, ...« Selina schrie vor Lust laut auf, als Theresa zur Zunge noch zwei Finger dazu nahm. Selina zerfloss förmlich. Allmählich überließ Theresa das Spiel ihren Fingern. Sie tasteten mit kreisenden Bewegungen die Innenwand der weichen Höhle ab, und fanden, nun schon zielsicher, das Zentrum von Selinas größter Lust. Dort angekommen dauerte es nur noch Sekunden und Selina kam zum Höhepunkt. Sie bäumte sich auf und krallte ihre Finger ins Laken. Dann fiel sie zusammen. Theresa hielt sie eine Minute, bevor sie sich langsam aus ihr zurückzog. Sie schob sich über

Selina und leckte ihre Knospen.

»Was versprichts du dir jetzt *davon*?«, fragte Selina mit deutlich erschöpfter Stimme.

Theresa hob den Kopf. »Wiederbelebung?«, grinste sie.

Da hatte sie Selina unterschätzt, wie sie jetzt merkte. Im Nu rollte Selina sich mit ihr im Bett um und lag auf Theresa. »Noch bin ich durchaus in der Lage, mich zu bewegen«, verkündete sie und bewies es mit einem schlangenartigen Gleiten an Theresa herab zu deren Bauchnabel. Hier ließ sie ihre Zunge um den Nabel kreisen. »Ich könnte in dich reinbeißen«, murmelte sie. »Am liebsten würde ich dich … ich will dich schon wieder.«

»Das nennt man Sexsucht. Das ist therapierbar«, gluckste Theresa.

»Und wenn ich mich nicht therapieren lassen will?« Selina rutschte wieder hoch. Ihr Mund wurde nicht müde, Theresas Haut zu liebkosen.

»Werde ich mich ganz sicher nicht beschweren. Ich stelle mich freiwillig als dein Suchtobjekt zur Verfügung.«

»Das freut mich zu hören«, murmelte Selina in Theresas Hals. »Ich frage mich nur, wie lange dein Körper das aushält. Du hast schließlich nicht gefrühstückt.«

»Nun ja, das ist wahr. Ich spüre eine gewisse Schwäche. Aber …« Theresa drehte den Kopf, so dass sie Selinas Wangen mit den Lippen berührte. »… ob das mit Entkräftung zu tun hat …« Selina hob den Kopf. Beide Münder verschmolzen in einem leidenschaftlichen Kuss. Ein zufriedenes Seufzen entrang sich Theresas Kehle. Selinas Hand hatte sich zwischen ihre Beine geschoben. Ihr Finger war bereits in ihre Mitte eingetaucht. Mit dem Daumen strich Selina sanft über Theresas Kitzler. Theresa entspannte sich und ließ sich von Selinas Zärtlichkeiten verwöhnen.

***

»Es ist so schön mit dir, ich hatte so etwas noch nie.« Selina sah Theresa ernst an. Sie hatten sich zum Abend Pizza kommen lassen und aßen in der Küche. Zwei Rotweingläser standen ebenfalls auf dem Tisch. »Macht es dir Angst, wenn ich das sage?«

»Nein.« Theresa schmunzelte. Das klitzekleine Unbehagen in ihrem Bauch ignorierte sie. *Macht der Gewohnheit.*

»Du fühlst dich nicht … bedrängt?«

Jetzt wo du es sagst. Vielleicht ein bisschen. »Nein. Sollte ich?«

»Nun ja, es ist nur … du weißt doch, dass in einer Beziehung immer ein nächster Schritt kommt … also vorausgesetzt, dass wir eine Beziehung haben. Oder bleiben die vergangene Nacht und dieser Tag alles?«

An diese Option hatte Theresa bisher tatsächlich noch keine Sekunde gedacht. Wieso nicht? *Ich habe Selina so viel Realitätssinn nicht zugetraut. Ich bin tatsächlich davon ausgegangen, für sie gibt es nur alles oder nichts.*

»Verdammt, das war ein Fehler«, brummte Selina. »Jetzt denkst du drüber nach.«

»Nein!«, beeilte Theresa sich zu versichern.

»Doch«, wusste Selina es besser.

Theresa presste kurz die Lippen aufeinander. »Ich habe dir doch gesagt, was ich für dich empfinde. Du … ich bereue keine Sekunde mit dir.« Sie fühlte plötzlich einen unangenehmen Druck im Magen. Sie konnte kaum den Bissen Pizza herunterschlucken, den sie im Mund hatte. Woher kam das? *Habe ich doch Angst? Lüge ich ihr und mir selbst etwas vor?* Beschämt senkte Theresa den Blick.

»Du siehst aber gerade nicht so aus, als würdest du Pläne für die Zukunft machen wollen«, stellte Selina fest.

»Das wäre auch etwas früh, meinst du nicht?«, wich Theresa aus.

Selina seufzte. »Ja, natürlich. Du hast recht. Vergiss es.«

Theresa wusste, dass sie etwas sagen sollte. Etwas, das Selina wissen ließ, dass sie sich mit ihr alles vorstellen konnte. Doch konnte sie das wirklich? Sie wollte Selina nicht anlügen. Und dieser Druck im Magen war nun einmal da. »Lassen wir es doch einfach auf uns zukommen«, murmelte Theresa. Ihr Appetit auf Pizza war plötzlich verflogen. Sie legte das Stück in ihrer Hand zurück auf den Teller und war froh, dass sie Selina schon vor dem nun verpatzten Essen gesagt hatte, dass sie nach Hause fahren musste, um sich umzuziehen. Sonst hätte es jetzt wie Flucht ausgesehen.

»Kommst du wieder oder sehen wir uns Morgen?«, fragte Selina beim Abschied.

»Wir sollten vielleicht ein bisschen schlafen«, sagte Theresa. »Jede für sich, damit es auch klappt.«

Selina widersprach nicht. Ihr Kuss fiel sehr kurz aus. Zumindest kam es Theresa so vor, weil sie nur allzu gerne noch länger von Selinas Lippen getrunken hätte.

Zu Hause fiel Theresa erschöpft auf ihr Bett. Nur mit Mühe schaffte sie es, noch einmal aufzustehen, um sich auszuziehen. Ihre Glieder fühlten sich plötzlich schwer wie Blei an. Sie kroch unter die leichte Bettdecke und wartete auf den Schlaf. Vergeblich. Ihre Gedanken verloren sich in einem Karussell aus Fragen und hielten sie fast die ganze Nacht wach. Erst gegen vier Uhr morgens siegte ihr Körper und holte sich einen kleinen Teil dessen, was er brauchte.

KAPITEL 20

Vera stürmte strahlend auf Theresa zu, kaum dass sie die Kanzlei betrat, und umarmte sie. »Ich finde das toll mit euch beiden. Ehrlich! Ihr seid ein tolles Paar. Habt ein bisschen gebraucht, aber was lange währt, wird gut.«

Theresa quälte sich ein Lächeln ab.

Vera legte den Kopf schief. »Was ist los? Du siehst miesepetrig aus. Habt ihr euch etwa schon wieder gestritten?«

»Nein.« Das hatten sie schließlich wirklich nicht. Dennoch fühlte Theresa bei der Erinnerung an den Abschied von Selina am gestrigen Abend ein deutliches Magenziehen. Es war irgendwie bedrückend gewesen, obwohl kein böses Wort zwischen ihnen gefallen war. »Ist sie schon da?«

»Nein. Kommt aber bestimmt jeden Moment. Also falls du irgendetwas zu ihr gesagt hast, was … dumm war, denk dir schon mal eine Entschuldigung aus.«

Theresa wollte zum Protest ansetzen, doch dann sah sie davon ab. Wahrscheinlich hatte sie tatsächlich etwas Dummes gesagt. Ohne es zu wollen, aber das zählte bekanntlich nicht. Deshalb bat sie Vera lediglich: »Ich erwarte jeden Augenblick unsere Mandantin Marlies Reuter. Machst du uns bitte Kaffee?« Die Mandantin rief Freitag am späten Nachmittag an und klang dabei, als wäre sie kurz vor dem Platzen. Sie bestand auf einen sofortigen Termin. Theresa konnte sie mit

Mühe auf Montag vertrösten.

Zehn Minuten später und keine Minute zu früh stellte Vera zwei dampfenden Tassen auf Theresas Schreibtisch ab. Marlies Reuter erschnupperte das Kaffeearoma und ihre steife Haltung entspannte sich eine Spur. »Genau das, was ich jetzt brauche«, seufzte sie, setzte sich und griff zu, ohne erst Theresas Aufforderung abzuwarten. Die Weinhändlerin nippte einige Male mit geschlossenen Augen.

Theresa ließ ihr Zeit. Eine aufgeregte Mandantin mit hochgekochten Emotionen war schwer zu beraten. Jede Sekunde, in der Marlies Reuter sich beruhigte, würde das kommende Gespräch vereinfachen.

Jetzt setzte die Mandantin ihre Tasse ohne das kleinste Klimpergeräusch zurück auf den Unterteller. »Es war alles schon eingetütet, reif zur Unterschrift«, begann sie zu erzählen. »Und plötzlich sagt er, er hat es sich anders überlegt. Ich wette, da steckt seine neue Flamme dahinter, diese Jenny Berger.« Ihre Stimme wurde schärfer. »Dieses manipulative Biest.« Marlies Reuter atmete einmal tief durch. »Jedenfalls wird es nun keinen Ehevertrag geben, sondern einen Rosenkrieg.«

Theresa registrierte für sich die Essenz: Der Plan, der die Weinsammlung ihrer Mandantin für diese hatte retten sollen, war gescheitert. Sie übte sich dennoch in Zurückhaltung. »Sich gegenseitig zu zerfleischen, halte ich für einen sehr fragwürdigen Genuss.«

»Ich auch, aber mein Mann möchte es ja offensichtlich so haben.« Die Hände der Mandantin fuchtelten in der Luft herum. »Ich hätte ihm meine Hälfte der Eigentumswohnung für den halben damaligen Kaufpreis überlassen. Das war ein sehr großzügiges Angebot. Nun lasse ich sie schätzen. Und den Porsche, der auf die Firma zugelassen ist, wird mein Mann auch teuer auslösen müssen, wenn er ihn behalten will.«

»Das alles wegen einer Weinsammlung im Wert von«, Theresa blätterte kurz in der Vermögensaufstellung, »hunderttausend Euro?«, wunderte sie sich.

»Seine Neue hat ihm eingeredet, die Sammlung sei mindestens fünfmal so viel wert.«

»Ist diese Jenny denn Weinkennerin? Hat sie die Sammlung gesehen?«

»Ach was, genau wie mein Mann ist sie nur hinter dem Geld her. Sie hat ihm den Floh ins Ohr gesetzt, dass ich ihn mit der Sammlung übers Ohr haue. Er wird ihr erzählt haben, dass ich für eine Flasche auf einer Auktion einmal zwölftausend Euro gezahlt habe, und sie denkt sich, dass kann nicht die einzige dieser Art sein, die in meinem Keller liegt.«

»Und? Denkt sie richtig?«

»Na ja«, druckste Marlies Reuter plötzlich ganz gegen ihre Art, »mag sein, dass ich das eine oder andere Schätzchen im Weinkeller liegen habe.«

Theresas Neugierde war geweckt. »Trinken Sie so einen Schatz auch gelegentlich? Das habe ich mich schon immer gefragt. Man kauft Wein ja schließlich, um ihn zu trinken. Aber bei so einem teuren Kellergold fließen mit jedem Schluck schnell mal fünfhundert Euro die Kehle hinunter. Welcher Geschmack rechtfertigt einen solchen Preis? Und wissen Sie beim Trinken überhaupt, ob der Wein echt ist? So viele Vergleichsmöglichkeiten werden Sie ja nicht haben.«

Auf ihre, wie Theresa dem Lächeln der Mandantin entnahm, naive Fragen, hatte die nur so viel zu sagen: »Ebenso können sie den Juwelier fragen, warum ein Diamantcollier zwanzigtausend Euro kostet. Nur, weil die Steine so schön funkeln? Auch hier kann der Laie zwischen echt und unecht nicht unterscheiden.«

Theresa kam auf den Ausgangspunkt zurück. »Ist der Wert Ihrer Weinsammlung in der Vermögensaufstellung richtig beziffert?«

»Wie auch bei Numismatikern und Philatelisten besteht der Wert einer Sammlung beziehungsweise ihrer Einzelstücke nur für einen gewissen Kreis von Personen«, erklärte Marlies Reuter. »Sie müssen immer jemanden finden, der in einem Stück auch diesen Wert sieht. Sonst haben Sie gar nichts. Ich bin bei meiner Aufstellung eher zurückhaltend an die Preisangaben herangegangen.«

»Verstehe.« *Das Biest Jenny hat also den richtigen Riecher.* »Dann würde ich mir an Ihrer Stelle überlegen, ob Sie sich im Trennungsjahr den einen oder anderen schönen Moment gönnen und einen edlen Tropfen genießen.«

»Ich soll … was?«

»Ihre Sammlung verkleinern.«

»Aber das wäre …« Marlies Reuter unterbrach sich. Theresa, die die verschiedensten Ausdrücke von Gesichtern kannte, hinter deren Stirn es arbeitete, wusste, dies war so einer. Jetzt huschte ein Lächeln über die Lippen ihrer Mandantin. »Ja, verkleinern.« Sie nickte langsam. »Das ist gar keine so schlechte Idee. Was spricht dagegen, ein paar besondere Flaschen in den Keller eines Sammlerfreundes umzulagern?«

»Die Gefahr, dass der vermeintlich clevere Schachzug mit einem Reinfall endet«, warnte Theresa. »Partner solcher Geschäfte erweisen sich im Nachhinein nicht selten als »vergesslich«.«

»Ach was, ich denke da an einen besonderen Freund. Ich kenne ihn schon Ewigkeiten.«

»Was, wenn Jenny Berger ihn auch kennt? Was wenn er und Jenny Berger sogar gemeinsame Sache machen? Können Sie hundertprozentig ausschließen, dass die beiden nicht einen Plan ausgeheckt haben?«

»Der wie aussehen soll?« Marlies Reuter versteifte sich in ihrem Stuhl.

»Zum Beispiel so, dass Jenny sich jetzt, wo Sie und Ihr Mann sich scheiden lassen, an Ihren Mann heranmacht. Ist es wirklich ein Zufall, dass Jenny Berger Ihren Mann ausgerechnet wegen der Weinsammlung aufstachelt? Ich nehme an, Ihr Freund weiß um die unterbewerteten Prachtstücke der Sammlung.«

Die Mandantin blinzelte verunsichert. »Er kennt meine Sammlung und meine Situation, ja. Aber allein der Gedanke … ich kann mir das nicht vorstellen.«

»Hatten Sie ihrem Freund von dem geplanten Ehevertrag erzählt?«

Marlies Reuter nickte zögerlich. »Aber das bedeutet ja nicht … verdammt«, jetzt schüttelte sie den Kopf. »Sie können einem wirklich ein Kind in den Bauch reden.«

»Erfahrungswerte«, erwiderte Theresa nur. »Überlegen Sie gründlich, was Sie tun. Was gefällt Ihnen nicht daran, den Wein zu trinken und zu genießen?«

»Solche Weine trinkt man nicht, weil sie weg sollen. Das allein würde dem Moment den Reiz nehmen.« Ein frustriertes Schnaufen schlug Theresa entgegen. »Was mache ich jetzt? Sie haben mich wirklich verunsichert. Vielleicht sollte ich besser ein paar der teureren Stücke der Sammlung veräußern. Ich muss meinem Mann ja nicht sagen, für wieviel. Oder ich … könnte bestohlen werden. Irgendwo finde ich schon eine Lagermöglichkeit …«

»Frau Reuter! Ich bitte Sie! Das habe ich nicht gehört!«

»Jetzt haben Sie sich nicht so. Sie sind doch Anwältin. Da hören Sie solche Gedankenspiele sicher nicht zum ersten Mal.« Marlies Reuter winkte lässig ab. »Es ist ja nicht so, dass ich plane, meinen Mann mit einem Gifttrunk aus dem Weg zu räumen. Dazu wäre auch jeder der edlen Tropfen zu schade. Außerdem möchte ich mich nicht des Vergnügens berauben, dabei zuzusehen, wie mein Mann von seiner Jenny abserviert wird, wenn sie ihm dann das Geld aus den Taschen gezogen hat.«

In der Stimme der Mandantin schwang deutliche Schadensfreude. Theresa wunderte sich, dass Marlies Reuter augenscheinlich den Gedanken brauchte, dass ihr Ex ohne sie scheitern würde. Schließlich hatte die Mandantin den eigenen Scheidungswillen klar betont. Andererseits, welche Frau wurmte es nicht, durch eine andere ersetzt zu werden. So etwas kratzte immer am Ego. Auch wenn man davon, wie Marlies Reuter, eine gehörige Portion besaß.

Theresa blieb sachlich. Sie musste nur eines wissen: »Sie möchten also den Wert der Weinsammlung in der Vermögensaufstellung nicht korrigieren.«

»Natürlich nicht.«

»Sie müssen damit rechnen, dass ein Experte die Sammlung schätzen wird.«

»Ein Experte ist auch nur ein Mensch«, kommentierte Marlies Reuter trocken. »Ich habe Mittel und Möglichkeiten, die ich einsetzen kann. Oder finden Sie nicht?« Sie strich mit der Hand über ihren Busen, setzte ein verführerisches Lächeln auf und benetzte wie zufällig mit der Zunge ihre Lippen. Ein leichter Schwung mit dem Kopf ließ ihr schulterlanges Haar hüpfen. Theresa hegte keinen Zweifel, dass Marlies Reuter mit ihren Reizen zu spielen wusste.

»Absolut«, bestätigte sie ihrer Mandantin und verkniff sich ein Grinsen bei dem Gedanken, wie Frau Reuter wohl reagieren würde, wenn der von ihrem Mann beauftragte Experte eine Frau wäre. Als Anwältin der gegnerischen Seite würde sie dieses Detail jedenfalls beachten. Das schloss zwar nichts aus, minimierte aber immerhin das Risiko.

Marlies Reuter verabschiedete sich durchaus besser gelaunt als sie gekommen war. Theresa blieb mit dem zwiespältigen Gefühl zurück, dass ihre Mandantin, so oder so, irgendeine Dummheit machen würde.

Eine Dummheit hatte auch Katrin Krüger begangen. Die Mutter von Isabell Krüger war Theresas nächster Termin. Soweit Theresa bisher wusste, hatte Isabells Vater die unerwartete und unerwünschte Bekanntschaft seiner Tochter gemacht. Daraufhin verlangte er von der Mutter die Rückzahlung des Darlehens, auf dessen Tilgung und Zinsen er nur unter der Bedingung verzichtet hatte, dass die Mutter seine Vaterschaft vor allen, insbesondere der Tochter, lebenslang verschwieg.

Katrin Krüger brachte Theresa das Schreiben vom Anwalt des Vaters mit. »Ich habe von dem Geld vor sechszehn Jahren eine Eigentumswohnung für mich und meine Tochter gekauft. Durch den hohen Anteil Eigenkapital blieb die monatliche Rate so niedrig, dass ich sie mir leisten konnte.« Ihre Stimme zitterte. »Ich kann nicht zahlen, ohne die Wohnung zu verkaufen. Und ich will nicht verkaufen! Ich habe mich all die Jahre an die Abmachung gehalten. Er kann das Geld jetzt nicht einfach zurückverlangen. Oder?«

»Sie haben sich de facto ein Schweigegeld zahlen lassen, Frau Krüger, die Verschwiegenheitsvereinbarung aber gebrochen.«

»Ja, aber erst nach sechzehn Jahren!«

»Das spielt keine Rolle, da die Vereinbarung eine lebenslange Schweigepflicht beinhaltet. Allerdings hatten weder Sie noch der Vater von Isabell überhaupt das Recht, eine solche Vereinbarung zu treffen, da sie in die Grundrechte ihrer Tochter eingreift, nämlich das Recht auf Kenntnis des leiblichen Vaters. Eine solche Vereinbarung ist sittenwidrig und somit nichtig.«

»Und das bedeutet was?«

»Dem Gesetz nach ist eine Rückforderung einer ungerechtfertigten Bereicherung im Falle eines beidseitigen Sittenverstoßes ausgeschlossen.«

»Also kann er das Geld nicht zurückfordern.«

»Nun ja. Wie soll ich sagen. Einen Versuch ist es wert. Der gegnerische Anwalt spekuliert auf die vom Gesetzgeber festgelegte Rechtschutzverweigerung von Personen, die sich außerhalb der Rechtsordnung stellen. Ein Dilemma für jeden Richter, wenn beide Seiten sittenwidrig gehandelt haben. Entscheidet er sich nämlich für die Rechtsverweigerung in der Angelegenheit des Vaters, also gegen die geforderte Rückzahlung des Darlehens, begünstigt er die, aufgrund derselben sittenwidrigen Abrede, ebenso wenig schützenswerte, nichteheliche Mutter. Kein Richter möchte ein Urteil fällen, in dem er einen Sittenverstoß legalisiert.«

Katrin Krüger schaute fragend drein. »Jetzt verstehe ich gar nichts mehr.«

»Wir müssen darlegen, dass das Geld nicht nur Ihnen, der Mutter, sondern vor allem dem Kind zugutekam, da sie ja beide im gemeinsamen Haushalt wohnen. Dieses sichere zu Hause bildete die Basis für die Entwicklung des Kindes. Zur Zahlung von Unterhalt an das Kind wäre der Vater ohnehin verpflichtet gewesen. Es bliebe also abzuwarten, was eine rückwirkende Berechnung für den Vater an Zahlungen ergäbe. Vermutlich wird der sich bei seinem damaligen Angebot nicht zu seinem Nachteil verrechnet haben.«

»Mir erschien es damals sehr großzügig«, gestand Katrin Krüger kleinlaut. »Und da Isabells Erzeuger von Anfang an klar machte, dass er das Kind nicht wollte, schien es mir die beste Lösung, dass er völlig aus unserem Leben verschwindet. Eine monatliche Unterhaltszahlung hätte mich doch immer an ihn erinnert. Außerdem kommt es nicht selten vor, dass die Unterhaltszahlungen irgendwann ausbleiben. Stress mit dem Vater, Anwaltskosten, Behördengänge. Das alles wollte ich mir einfach ersparen.«

Natürlich konnte Theresa die Gründe für Katrin Krügers Verhalten nachvollziehen. Doch sie musste ihr in erster Linie die Rechtslage klar machen. »Bei sachlicher Betrachtung haben Sie damals als junge Mutter nichts anderes getan, als die Interessen des Kindes Ihren eigenen unterzuordnen. Dass Sie es nicht in böser Absicht taten und sich dieser Fehler nicht nachweislich negativ auf die Entwicklung von Isabell auswirkte, wiegt vor Gericht die Dinge keinesfalls auf. Allenfalls dass Sie Ihr Schweigen jetzt gebrochen und damit den vom Rechtssystem missbilligten Zustand der sittenwidrigen Abrede beendet haben, dürfte Ihnen etwas Sympathie des Richters einbringen. Deshalb sollten wir unbedingt das Gespräch mit der anderen Seite suchen.«

»Aber wenn die Sache so schlecht für mich steht …«

»Ich habe Ihnen die Sachlage geschildert. Vor Gericht ist kein Fall wie der andere. Und jeder Richter legt die Dinge etwas anders aus. Ich sagte eben, dass Isabells positive Entwicklung Ihren Fehler nicht aufwiegt und das stimmt. Aber kein Richter der Welt wird die Augen davor verschließen, dass Sie ihr Kind verantwortungsvoll und nach bestem Wissen und Gewissen erzogen haben. Ich werde in dem Gespräch der gegnerischen Seite klar machen, dass wir die dicksten Trümpfe in der Hand haben.« Theresa fiel noch etwas ein: »Wo ist denn Isabell? Weiß sie, was ihr Vater gegen Sie anstrebt?«

»Nein, ich habe es ihr nicht erzählt. Ich will nicht, dass sie denkt, ich gebe ihr irgendeine Schuld.«

»Nun ja, Sie haben gesehen, wohin falsche Verschwiegenheit führen kann. Es macht die Dinge nicht unbedingt besser. Und um ehrlich zu sein, wäre es gut, wenn Sie und Isabell bei diesem Gespräch dabei wären und als unzertrennliches Mutter Tochter Team auftreten. So blöd wie es klingt, Sie isolieren damit den Vater. Das ist genau das, was wir brauchen. Ein starkes Mutter Tochter Gespann.«

»Verstehe. Der Anwalt meines Mannes wird natürlich versuchen, mich schlecht aussehen zu lassen.«

Theresa nickte stumm.

»Ich bin eine gute Mutter!«, sagte Katrin Krüger fest. »Ich lasse mir von niemandem, und schon gar nicht von einem Vater, der keinerlei Verantwortung übernommen hat, das Gegenteil sagen.«

»Genau so will ich Sie haben«, lächelte Theresa.

»Geben Sie mir Bescheid, wenn der Termin feststeht. Ich spreche mit Isabell. Wir kommen.« Frau Krüger erhob sich und reichte Theresa mit vertrauensvollem Blick die Hand zum Abschied. »Sie machen das.«

Theresa begleitete die Mandantin hinaus und schaute bei Selina vorbei. Mit einem unsicheren »Hallo.« klopfte sie an die offene Tür.

Selina schaute von ihrem PC auf. »Du siehst nicht besonders gut ausgeschlafen aus«, stellte sie fest.

»Liegt sicher daran, dass ich kaum schlafen konnte. Es hat sich schlecht angefühlt, wie unser Abend endete. Der Abschied war … irgendwie verkorkst. Können wir reden?« Theresa trat einen Schritt näher.

Selina stand auf, ging an ihr vorbei und schloss die Tür. Ehe Theresa es sich versah, schlangen sich Selinas Arme von hinten um sie, drehten sie zu sich und Selinas Lippen lagen auf ihren. Theresas Herz reagierte sofort mit einer erhöhten Schlagzahl. Mit fahrigen Händen strich sie Selinas Taille hinab, fuhr ihren Rücken hinauf und legte sie dann sanft in Selinas Nacken. Theresa seufzte wohlig während Selinas

Lippen sich fester auf ihren Mund pressten.

»Ich habe dich auch vermisst«, hauchte Selina in Theresas Ohr. »Und ich habe gestern total blöd reagiert. Ich bin wohl nervös, weil ich mich auf eine Frau eingelassen habe, die von Romantik nichts hält und deren Überzeugung es ist, die Lösung von Beziehungsproblemen besteht darin, die betroffene Beziehung zu Grabe zu tragen. Du verstehst vielleicht, dass das eine gewisse Sorge in mir auslöst.«

»So habe ich das nie gesagt«, wehrte Theresa ab. Die fehlende Vehemenz in ihrer Stimme versuchte sie mit einem zärtlichen Kuss zu ersetzen.

Selina erwiderte ihn, stellte aber unmittelbar fest: »Du kannst dir etwas vormachen, Theresa. Ich tue das nicht. Du bist eine Meisterin des Rückzuges. Du gibst Beziehungen schnell auf. Aus welchen Gründen auch immer. Das zu wissen, ist für mich eine große Belastung. Natürlich will ich dich zu nichts zwingen, was du nicht willst.« Selina löste sich aus Theresas Umarmung. Sie seufzte und bat sanft: »Können wir eine Abmachung treffen?«

»Was für eine Abmachung?« Theresa blickte skeptisch.

»Ich kann meine Gefühle für dich nicht dosieren. Ich liebe dich, Theresa. Aber wenn dich diese Liebe überfordert, wenn du nicht willst, dass ich um dich kämpfe, dann sag es mir. Und wenn du gehen willst, dann geh. Bleib nicht, weil du denkst beweisen zu müssen, dass du eine Beziehung führen kannst.«

Theresa schüttelte leicht den Kopf. »Das habe ich nicht vor. Wie kommst du darauf?«

»Ist so ein Gefühl.«

»Du täuscht dich.« Theresa hauchte einen weiteren Kuss auf Selinas Lippen. »Du wirst mich so schnell nicht wieder los.« Seltsam wie gut es sich anfühlte, das zu sagen.

Selina schmunzelte. »Das hoffe ich sehr, nachdem ich so lange gebraucht habe, dich aus der Reserve zu locken. Aber mir ist klar, und ich denke, du wirst es auch nicht ernsthaft leugnen, dass du dich nicht von heute auf morgen komplett ändern kannst.«

»Trotzdem willst du dich auf mich einlassen?«

»Das habe ich doch schon längst.«

»Und du bleibst dabei? Auch, wenn ich … nicht länger vorausplane als … also nicht länger vorausplane?« Die Angst vor der Antwort bescherte Theresa erneuten Druck im Magen.

»Spontanität in der Beziehung, warum nicht? Klingt nach einem guten Konzept«, meinte Selina lax.

Theresa blieb ernst. »Du weißt, was ich meine.«

Selina legte ihre Hände auf Theresas Wangen und zog ihren Kopf zu sich heran. »Was nützt ein Langzeitplan, wenn ich in deine Augen sehe und der Glanz für mich darin verschwunden ist.« Selinas Lippen strichen zärtlich über Theresas.

»Du bist wirklich eine unglaubliche Romantikerin«, murmelte Theresa. *Und irgendwie beginnt mir das zu gefallen.*

KAPITEL 21

Theresas Finger strich sanft über Selinas weiche Haut, zog Kreise und Schlangenlinien über deren Bauch und Arme. Selinas Augenlider zuckten leicht. »Guten Morgen«, flüsterte Theresa. »Hast du gut geschlafen?« Ihre Lippen betupften Selinas Brüste mit zärtlichen Küssen.

»Ich schlafe noch«, murmelte Selina. »Ich träume, ich bin im Paradies.« Sie schlang ihre Arme um Theresa.

Ihre nackten Körper schmiegten sich aneinander und Theresa verspürte sofort das unbändige Verlangen, mit Selina zu schlafen. Dabei war es doch nur Stunden her, dass sie in sinnlicher Leidenschaftlich einander befriedigten. »Wir müssen aufstehen, es ist schon sieben«, rief sie sich und Selina ins Gedächtnis.

»Noch zehn Minuten«, flüsterte Selina in Theresas Ohr und suchte mit der Hand die Nässe zwischen ihren Beinen.

Theresa stöhnte wohlig, richtete sich auf und kniete mit gespreizten Beinen über Selinas Becken. Langsam bewegte sie sich zu dem Takt, den Selinas Finger in ihr vorgaben und ließ sich so von ihr verwöhnen. Selinas andere Hand krallte sich um Theresas Po und zog sie fester auf sich. Theresa stöhnte laut. Ihr Atem ging kürzer und heftiger. In ihren Ohren begann es zu rauschen und der letzte klare Gedanke löste sich auf. Sie spürte nur noch Selina in sich und genoss, wie die

Schauer durch ihren Körper jagten. Sie kam mit stöhnender Wonne. Selina ließ ihre Finger ruhen und Theresa sank keuchend auf sie. »Das muss ein Traum sein. Ein wunderschöner Traum«, hauchte sie.

Selina zog sich sanft aus ihr zurück und streichelte Theresas Seiten. »Du hattest noch etwas gut bei mir«, raunte sie und küsste Theresas Hals. Sie ließ ihr ein paar Minuten, bevor sie sich sachte unter ihr hervorschob und aufstand. Zärtlich küsste sie Theresas Rücken. »Los, Faulpelz, komm duschen.«

Auch das Duschen zog sich länger hin. Sie konnten einfach nicht die Hände voneinander lassen. Deshalb nahmen sie das Frühstück unterwegs, Schokocroissants und starken Kaffee. Dem leidenschaftlichen Kuss auf dem Treppenabsatz folgte ein langer Blick, bevor jede mit einem Lächeln auf den Lippen die Tür zu ihrem Teil der Praxis aufschloss.

Theresa drückte die Tür zur Kanzlei auf.

Ich war noch nie so verliebt.

Der Gedanke schoss wie ein Blitz durch ihren Kopf. Er hinterließ keinen Schreck, wie sie verwundert feststellte. Was sie fühlte, war Übermut und Leichtigkeit.

Ich bin glücklich. Und ich fühle mich sicher.

So hatte sie sich noch nie gefühlt, außer vielleicht als Kind. Erinnern konnte sie sich aber nicht daran. Theresa nahm es nur an.

Wie jeden Morgen schaute sie zuerst in Veras Büro. Deren Schreibtisch stand verwaist und aufgeräumt da. Merkwürdig, dachte Theresa, wo sie doch selbst schon so spät dran und Vera immer vor ihr da war. *Aber egal, heute werde ich allen alles nachsehen. Ich bin in milder Stimmung.*

Sie ging in ihr eigenes Büro und startete die übliche Routine. PC an, Mails checken. Versonnen lächelnd überflog Theresa die eingegangenen Nachrichten. Zwei neue Mandatsanfragen waren darunter und eine E-Mail von Irene Bachmann. Deren Verlag hatte auf Theresas letztes Schreiben bisher nicht reagiert. Theresa hatte bereits angemahnt. Sie öffnete die Mail der Autorin, um sie um etwas Geduld zu bitten. Doch Irene Bachmann fragte gar nicht nach der Antwort des Verlages. Sie schickte sie. Dazu schrieb sie: »Anbei eine Mail des Verlagschefs. Ich kommentiere das nicht weiter. Was zählt, ist meine Entlassung in die Freiheit. Mein neuer Roman ist von 0 auf 74 in die E-Book Verkaufsliste eingestiegen. Ich warte auf Ihre Rechnung. Vielen Dank und herzliche Grüße, Irene Bachmann.«

Darunter die weitergeleitete E-Mail des Verlagschefs.

»Hallo Irene,

warum führst Du hier seit Monaten so einen Affentanz auf? So, wie Du Dich immer weiter und immer verbissener in Paragrafenreiterei versteigst, jetzt auch noch mit Hilfe einer Anwältin, kommt es mir langsam vor, als ob ich es hier mit Rumpelstilzchen, das ständig mit den Füßen aufstampft, zu tun hätte und nicht mit einem vernünftigen Menschen.

Du weißt ganz genau, dass ich existiere. Und Du weißt auch ganz genau, dass der Verlag existiert. Schließlich hast Du jahrelang Honorare von uns erhalten. Möchtest Du die jetzt zurückzahlen, weil der Verlag ja nie existiert hat? Vermutlich sind dann auch alle Bücher, die im Verlag erschienen sind, inklusive Deiner Bücher, nur Phantasievorstellungen? Und ebenso das Geld, das Du dafür erhalten hast?

Also wenn Du meinst, dass der Verlag nie existiert hat, dann zahl bitte alle Honorare zurück, die Du erhalten hast. Wenn Du diese Honorare nicht bis zum 30.6.2022 zurückgezahlt hast, gehe ich davon aus, dass Du weißt, dass der Verlag existiert und dass Du mit Absicht lügst. Findest Du es wirklich so gut, als Lügnerin dazustehen?

Was willst Du überhaupt von mir? Mittlerweile habe ich das Gefühl, Du bereust es, dass Du die Geschäftsbeziehung zu mir auflöst, weil Dir eingefallen ist, dass ohne die Werbemaßnahmen und die Vertriebswege eines eingeführten und seriösen Verlages wie *moments* keiner mehr Deine Bücher kaufen wird, weil keiner sie mehr findet.

Wir hätten uns ganz leicht einigen können, wenn Du Dich nicht so angestellt hättest. Ich betrachte nämlich alle meine Autoren und Autorinnen als meine Freunde, und wir gehen auch dementsprechend miteinander um. Wenn Einer oder Eine möchte, dass ich seine oder ihre Bücher nicht mehr verkaufe (allerdings: warum sollte das passieren?), dann schreibt man mir eine kurze Mail, ich sage ja, und die Sache ist erledigt. Weil ich nämlich ein netter und entgegenkommender Mensch bin.

Du bist aber anscheinend nicht in der Lage, freundlich und nett zu sein. Denn das warst Du noch nie. Nicht eine der E-Mails, die Du seit Beginn an mich oder an den Verlag geschrieben hast, hat ein nettes Wort enthalten. Stattdessen hast Du immer nur harsch mit einer ungeheuren Anspruchshaltung, Vorwürfen und schließlich Paragrafen um Dich geworfen.

Wenn Du mich so unkorrekt behandeln willst, ist das Deine Sache, aber Du wirst mich nicht dazu bringen, unkorrekt zu sein. Ich bin seriös, und ich behandle meine Geschäftspartner seriös.

Ich denke, Du hast andere Probleme in Deinem Leben, die Du an mir auslässt, aber dass Du sie an mir auslässt, wird Dir auch nicht helfen, Deine eigenen Probleme zu lösen. Ich kann das nämlich nicht für Dich tun. Das musst Du selbst. Löse Deine Probleme, und Du wirst sehen, dass Du Dich viel besser fühlen wirst.

Ich will Dir dabei selbstverständlich nicht im Weg stehen, lasse Deine Bücher jetzt einstampfen und nehme alles aus dem Verkauf. Hättest Du nur ein freundliches Wort an mich gerichtet und mich mehr wie einen Kollegen und Freund als wie einen Feind angesprochen, dann hätten wir so eine Vereinbarung schon längst treffen können. Aber da Du es vorgezogen hast, einen Krieg gegen mich anzuzetteln, ging das nicht.

Jeder normale Mensch hätte gemerkt, dass man mit mir reden kann. Sehr gut sogar. Auf zwischenmenschlicher Ebene. Aber nicht mit Paragrafen. Denn das ist nur das Rückzugsgebiet für Leute, die sich im Unrecht fühlen. Und wer sich wie Rumpelstilzchen aufführt, darf sich nicht wundern, wenn er wie Rumpelstilzchen behandelt wird.

Ich hoffe, nie wieder etwas von Dir zu hören und wünsche Dir trotzdem alles Gute für die Zukunft (weil ich ein netter Mensch bin).

Viele Grüße

Ruben.«

Theresa lehnte sich in ihrem Stuhl zurück.

Was bitte ist das?

Sie beugte sich direkt wieder nach vorn und las die Zeilen ein zweites Mal, um sicher zu gehen, dass sie keiner Täuschung aufsaß.

Wenn jemand diesen Brief las, würde er meinen, Ruben Geiger war ein Gutmensch, der seine aufrührerische Autorin seit Jahren in stiller Demut ertrug und nun, maßlos enttäuscht, dass all sein Wohlwollen so gar keine Dankbarkeit hervorrief, das Handtuch warf. Sachlicher Inhalt? Fehlanzeige. Anzahl Antworten auf die gestellten Fragen? Null. Theresa konnte nicht nachvollziehen, warum Ruben eine simple Bitte um Einsicht in die Abrechnungsunterlagen als »Krieg anzetteln« empfand. Die verquere Logik, welche er zwischen der Existenz des Verlages und den Honorarzahlungen herstellte, diente ganz klar der Ablenkung von der Frage nach seinem Firmensitz. Warum beantwortete er die Frage nach der Steuernummer des Verlages nicht einfach und räumte die Zweifel aus? Ein seriöser Verlag hätte damit kein Problem. Der Mann konnte froh sein, wenn Irene Bachmann es dabei bewenden ließ, dass er nun die Verlagsrechte aufgab. Theresas Gefühl sagte ihr, Ruben Geiger wusste das auch ganz genau. Seine Antwort war am Ende trotz allen Gezeters darauf ausgelegt, Irene Bachmann das zu geben, was sie wollte, damit sie ihn in Ruhe ließ. Und die Autorin war, ähnlich einer genervten Ex-Frau, die endlich einen Lebensabschnitt abschließen und einen neuen beginnen wollte, dazu bereit.

Theresa sandte die Mail weiter an Vera mit der Bitte, sie auszudrucken und zur Akte zu legen. Dabei fiel ihr auf, dass es immer noch verdächtig still war. Wo blieb Vera?

Mit einem unguten Gefühl im Bauch ging Theresa zu

Selina. Aus dem Therapierraum drangen Stimmen, die der Lautstärke nach zu urteilen auf wenig Drama schließen ließen. Dennoch wollte Theresa die Sitzung nicht stören. Sie legte Selina einen Zettel auf den aufgeräumten Schreibtisch, mit der Frage, ob sie wusste, wo Vera steckte.

In der Zwischenzeit schlug sie ein paar Urteile nach, um sich auf das Gespräch mit Isabell Krügers Vater und dessen Anwalt vorzubereiten.

»Ich habe versucht, Vera auf ihrem Handy zu erreichen. Sie geht nicht ran«, wunderte sich auch Selina eine viertel Stunde später.

Theresa sah auf und in zwei tiefblaue, warm blickende Augen. In dieser Wärme flackerte jedoch auch ein Anflug von Sorge. »Es wird doch nicht wieder was passiert sein?«

»Vielleicht ist etwas mit Konstanze?«

»Dann hätte Vera doch angerufen und Bescheid gegeben.«

Stimmt. Theresa stand auf. »Wann ist dein nächster Termin?«

»In einer Stunde.«

»Gut, dann komm. Wir fahren zu Vera.«

***

In der Lindenstraße warfen ausladende Buchenkronen lange Schatten in die Vorgärten. Auf dem Stellplatz vor der Doppelhaushälfte 15 b parkte Veras champagnerfarbenen Renault Clio.

»Sie scheint zu Hause zu sein«, sagte Selina.

Theresa hielt direkt vor dem Clio. Sie stiegen aus und gingen zum Haus. Ein Gong ertönte unmittelbar nachdem Selina den Klingelknopf drückte. Hinter der Tür regte sich jedoch nichts. Selina trat nervös von einem Fuß auf den anderen und unternahm einen hilflosen Versuch, durch die milchige Glasscheibe der Eingangstür hindurch etwas zu erspähen.

Theresa drückte ein weiteres Mal die Klingel. Wieder ertönte der Gong. Aber an der Stille hinter der Tür änderte sich nichts.

»Ich geh mal zur Terrasse herum«, meinte Selina. »Warte du hier.«

Theresa nickte.

»Vera«, rief Selina wenig später. Dem Geräusch nach zu urteilen, klopfte sie an eine Scheibe. »Vera! Mach doch mal auf.« Wieder Klopfen. »Bist du in Ordnung?«

Eine Minute verging, bevor Selina zurückkam. »Vera sitzt im Wohnzimmer, reagiert aber nicht.« Sorge schwang in ihrer Stimme. »Ich habe einen Zweitschlüssel für Notfälle. Schätze das ist einer.« Sie kramte aus ihrer Umhängetasche einen Schlüsselbund hervor und schloss die Tür auf.

»Vera?« Selina eilte ins Wohnzimmer. Theresa folgte ihr.

Vera kauerte in einem Sessel, mit bis unters Kinn angezogenen Beinen, um die sie ihre Arme geschlungen hatte. Das nasse Haar stand ihr wirr vom Kopf ab, so wie nur einmal nach dem Duschen kurz trockengerieben. Um Veras Oberkörper schlabberte ein verwaschen aussehendes T-Shirt. Die Bündchen der graue Jogginghose hatten sich über die Knöchel und fast bis zu Veras Waden hochgezogen. Sie reagierte kaum. Ihr verschleierter Blick wanderte einmal kurz zu Selina und Theresa, bevor er sich wieder starr geradeaus richtete.

Selina sank neben ihrer Tante auf die Armlehne des Sessels. »Vera? Was ist denn passiert«, fragte sie zaghaft. Dabei legte sie ihre Hand auf Veras Schulter. »Du zitterst ja«, stellte sie erschrocken fest und sah sich suchend um. »Kannst du von oben aus dem Schlafzimmer eine Decke holen?«, bat sie Theresa. »Letzter Schrank.«

Theresa stieg die Treppe hinauf und orientierte sich kurz. Das Schlafzimmer lag linker Hand. Sie betrat es. Sofort fielen ihr die auf dem Boden herumliegenden Kleidungsstücke ins Auge. Das Bett war noch nicht gemacht. Zwei zerknüllte Kissen lagen auf ihm, die leichte Sommerdecke ebenfalls auf dem Boden. Es sah nach einer »wilden« Nacht aus. Aber so wie Vera sich benahm, musste irgendetwas passiert sein.

Mit zwiespältigem Gefühl öffnete Theresa die hinterste

Schranktür, fand eine Wolldecke und nahm sie mit nach unten.

»Sie steht völlig neben sich«, empfing Selina sie bei ihrer Rückkehr. Mit fahrigen Händen hüllte sie Vera in die Decke. »Sag doch endlich was«, bat sie Vera.

Theresa dirigierte Selina mit sanftem Druck wieder auf die Sessellehne. »Hattes du Streit mit Konstanze?«, forschte sie vorsichtig. Die Szenerie oben im Schlafzimmer deutete jedenfalls darauf hin, dass Vera die Nacht nicht allein verbracht hatte. Und das sollte es ja geben, dass nach ein paar sehr verliebten Stunden plötzlich die Stimmung umschlug.

Endlich zeigte Vera eine erste Reaktion, ein kaum merkliches Kopfschütteln. Dann ein Nicken und wieder Kopfschütteln.

Selina sah hilflos zu Theresa. Ihre Augen schwammen. »Vielleicht bringen wir sie hoch in ihr Bett und geben ihr eine Schlaftablette. Sie braucht auf jeden Fall Ruhe.«

»Nein!«, schnitt Veras Stimme scharf durch den Raum. Sie sprang auf. Selina zuckte zusammen. Theresas Augen wurden schmaler. *Was zur Hölle …*

Vera sank wieder in sich zusammen und zurück auf den Sessel. Heftig atmend stieß sie hervor: »Das war er! Ich weiß, dass er dahintersteckt!«

»Wer steckt hinter was?«, fragte Selina verwirrt.

Veras Blick heftete sich auf ihr Handy, dass auf dem Tisch lag. Selina gab es ihr. Mit zitternder Hand tippte Vera die PIN ein. »WhatsApp«, murmelte sie und reichte Selina das Handy. »Konstanze«, hauchte sie kaum hörbar.

Selina tippte auf die App und öffnete den Chatverlauf. »Warum hast du nicht einfach mit mir Schluss gemacht« las sie vor und blickte vielsagend zu Theresa auf.

»Davor«, sagte Vera tonlos.

»Das Video?«, fragte Selina.

Vera nickte stumm, stützte die Ellenbogen auf die Knie und schlug ihre Hände vor die Augen.

Selina öffnete die Datei. Theresa folgte der Szene, die sich auf dem Display abspielte.

Vera lag schlafend in ihrem Bett, nackt. Hinter ihr, in Löffelchenstellung, eine fremde Frau, mit feuerroten, quirligen Locken, ebenfalls nackt. Sie filmte sich und Vera, was daran zu erkennen war, dass ihr Arm in die Luft ragte und sich teilweise außerhalb des Bildes befand. Jetzt stieg die Rothaarige mit einem Bein über Vera, bedeckte ihre Schulter mit Küssen, wobei zwei pralle Brüste Veras Haut berührten. Vera schien völlig ermattet. Sie bewegte sich nicht. Das Kameraauge näherte sich der Rothaarigen. Sie schürzte die Lippen und drückte dem Handy einen Kuss auf.

Das war alles. Der Clip endete.

Selina warf das Handy hastig zurück auf den Tisch, gerade so als hätte sie Angst, sich die Finger zu verbrennen, wenn sie es noch eine Sekunde länger in der Hand hielt. Es gab einen kurzen Aufschlag. Dann folgte Stille.

Eine Minute verging, ohne dass eine von ihnen sprach.

Eine zweite.

Vera hob den Kopf aus den Händen. »Ich habe keine Ahnung, wer diese Frau ist. Aber ich weiß, dass ER dahintersteckt. Seiferth. Alles andere macht keinen Sinn. Er muss mir K.-o.-Tropfen verpasst haben. Und dann … keine Ahnung … aber er war´s! Warum sonst landet das Ganze bei Konstanze?«

Vera zog wieder ihre Beine an und umschlang sie. Sie presste die Lippen zusammen, sog die Luft tief durch die Nase ein und wieder aus. Ihre Sätze kamen stockend, so als müsste sie ständig mit den Worten kämpfen. »Ich … war gestern zum Geburtstag eingeladen … bei einer ehemaligen Kollegin. Eigentlich … wollte ich nicht hin. … Konnte mir ja denken, dass Seiferth da sein würde. Aber dann … dachte ich mir … die Genugtuung gibst du ihm nicht.« Sie hielt inne und presste beide Hände gegen die Stirn. »Verdammt. Hätte ich doch nur.« Veras Stimme brach zusammen. Sie verlor den Kampf gegen die Tränen und schluchzte.

Selina nahm Vera in die Arme und murmelte beruhigende Worte in ihr Ohr. Theresa stand betreten daneben.

Nach einer Minute fing Vera sich wieder. Sie schniefte und

fuhr fort. »Ich weiß, ich vertrage Alkohol nicht besonders gut. Aber normal sind ein, zwei Gläser Wein kein Problem. Gestern wurde mir nach dem ersten Glas so übel, dass ich mir ein Taxi rief. Ab da weiß ich nichts mehr. Heute Morgen wache ich nackt und mit Brummschädel in meinem Bett auf und wenig später bekomme ich die Nachricht von Konstanze. Da habe ich das Video gesehen. Ich habe keine Ahnung, wie es zustande kam. Und noch weniger weiß ich, wie ich Konstanze davon überzeugen soll, dass mir jede Erinnerung fehlt, wie diese Frau in mein Bett kam.«

Wieder entstand Schweigen.

Selinas Augen suchten Veras. »Hast du … fühlst du ... Schmerzen?« Sie brach mit gequälter Miene ab, tastete nach Theresas Hand auf ihrer Schulter und umklammerte sie.

Theresa schluckte, als ihr klar wurde, worauf Selina hinauswollte. »Sollen wir zu einem Arzt … der dich untersucht, Vera?«, half sie Selina.

Vera schüttelte den Kopf. »Ich habe einen mächtigen Kater inklusive Filmriss. Ich fühle mich maßlos beschmutzt, aber keine Blessuren.«

»Sicher?«

»So sicher, dass ich keine Bestätigung durch einen Arzt brauche.«

Theresa nickte. »Gut.« Selinas Griff um ihre Hand wurde lockerer. Ihr angespannter Rücken löste sich. »Wann wurde dir denn so schlecht?«, erkundigte Theresa sich jetzt.

Vera dachte nach. »Ich glaube … so gegen neun.«

Ein Blick auf die Uhr sagte Theresa, dass es kurz vor zehn war. K.-o.-Tropfen ließen sich im Blut nur bis zu acht Stunden nachweisen. Im Urin maximal zwölf Stunden. »Für einen Nachweis ist es dann wohl zu spät.« Doch selbst wenn die Zeit noch gereicht hätte, Seiferth könnten sie damit nicht überführen.

Aber Vera sollte gegenüber Konstanze keinen Beweis brauchen. Schließlich kämpfte Vera unermüdlich um diese Frau. Warum vertraute Konstanze ihr so wenig?

Theresa presste die Lippen aufeinander. Es war absurd,

aber sie beneidete Vera in diesem Moment. Natürlich nicht darum, wie mies sie sich fühlte. Aber darum, dass sie genau wusste, was und wen sie wollte. Für den Rest ihres Lebens, wie es so schön hieß.

Warum kann ich mir nicht auch so sicher sein? Warum vertraue ich meinen und Selinas Gefühlen nicht? Ist es wirklich, weil ich Beziehungen reihenweise scheitern sehe? Oder hat Selina recht und ich bin einfach nur feige?

Der Türgong unterbrach Theresa in ihren Gedanken.

Sie sahen sich alle drei an. In jedem Gesicht stand dieselbe Frage: Wer kann das sein?

»Ich gehe«, sagte Selina.

Theresa übernahm ihren Platz auf der Sessellehne und legte beruhigend eine Hand auf Veras Arm. »Wir überlegen uns etwas.« *Auch wenn ich noch keine Ahnung habe, was.*

»Vera?«, rief es jetzt vom Flur her.

Veras Füße fielen augenblicklich auf den Boden. Ihre Hand krallte sich in Theresas Arm.

Auch Theresa hatte die Stimme von Konstanze Seiferth erkannt. Die stürmte jetzt ins Zimmer. »Vera, bitte, du *musst* mir verzeihen.« Sie blieb vor Vera stehen und zog sie aus dem Sessel in ihre Arme. »Es tut mir so leid. Das ist alles meine Schuld.«

Theresa erhob sich, machte einen Schritt zurück und schaute zu Selina, die in der Tür zum Flur stand. Auch sie war sichtlich überrascht von der Szene. Konstanze umklammerte Vera und küsste sie, wie eine Verdurstende. »Ich war so dumm.« Konstanzes Hände streichelten fahrig Veras Gesicht, sie übersäte Veras Wangen mit Küssen. »Ich liebe dich. Ich will dich nicht verlieren.«

Vera stand völlig überrumpelt da. Sie strahlte und griff sich gleichzeitig an den Kopf. Auch sie hatte ganz sicher mit vielem gerechnet, vielleicht dass diesmal Konstanze *ihr* eine scheuerte, aber nicht das hier … eine Konstanze, die sie um Verzeihung anflehte.

»Ich konnte nicht klar denken, als ich das Video sah und die WhatsApp schrieb.« Konstanzes Stimme vibrierte. »Es passte aber auch alles zusammen. Dein heimliches Treffen mit Jörg, der exorbitante Rosenstrauß für schöne Stunden von einer M. und jetzt das Video. Ich dachte, er hat es wieder einmal geschafft.«

»Geschafft? Was denn um alles in der Welt?«, wollte Vera wissen.

Konstanzes Redefluss stockte. Sie senkte den Blick und biss sich auf die Unterlippe. Ein Zeichen, dass sie sich überwinden musste. Doch dann hob sie den Kopf. Mit leiser Stimme und um Verständnis bittenden Blick auf Vera, öffnete sie sich endlich. »Vor fünf Jahren gab Jörg der Frau, wegen der ich mich von ihm scheiden lassen wollte, Geld, damit sie mich verlässt. Fünfundzwanzigtausend, mehr war ich ihr nicht wert.« Konstanzes Kinn bebte. »Natürlich rieb Jörg mir die Schmach wortreich unter die Nase. Immer und immer wieder. Seine ätzenden Sticheleien waren wie permanente Nadelstiche. Am Ende fehlte mir die Energie, die Scheidung durchzuziehen. Ich dachte: Wofür?«

»Damit gaben Sie ihm genau das, was er wollte«, erriet Theresa.

»Mehr noch«, bestätigte Konstanze. »Das wurde mir aber erst viel später klar. Ich gab Jörg quasi eine Methode in die Hand, mich zu manipulieren. Solange meine Bekanntschaften heimlich oder zumindest oberflächlich blieben, sah er zu. Aber sobald er merkte, dass es mir ernst wurde, mischte er sich ein. Und schaffte es, zwei weitere Beziehungen zu zerstören. Sogar ohne sein schmieriges Geld. Was mich zu der Überzeugung brachte, dass es weniger schmerzvoll ist, es künftig bei Affären zu belassen. Um ehrlich zu sein, Vera sollte auch nicht mehr sein.« Ihre Hand strich zärtlich Veras Wange. »Aber es kam ganz anders. Auch wenn es für dich nicht immer so aussieht, Vera. Ich bin glücklich mit dir. Deshalb hat mich das Video auch voll erwischt.«

»Das kann ich dir nicht wirklich übelnehmen«, murmelte Vera.

Konstanze schüttelte den Kopf. »Ich mir schon. Ich hätte es *gleich* besser wissen müssen. Na jedenfalls, nachdem ich mir eine Weile die Augen ausgeheult habe, wurde mir klar, wem ich das wieder zu verdanken habe. Wut stieg in mir auf. Ich ging zu Jörg, um ihm zu sagen, dass ich mich scheiden lasse. Jetzt erst recht! Es sollte das letzte Mal sein, dass er sich in mein Leben eingemischt hat. Ich stürme also in sein Arbeitszimmer ... und platze mitten hinein, wie er die Frau aus dem Video besteigt, diese rothaarige Schlampe. In meinem Kopf war Chaos. Ist es noch. Was haben sie mit dir gemacht?« Konstanze nahm Vera in ihre Arme, strich ihr durch das wirre Haar und küsste sie zärtlich.

»Ich glaube, dein Mann hat mir auf der Feier gestern Abend K.-o.-Tropfen verabreicht. Den Rest weiß ich nicht.«

»Aber den bekommen wir noch heraus«, brummte Theresa. »Und dann hat Seiferth mit den Konsequenzen zu rechnen.«

Veras schürzte skeptisch die Unterlippe. »Glaubst du wirklich, wir können ihn drankriegen?«

»Wir reden später darüber. Nimm dir heute erst einmal frei. Ruh dich aus. Genieße den Tag mit Konstanze.« Theresa zwinkerte Vera zu. »Macht Pläne für die Zukunft.« Sie warf Selina einen Blick zu, der sagte: »Wir sind hier überflüssig.« Draußen atmete sie tief durch. »Krass. Selbst für Seiferth«, stieß sie hervor und stieg in den Wagen. Selina rutschte auf den Beifahrersitz. Theresa startete den Motor und fuhr los. Ein wenig holprig, weil ihr die Kupplung wegschnippte. Was wiederum passierte, weil sie fassungslos das Gehörte resümierte.

Seiferth trampelte seit Jahren über seine Frau hinweg und ergötzte sich an Psychospielchen, mit denen er Konstanze kontrollierte. Und er machte auch vor Vera nicht halt. Er versetzte sie in einen hilflosen Zustand und demütigte sie. Anschließend schob er eine Nummer mit der Frau, die sein Werkzeug war. Der Mann war ein Widerling durch und durch.

Was für ein Glück, dass ich nicht mehr für ihn arbeite. Ich wüsste nicht, wohin mit meinem Ekel.

»Worüber denkst du nach?« Selinas Hand legte sich auf

Theresas Oberschenkel.

Theresa atmete einmal tief durch. »Über Ekel«, sagte sie wahrheitsgemäß.

Selina drückte ihre Hand fester auf Theresas Bein. Es war ihre Form der Zustimmung. Worte fand sie keine.

Und immer noch über mich. Warum ich meinen und deinen Gefühlen nicht vertraue. Aber Vera beneide.

Doch das verschwieg Theresa Selina. Dem Gespräch, welches einem solchen Geständnis folgen würde, fühlte sie sich nicht gewachsen. Obwohl Selina sicher verständnisvoll reagieren würde. *Selina ist eben nicht das Problem, sondern du selbst.* Ihre eigene Unsicherheit, die sie immer sofort in den Verteidigungsmodus schalten ließ. Ehe sie es sich versah, sagte sie irgendwelche dummen Sachen. Es wäre ja nicht das erste Mal.

Deshalb schwieg Theresa über diesen Teil ihrer Gedanken lieber. Und da auch Selina ihren Gedanken nachzuhängen schien, blieb es still zwischen ihnen, bis sie in die Straße mit dem gletscherblauen Altbau einbogen. Hier schaute Selina auf die Uhr und bekam plötzlich einen hektischen Ausdruck im Gesicht. »Mein Termin. Hoffentlich haben die Patienten gewartet.«

»Na, dann beeil dich mal«, sagte Theresa und hielt den Wagen an. »Ich suche noch einen Parkplatz.«

Selina öffnete die Beifahrertür. Bevor sie ausstieg, beugte sie sich noch einmal zu Theresa, küsste sie und hauchte ein »Danke.« Dann rannte sie los. Nach wenigen Schritten drehte sie sich um und winkte.

Theresas Herz ging auf und zog sich gleichzeitig zusammen. *Wenn ich es mit ihr vermassele, und ich bin gut darin, diese Dinge zu vermasseln, werde ich mir das lange nicht verzeihen können.* Sie fühlte sich schon beim bloßen Gedanken daran schlecht. Und trotzdem konnte sie nicht über ihren Schatten springen und die berühmten drei Worte sagen, von denen sie wusste, dass Selina auf sie wartete.

Nicht nur, weil Theresa Paare reihenweise mit diesen Worten hatte scheitern sehen, sondern weil sie auch selbst mit ihnen immer wieder gescheitert war. Nicht, dass sie diese Worte besonders oft verwendet hätte. Aber für wen immer sie es tat, früher oder später hatte sie das schlechte Gewissen geplagt, weil sie nicht mehr fühlte was sie sagte. Das hatte die Worte abgenutzt. Sie hatte das Gefühl, Selina mit ihnen nicht gerecht zu werden. Theresa suchte andere, weniger abgegriffene Worte. Worte die ihrem einzigartigen Gefühl für Selina auch einen einzigartigen Ausdruck verleihen konnten.

Weil sie nicht damit gerechnet hatte, dass sie solche Worte einmal brauchen würde, hatte sie bisher nicht nach ihnen gesucht. Aber wenn sie das Selina so sagte, würde die das natürlich für eine erbärmliche Ausrede halten. Vielleicht auch für eine clevere. Aber das änderte nur wenig.

KAPITEL 22

Vera brachte Konstanze mit in die Kanzlei und schob sie in die erste Zeitlücke, die Theresas Terminkalender bot. Jetzt saßen sie beide vor ihr.

»Wie geht es euch?«, fragte Theresa.

»Wir hatten einen stressigen Tag«, sagte Vera. »Ich habe Konstanze geholfen, ihre Fotoausrüstung und Sachen zu mir zu bringen. Und ein paar Dinge, von denen Konstanze weiß, dass sie Seiferth wichtig sind, haben wir auch mitgenommen. Seine Lieblingsrolex und ein Bild. So einen Picasso-Verschnitt eines modernen Künstlers. Damit er einen Vorgeschmack bekommt.« Sie kicherte.

»Wir haben beides auf eBay für jeweils einen Euro verkauft«, ergänzte Konstanze trocken. »Die können Sie schon mal auf die Vermögensübersicht setzen, damit gerecht geteilt wird. Schließlich gehört das zum Zugewinn meiner Noch-Ehe.«

Theresas Mundwinkel zuckte kurz. Sie blieb aber ernst. »Sie möchten, dass ich Sie in Ihrer Scheidung vertrete?«

»Ja.«

»Und ich möchte, dass ihr das dumme Sie lasst«, meldete sich Vera.

Konstanze nickte Theresa zu. »Einverstanden?«

»Sehr gerne.«

»Dann bist du jetzt meine Anwältin.« Sie beugte sich in ihrem Stuhl vor und legte eine SD-Speicherkarte auf den Schreibtisch. »Und damit wir es dem Egomanen so richtig zeigen können, habe ich das hier mitgebracht.«

»Was ist da drauf?«

»Fotos.« In Konstanzes Stimme schwang Triumph. »Jörg hat mir mehr als einmal klar zu verstehen gegeben, sollte es je zu einer Scheidung kommen, würde er mir freiwillig keinen Cent geben. Also habe ich einen Weg gesucht, mich abzusichern. Ich weiß, ich habe mich klein machen lassen. Aber auch kleine Menschen können ihre Augen und Ohren offenhalten. Das habe ich getan und, wenn sich die Gelegenheit ergab, schnell gehandelt. Immer wenn Jörg unachtsam war. Hier eine liegen gelassene Akte, da ein Brief, oder ein Stick in seiner unbeaufsichtigten Aktentasche. Ich habe von allem Fotos gemacht, was mir wichtig erschien. So erfuhr ich, dass Jörg ein Konto in Luxemburg hat und zwei luxussanierte Eigentumswohnungen als Kapitalanlage unterhält.«

Theresa hob die Augenbrauen. Das war mal eine Überraschung!

»Ich möchte dabei sein, wenn du ihm die Vermögensaufstellung übergibst«, sagte Konstanze. »Damit ich das Entgleisen seiner Gesichtszüge genießen kann. Jörg soll wenigstens finanziell bluten. Auch wenn das nicht aufwiegen wird, was er Vera angetan hat.« Ihre Hand langte nach Veras Arm und strich zärtlich darüber.

Vera hielt sie fest. »Er hat am Ende genau das Gegenteil von dem erreicht, was er wollte.«

»Das hört sich so an, als würdest du es dabei bewenden lassen wollen?«, fragte Theresa.

»Von wollen kann nicht die Rede sein«, stellte Vera richtig. »Aber was habe ich denn für Möglichkeiten? Soll ich Seiferth anzeigen? In dem Video erkennt man nicht wirklich, dass ich weggetreten bin. Die Sache mit den K.-o.-Tropfen kann ich nicht beweisen, weder dass sie mir verabreicht wurden und erst recht nicht von wem. Meine Aussage stünde gegen seine.

Er wird mit einer Verleumdungsklage reagieren. Du kennst ihn. Und ehrlich gesagt … ich möchte diese Peinlichkeit so schnell wie möglich vergessen.«

»Peinlichkeit? Vera, du hast dir nichts vorzuwerfen. Das war eine Körperverletzung!«, erwiderte Theresa scharf. Natürlich richtete sich diese Schärfe nicht gegen Vera. Sie war Ausdruck ihrer Wut. »Das kannst du ihm nicht durchgehen lassen!«

Konstanze, deren Füße schon die ganze Zeit nervös auf den Boden tippten, sprang auf. »Sie hat recht, Vera.« Sie trat hinter Veras Stuhl und legte ihre Hände auf deren Schultern. »Zumindest dürfen wir die Flinte nicht ins Korn werfen, bevor wir nicht wenigstens *versucht* haben, sie abzuschießen.«

»Und was sollen wir tun?« Vera drehte sich um und schaute Konstanze von unten her an. »Auf dem Video ist nur diese rothaarige Frau zu sehen. Wir wissen nicht, wer sie ist. Es wäre die berühmte Suche nach der Nadel im Heuhaufen.« Sie wandte sich wieder zu Theresa. »Und selbst wenn wir die Nadel finden. Die Frau wird nichts verraten. Warum sollte sie? Für den unwahrscheinlichen Fall, dass sie es doch tut, kann Seiferth immer noch alles leugnen.« Vera zuckte resigniert mit den Schultern. »Beim besten Willen, das können wir uns sparen.«

Konstanzes Miene hatte sich zunehmend verfinstert. Verbissen sagte sie: »Nein, das sparen wir uns nicht. Wir versuchen es.«

Theresa nickte bekräftigend.

»Na schön«, willigte Vera ein. »Und wo wollt ihr anfangen?«

Theresa fing Konstanzes fragenden Blick auf. Offensichtlich stellte sie sich dieselbe Frage.

»Wir gehen systematisch vor«, sagte Theresa. »Wir knüpfen dort an, wo deine Erinnerung endet, Vera. Die Taxizentrale, die du angerufen hast, wird uns sagen, welcher Fahrer dich nach Hause gebracht hat. Mit dem sprechen wir zuerst.«

Vera nahm ihr Handy aus der Tasche und suchte in der Telefonliste die Nummer, unter der sie vorgestern Abend das

Taxi bestellt hatte. Ihr Finger schwebte über dem Display, bereit die Verbindung herzustellen.

»Was ist?«, fragte Theresa, weil Vera zögerte.

»Ich überlege, was ich sagen soll.« Jetzt berührte ihr Finger das Display und sie nickte. »Ja, hallo, ich rufe an, weil ich Ihre Hilfe benötige, ich suche einen Ihrer Fahrer. Ich glaube ich habe in seinem Wagen eine Kette verloren und würde gern nachsehen … Wie der Fahrer aussah? Ähm, also … das weiß ich nicht mehr so genau, er fuhr mich von der Köhlerstraße 34 in die Lindenstraße 15 b ... Sie rufen mich zurück? Danke.« Hastig fügte sie hinzu: »Ich werde dem Mann ein gutes Trinkgeld geben, wenn er sich die Zeit nimmt, sagen Sie ihm das bitte.«

Vera beendete das Gespräch. Wenig hoffnungsvoll meinte sie: »Wer weiß, ob der sich meldet.«

Theresa hingegen war recht zuversichtlich. »Das wird er, weil er ja keine Kette finden wird, wenn er selbst nachsieht und bestimmt nicht auf das Trinkgeld verzichten will, das er einsacken kann. Das war geschickt von dir«, lobte sie.

Vera kratzte sich, verlegen stolz lächelnd, im Nacken. »Das mit dem Trinkgeld war nur ein Reflex.«

»Dann hast du hilfreiche Reflexe.«

»Mag sein. Aber ich weiß ehrlich gesagt immer noch nicht, was du dir von dieser Nachforschung versprichst.«

Theresa blieb eine Antwort schuldig. Sie wusste natürlich nicht, was dabei herauskam. Oder ob überhaupt etwas herauskam. Sie hatte einfach das Gefühl, jede noch so kleine Chance nutzen zu müssen, um die Geschehnisse des Abends aufzuklären. Dabei ging es ihr nur zur Hälfte darum, Seiferth zur Rechenschaft zu ziehen. Der andere, nicht minder wichtige Grund, war Vera. Theresa wollte nicht, dass Vera später bereute, nichts unternommen zu haben.

***

Selina schenkte Theresa ein Glas Rotwein nach und stellte die Flasche wieder auf den Boden. Die Gartenbank, auf der sie saßen, wackelte bei ihrer Bewegung ein wenig, wegen des unebenen Rasens. Vor ihnen knisterte das Lagerfeuer und schickte feine glühende Funken in den Nachthimmel. »Willst du mich betrunken machen«, fragte Theresa mit einem Augenzwinkern.

»Kommt darauf an. Macht der Wein dich müde?«

»Nein.«

»Macht er dich gesprächig?«

»Ich denke schon.«

»Dann ja, denn ich möchte dich ein bisschen aushorchen.«

»Findest du es dann klug, mir das zu sagen? Jetzt werde ich auf der Hut sein.«

»Wovor?«

Theresa nippte an ihrem Glas. *Gute Frage.*

Selina lachte auch nur. »Vera hat mir erzählt, dass du Seiferth drankriegen willst. Ist es, um dich bei ihm für deinen Rausschmiss zu revanchieren oder weil du neuerdings für die Liebe kämpfst.« Sie machte eine Pause. »Oder weil du glaubst, das tun zu müssen, weil du mir und damit Vera verpflichtet bist.«

»Die Liebe hat doch schon gewonnen.« Theresas Lippen strichen Selinas Wange. »Konstanze hat sich für Vera entschieden. Allen Widrigkeiten zum Trotz.«

»Bleiben noch zwei Möglichkeiten.«

»Für meinen Rausschmiss habe ich mich bereits revanchiert. Und mittlerweile bin ich froh, dass ich nicht mehr bei Seiferth arbeite.«

»Du fühlst dich also verpflichtet.«

»Ja, und zwar dem Recht. Das sollte nicht von Typen wie Seiferth vertreten werden.«

»Es geht um deinen Berufskodex?«

»Nein. Ja. Auch. Vor allem geht es mir um … ich tue das, um vor mir selbst zu bestehen. Also im Grunde aus ganz egoistischen Motiven.«

Selina schüttelte den Kopf. »Du stellst dein Licht gerne unter den Scheffel, meine Liebe. Du willst einfach nicht, dass Vera später bereut, nichts getan zu haben, um dem Kerl zur

Rechenschaft zu ziehen. Das ist sehr fürsorglich.«

»Wenn du das weißt, wieso fragst du?«

»Weil es sehr aufschlussreich ist, wie du die Dinge darstellst.«

»Ach ja?«

»Ja, du bewegst dich lieber auf der rationalen Ebene.«

»Ist das falsch?«

»Nein, in deinem Job ganz sicher nicht. Aber es gibt auch noch ein Leben außerhalb der Arbeit. Und in dem ist es legitim, emotional zu sein.«

»Ich weiß. Aber … bis vor Kurzem war es mit diesem Teil meines Lebens nicht weit her.«

Selina schmunzelte. »Und? Wie fühlt es sich jetzt an?«

»Mittlerweile sehr gut.«

»Wirklich?«

Theresa zog Selina in die Arme. »Das weißt du doch ganz genau«, flüsterte sie und strich mit den Lippen sanft über Selinas. Ihr zärtlicher Kuss verschloss Selina für einen langen Moment den Mund. »Gehörst du etwas zu den Frauen, die den ganzen Tag hören wollen, wie verliebt man in sie ist?« Kaum ausgesprochen bereute Theresa die Frage schon. Das war dünnes Eis, auf das sie sich da begab. Was, wenn Selina ja sagte und sie nicht auf Kommando *»Ich liebe dich.«* sagen konnte? Dann wäre der Moment entzaubert.

»Nein, ich will es nicht hören, ich will es wissen«, flüsterte Selina in Theresas Ohr.

»Hilft es dir zu wissen, wenn ich dir sage, dass meine Lippen ständig an deinen kleben wollen?«, raunte Theresa, froh darüber, dass der Moment nicht zerbrochen war.

»Wofür soll das ein Beweis sein?«, gluckste Selina. »Doch höchstens für einen Rückfall in Teenagergebaren.«

Theresa verzichtete darauf, sich über diesen Vergleich zu beschweren. Ebenso auf die Frage, ob Selina sie ernst nahm. *Wieder dünnes Eis.*

Gleichzeitig fragte sie sich, wie lange sie wohl noch damit durchkam, sich so durchzulavieren. Selina hatte das Gespräch nicht zufällig in diese Richtung gelenkt. Noch übte sie sich in

Geduld, aber die war sicher nicht endlos. Irgendwann wollte sie ein eindeutiges Statement. Der Gedanke, dass sie in dieser Situation restlos versagen würde, ließ Theresa frösteln.

»Ist dir kalt?«, fragte Selina. »Soll ich dir eine Decke holen?«

»Nein. Lass uns reingehen und ins Bett.«

Um Selinas Mundwinkel zuckte es leicht. »Bist du jetzt doch müde?«

Theresa schüttelte bedächtig den Kopf. »Nein, keineswegs.« Sie stand auf und zog Selina zu sich hoch.

Selina bedachte sie mit einem verschleierten dunklen Blick. Hand in Hand gingen sie ins Haus, durchs Wohnzimmer und bis zur Schiebetür, die Selina mit einer lässigen Bewegung öffnete. Sanft drückte sie Theresa auf das Bett und setzte sich, ihre Knie links und rechts neben Theresas Oberschenkel, auf ihren Schoss. Theresa schob ihre Hände auf Selinas Taille, griff den Saum von Selinas Shirt und zog es ihr über den Kopf.

»Weißt du eigentlich, wie gut ich mich bei dir fühle«, hauchte Selina in Theresas Ohr. »Ich frage mich fast ängstlich, wie lange es anhalten kann, dass ich so glücklich bin.« Sie knöpfte betont langsam Theresas Bluse auf.

Theresa fixierte ihren Blick. »Bist du das? Glücklich?«

Selina strich zärtlich Theresas Wange. »Ich hoffe, das ist eine Frage, auf die du die Antwort bereits kennst«, flüsterte sie.

Theresas Haut begann sofort zu prickeln, als Selinas Lippen jetzt ihre berührten. »Aber dann würde ich doch nicht fragen«, murmelte sie. »Also, wie lautet die Antwort?«

»Ich bin glücklich. *Du machst* mich glücklich. Ich fühle mich allem gewachsen und bin immun gegen schlechte Laune.«

Theresa feixte. »Du bist auf Droge?« Ihre Hände legten sich um Selina und zogen sie mit sich, während sie sich ins Laken fallen ließ.

»Ja, auf Liebesdroge«, hauchte Selina. Sie verschloss Theresa den frechen Mund mit einem langen Kuss. Dann hob sie ihren Oberkörper und entledigte Theresa mit deren williger Unterstützung ihrer Bluse und des BHs. Mit fliegenden Händen öffnete Theresa Knopf und Reißverschluss ihrer Jeans, hob ihren Po an, so dass sie den

Stoff über selbigen schieben konnte und strampelte sich die Hose von den Füßen. Selinas schob mit geschickten Händen den Slip hinterher. Schnell entledigte sie sich auch ihrer eigenen restlichen Kleidungsstücke.

Schwer atmend saß Selina über Theresa.

Theresa erschauerte unter ihrem Blick, in dem sie mitverfolgen konnte, wie sich Bewunderung für ihren Körper in Begehren wandelte. Selinas Hände nahmen Theresas Brüste gefangen, bevor sie halb auf und halb neben sie glitt, damit ihre Lippen die weiche Haut kosten konnten. Zärtlich knabberte sie mit den Zähnen an Theresas linken Nippel und leckte ihn, bis er hart wurde, während sie die andere Brust sanft massierte. Dann widmete sich ihre Zunge dem rechten Hügel.

Durch Theresas Adern walzte eine Feuerlawine, während Selinas Hand langsam ihren Bauch hinabfuhr. Sie spürte schon das Pochen zwischen ihren Beinen, das ziehende Verlangen. Sie wollte Selina in sich spüren. Jetzt, sofort. Aber Selinas heißer Atem kroch mit unzähligen Küssen erst an ihrem Bauchnabel vorbei. »Oh, Selina, bitte, schneller. Ich kann nicht mehr warten.« Theresas Herz pochte so laut, dass ihre Schläfen hämmerten. Sie hob gequält von Lust ihren Unterleib, als Selinas Hand endlich die Innenseiten ihrer Oberschenkel entlangstrich. Ein flaches »Oh, ja« entrang sich Theresas Kehle in dem Moment als sie Selinas Finger in sich eindringen fühlte. Sanft massierte Selina Theresas weiches Fleisch und schob sich gleichzeitig an ihr hoch, küsste Theresas Bauch und begann aufs Neue, ihre Nippel zu lecken und sanft zu beißen.

Theresa verlor jede Kontrolle. Ihr Körper hob und senkte sich unter Stöhnen und Wimmern. Sie krallte die Finger in Selinas Haar, presste ihren Kopf an sich und kam mit einem erschöpften Keuchen, dem ein zufriedenes Stöhnen folgte. Dann fiel sie in sich zusammen. »Ich bin im Himmel«, murmelte sie.

Selina küsste sie zärtlich. »Dann bin ich ja ein Engel.«

Theresa seufzte. »Definitiv.«

KAPITEL 23

Theresa überzeugte Konstanze und Vera, dass es besser war, wenn sie allein mit dem Taxifahrer sprach. Die Sache brauchte keine hochkochenden Emotionen, sondern einen kühlen Kopf. Die rationale Ebene. Außerdem sah Theresa keinen Sinn darin, diesen schrecklichen Abend, oder auch nur Teile davon, mehr als nötig in Vera wieder aufleben zu lassen. Dasselbe galt für Konstanze.

Die Schicht des Mannes begann um zwanzig Uhr, wie Vera von der Taxizentrale erfahren hatte, und er erwartete sie am Hauptbahnhof. Theresa sagte Selina Bescheid und fügte bedauernd hinzu. »Ich werde heute Abend also etwas später kommen.«

»Ich könnte dich begleiten«, bot Selina an.

Natürlich war auch Selina emotional beteiligt, aber ihr traute Theresa zu, die nötige Distanz im Gespräch zu wahren und sich auf Details zu konzentrieren.

»Wenn du möchtest.«

»Bestellen wir uns vorher etwas vom Italiener?«, schlug Selina vor. »Ich will dem Mann keine Angst einjagen, weil er meinen knurrenden Magen für eine Bedrohung hält.«

Theresa rief beim Pizzaservice an.

Pünktlich um zwanzig Uhr rollte Theresas Wagen vor dem Bahnhof auf einen der Parkplätze. Sie stiegen aus und gingen zu der Taxischlange. Einige der Fahrer standen in Gruppen an den Fahrzeugen, rauchten und unterhielten sich. Andere standen einzeln. Ein bierbauchiger Mann trat aus einer der Gruppen heraus und machte sich bemerkbar. Er erkannte sie wohl daran, dass sie sich weniger zielstrebig als die üblichen Fahrgäste verhielten. Allerdings wunderte der Mann sich: »Sie sind nicht die Frau, die ich neulich Nacht fuhr.« Er strich sich durch sein halblanges, schütteres und fast durchgängig ergrautes Haar.

»Das ist richtig«, bestätigte Theresa. »Ich bin ihre Freundin, und Anwältin, Theresa Kerner.«

Der forschende Blick des Mannes drückte Zweifel aus. Vor allem daran, ob er das versprochene Trinkgeld erhalten würde, wie Theresa vermutete. Sie suchte kurzerhand ihr Portemonnaie hervor und gab ihm zwanzig Euro. »Danke, dass Sie sich Zeit für uns nehmen.« Sie reichte ihm den Schein. Er verschwand flugs in der Hosentasche des Mannes.

»Schmidt, mein werter Allerweltsname«, stellte er sich dabei vor. »Und mein Wagen steht dort.« Der Mann wies auf einen hellelfenbeinfarbenen Mercedes. Natürlich immer noch davon ausgehend, dass sie eine Schmuckkette suchten. »Wieso eigentlich Anwältin?«, stieß es ihm jetzt auf. »Ist das verlorene Stück so wertvoll?«

»Es geht nicht um eine verlorene Kette, sondern um ein verlorenes Gedächtnis«, legte Theresa die Karten auf den Tisch.

Abwartendes Schweigen.

»Alles spricht dafür, dass meine Mandantin auf der Geburtstagsfeier, von der Sie sie abgeholt haben, K.-o.-Tropfen verabreicht bekam.« Theresa entschied sich für einen offiziellen Tonfall.

»Ach du Scheiße«, brummte der Mann.

»Wir hoffen, dass Sie uns helfen können, den Verlauf des Abends zu rekonstruieren.«

Selina ergänzte ungeduldig. »War meine Tante allein, als Sie in Ihr Taxi stieg?«

Schmidt kratzte sich hinterm Ohr. »Sie stieg allein ein, aber sie war schon sehr angeschlagen. Deshalb war eine Dame bei ihr, die sie brachte. Um die dreißig, würde ich schätzen, Seidenbluse tiefes Weinrot und beiges Kostüm, kurzer Pagenschnitt«, gab er ziemlich präzise Auskunft. »Sie schien unentschlossen, ob sie Ihre Freundin so fahren lassen sollte. Aber dann rief jemand vom Haus her, dass der Wein zur Neige ging und man Nachschub brauchte. Sie nannte mir die Adresse, zu der ich meinen Fahrgast bringen sollte und schlug die Tür zu.«

»Was passierte während der Fahrt?«

»Nicht viel. Die Frau stöhnte und sah aus, als würde sie mir jeden Moment den Wagen vollkotzen. Ich habe die Fenster runtergelassen und bereut, dass ich sie habe einsteigen lassen, wenn ich ehrlich bin.«

Theresa nickte. Das konnte man dem Mann im Grunde nicht verübeln. »Was passierte, als Sie vor dem Haus meiner Mandantin ankamen. Ging es ihr besser? Konnte sie Sie bezahlen oder haben Sie das Geld aus ihrer Tasche genommen?«

»Das hätte ich, aber es kam dann doch noch unerwartet Hilfe. Also, zuerst mal nicht. Am Ziel stieg ich aus und ging an der Haustür klingeln. Es tat sich aber nichts, blieb alles still. In solchen Fällen klingele ich dann einen Nachbarn raus, damit mir später nicht irgendjemand einen Strick aus etwas drehen kann. Sie wissen schon. Mann mit Händen an wehrloser Frau und so, ganz schlechte Konstellation. Ich schaue mich also um, wo Licht brennt … da kommt ein schweratmender Golf angeklappert. Eine Frau steigt aus, winkt mir sofort zu und sagt, sie ist ´ne Freundin von meinem Fahrgast. Ich war natürlich froh, dass sie sie mir abnimmt, und dachte noch so: Sieh mal an, passiert nicht oft, dass Freunde sich so kümmern.«

»Wie sah die Frau aus?«, forschte Selina.

»Rote Locken bis zur Schulter. Nicht mehr ganz jung, vielleicht Ende Dreißig. Lederjacke. Kurzer Jeansrock. Ohrringe wie Affenschaukeln. Um ehrlich zu sein, ziemlich aufgebrezelt.«

»Hat sie ihren Namen genannt?«

»Ne, hab auch nicht gefragt. Mir hat es gereicht, dass sie mich bezahlte und die Dame ins Haus brachte. Also, erst mal bis zur Tür. Dann kramte sie in der Handtasche der Dame herum, bis sie den Schlüssel fand.«

»Sie sind ein guter Beobachter«, lobte Theresa den Mann.

»Bringt der Beruf mit sich.«

»Und diese rothaarige Frau, die war allein?«, fragte Selina. »Das ist sicher?«

Der Taxifahrer nickte. »Absolut sicher.« Er blinzelte kurz. »Aber … stopp mal.« Er rieb sich den schwitzenden Nacken. »Jetzt wo Sie fragen. … Ich habe nach der Fuhre meine Frau angerufen. Das mache ich immer, wenn sie erst von der Arbeit kommt, nachdem ich los muss. Um sicher zu gehen, dass sie gut zu Hause angekommen ist. Wir haben noch ein wenig über den Tag gesprochen und ich habe ihr von der Fahrt erzählt, die ich gerade hinter mir hatte … und da kam noch ein Taxi. Ein Typ stieg aus, in feinem Zwirn und ging zu dem Haus, in dem die beiden Frauen vor kurzem verschwunden waren.«

»Und?«

»Nichts und. Er klingelte, es wurde geöffnet und er ging rein. Ich ging davon aus, dass es der Ehemann meines Fahrgastes war.«

»Können Sie den Mann etwas genauer beschreiben?«, fragte Selina und hielt den Atem an.

Schmidt grinste und griff in sein Haar. »Seins war voller, aber auch grau. Und er hatte einen kurz gestutzten Vollbart.«

Theresa nestelte ihr Handy hervor, suchte eine Seite im World Wide Web und fand sie. Seiferths selbstgefälliges Lächeln grinste ihr von seiner Homepage entgegen. Sie hielt das Bild dem Taxifahrer hin. »War es dieser Mann?«

Bestätigendes Nicken.

»Würden Sie das bei Bedarf auch mit einer Aussage zu Protokoll geben?«

»War es denn nicht der Ehemann?«

Selina schüttelte mit zusammengebissenen Zähnen den

Kopf.

»Mann, Mist! Ist der Frau etwas passiert? Aber woher hätte ich das wissen sollen?«

»Schon gut. Machen Sie sich keine Vorwürfe«, beruhigte Theresa den Fahrer. »Würden Sie aussagen?«, wiederholte sie ihre Frage.

Die Nasenlöcher des Mannes bebten. »So was finde ich zum Kotzen.« Er malte sich offenbar das Schlimmste aus. Theresa sah auch keinen Grund, seine Vorstellung zu relativieren. Vera war physisch und auch psychisch verletzt worden und würde noch eine ganze Weile daran zu knabbern haben.

»Natürlich sage ich aus«, brummte Schmidt. »Und diese Frau?«, überlegte er laut. »Wie kann eine Frau einer anderen so was … wären die beiden zusammen aufgetaucht, hätte ich mich sicher gewundert. Die sahen schon irgendwie aus wie ein Zuhälter und seine Nutte.« Er schüttelte den Kopf, wobei für Theresa nicht ersichtlich war, ob über sich oder die nächtliche Begegnung. »Dabei halte ich wirklich immer meine Augen offen. Gerade in der Nachtschicht. Passiert ja alles Mögliche.«

»Das Autokennzeichen von dem klapprigen Golf haben Sie sich wohl nicht zufällig gemerkt?«

»Sorry.« Deutliches Bedauern.

Auch Theresa bedauerte es. »Tja, da kann man nichts machen.«

Das Gesicht ihres Gegenübers verwandelte sich in ein verschmitztes Schelmengesicht. »Aber, wenn Sie mich fragen, wie gesagt, so wie die aussah …«, er ließ den Satz einen Moment in der Luft hängen, »… dann war das eine Dame aus einem gewissen Milieu. Ich würde sie in den einschlägigen Clubs dieser Stadt suchen. Ihr Outfit sah zwar billig aus, aber die Kleidung war es nicht. Also eher eines der gehobeneren Häuser. Wenn Sie wollen … ich kenne die Adressen der entsprechenden Nachtclubs.«

Ob es nun ein geschäftstüchtiger Vorschlag war oder vorrangig gut gemeint, Theresa hatte wenig für diese Idee übrig. »Wie soll denn das gehen? In solchen Etablissements sind Fragestunden nicht besonders beliebt. Man wird uns achtkantig rausschmeißen ... im besten Fall.« Theresa schüttelte den Kopf. »Danke, aber wir überlassen die Sache lieber der Polizei. Vera macht eine Anzeige und mit Ihrer Aussage, Herr Schmidt …«

»Aber es gibt keinen Beweis für die K.-o.-Tropfen«, warf Selina ein. »Wird die Polizei da denn überhaupt Ermittlungen aufnehmen?«

»Das müssen wir abwarten.«

»Oder wir nehmen das Angebot dieses netten Mannes hier an.« Selina nickte Schmidt zu.

Der ging um sein Taxi rum und öffnete die Fahrertür.

Theresa schüttelte vehement den Kopf. Selina stellte sich das deutlich zu einfach vor.

Vor zwei Jahren hatte Theresa einen Fall, bei dem eine Mandantin im Milieu verkehrte. Eine Mandantin mit einem rentablen Stundenhotel, Einfluss und einem entsprechend gut gepolsterten Konto, denn sonst wäre sie nicht Kundin bei Seiferth geworden. Sie bat um Unterstützung in ihrer Scheidungssache. Das Hauptproblem bestand darin, sich bei ihrem Ehemann, dessen Konkurrentin sie inzwischen war, entsprechend Gehör zu verschaffen. Es war einer von Seiferths kleinen, fiesen Stichen gegen Theresa gewesen, dass er den Fall ihr übertrug. Wohl wissend, dass sie als Frau größte Schwierigkeiten mit dem Umfeld haben würde. Ihre Aufgabe bestand darin, dem Ehemann der Dame klarzumachen, dass auch im Milieu das deutsche Scheidungsrecht galt. Eine Aufgabe, welche die Bezeichnung »unbehaglich« mehr als verdiente. Zwar war ihr gegenüber niemand handgreiflich geworden und sie kam mit dem klopfenden Herzen davon, aber damals galt es auch »nur«, Fakten zu schaffen. Die Mandantin wollte keinerlei Vermögensangelegenheiten geregelt wissen. So musste Theresa keine lästigen Fragen stellen. Von solchen fühlten sich diese Kreise sofort provoziert. Dann passierte es schnell einmal, dass dunkle Gestalten im Hauseingang herumlungerten, Fensterscheiben barsten oder noch mehr zu Bruch ging. Gerne auch mal ein Arm oder ein Bein. Das hatte die Mandantin Theresa eingeschärft. Sie nannte es »die Regeln erklärt«. Eingedenk dieser Erinnerung wusste Theresa genau, was sie *nicht* wollte.

»Wir müssen ja nicht gleich ein Quiz draus machen«, meinte Selina gelassen und legte ihrerseits die Hand an die Autotür. »Wir schauen uns einfach nur um.«

Theresa blieb stocksteif stehen. »Und vorher ziehst du dir noch dein knackiges Lesbenlederoutfit an, damit du die Kerle auf Abstand hältst, oder wie hast du dir das vorgestellt?«

Selina warf Theresa einen unwirschen Blick zu, mit dem sie wohl den Unmut darüber zu verbergen suchte, dass sie nicht so genau vorausgeplant hatte.

»Eben«, brummte Theresa. »Du willst einfach drauf losstürmen. Das ist nicht gerade eine kluge Taktik.«

Selina verzog trotzig den Mund. »Nach deinem Maßstab natürlich nicht, weil du nie etwas riskierst. Damit die Hose nicht rutscht, reicht dir der Gürtel nicht. Du knippst auch noch einen Hosenträger dran. Und damit das Ding ja hält, schlägst du dir durch die Träger einen Nietnagel in die Schulter.« Selina schaute demonstrativ übers Autodach zu Schmidt und nickte ihm zu. »Ich nehme jedenfalls das Angebot an, denn ich will Vera helfen.«

So viel zum Thema, Selina würde die nötige Distanz wahren. Theresa hob den Arm und piekte mit dem Finger durch die Luft in Richtung Schmidt. »Wagen Sie es ja nicht, diese Frau auch nur zu einem einzigen Club mit vollbusigen Frauen im Logo zu fahren. Denn wird ihr auch nur ein Haar gekrümmt, ziehe ich Sie dafür zur Rechenschaft.«

»Ich bin erwachsen und kann machen, was ich will«, begehrte Selina auf.

»Gut, Herr Schmidt, dann fahren Sie los. Unter der Voraussetzung, dass Sie das auch tun würden, wenn es *Ihre* Frau wäre, die da auf der Rückbank sitzt.«

Der Mann zog seinen Fuß, mit dem er schon einsteigen wollte, wieder zurück. Schwankend, für was er sich entscheiden sollte, Fuhre oder Gewissen, stand er da und kratze sich am Hinterkopf.

Selina ließ sich mit dem Rücken gegen das Taxi plumpsen und verschränkte die Arme vor der Brust. Ihr Oberkiefer bearbeitete die Unterlippe. Jetzt begann sie heftig zu blinzeln. Ihr Blick suchte Theresas Augen. »Hast du gerade gesagt … oder hat es sich nur für mich so angehört, als ob …« Selinas Arme vielen herab, sie drückte sich vom Blech des Wagens ab und machte einen zögerlichen Schritt. Sie stand jetzt direkt vor Theresa. »*Deine* Frau?«, flüsterte sie.

Theresa merkte nun auch, dass sie die Worte »wohl irgendwie falsch betont« hatte. Was ungefähr das war, was sie jetzt murmelte.

»Warum sagst du denn nicht einfach, dass du Angst um mich hast?« Aus Selinas Stimme war jeder Trotz gewichen. Sie strich zärtlich Theresas Wange.

»Das habe ich doch.« Immer noch war Theresas Stimme nur ein Murmeln.

»Nein, hast du nicht.«

»Wie du meinst. Kannst du dann nicht auch vernünftig sein, ohne zu wissen, dass ich Angst um dich habe?«

Selina lachte mit einem Mal schallend. »Eigentlich dachte ich, ich bin vernünftig.«

»Solch ein Vorhaben nennst du vernünftig?« Theresas Augen weiteten sich.

Selinas Hand legte sich auf ihren Arm. »Es kam mir nicht so vor, als sei es unvernünftig. Ich dachte einfach, wenn du dabei bist, kann mir nichts passieren.«

Theresa blickte halb skeptisch halb scherzend. »Habe ich dir irgendwann Anlass gegeben, mich für Karate Woman oder so etwas zu halten?« *Selina fühlt sich sicher bei mir.* Das Gefühl floss wie ein warmer Strom durch Theresa.

Ein räuspernder Taxifahrer rief sich in ihre Erinnerung zurück. »Dann vielleicht doch lieber zum nächsten Polizeirevier?«, fragte er.

»Ja, aber unser Wagen steht dort drüben«, sagte Theresa und wies in die entsprechende Richtung. »Sie können in die

Lindenstraße 15 b fahren und unsere Freundin dort abholen. Wir treffen uns dann auf dem Revier.« Der Mann tippte sich mit dem Finger an die Stirn und rutschte auf den Fahrersitz.

Theresa und Selina gingen den kurzen Weg zu Theresas Wagen.

»*Deine* Frau«, wiederholte Selina leise und hakte sich bei Theresa ein. Und noch einmal: »*Deine* Frau.« Theresa wurde das Gefühl nicht los, dass Selina genau wusste, welchen Druck ihr diese Worte im Magen bescherten und dass sie es genau deswegen sagte.

KAPITEL 24

Das Aktenzeichen der Fallakte lautete 3LCCV/195 und seit der Anzeige vor zwei Wochen hatte sich einiges getan. Nur nichts Gutes.

Seiferths Klageankündigung ließ keine drei Tage auf sich warten. Er drohte mit Schadensersatzforderungen wegen Verleumdung, nannte dazu einen vierstelligen Betrag und das pro Tag. Schmidt rief Theresa vor zwei Tagen an und stammelte sehr betreten. Jemand habe ihn zu Hause besucht und die Logikkette von altersbedingter Sehschwäche über Nachtblindheit hin zur Fahruntauglichkeit und schlussendlich Taxischeinverlust erklärt. Theresa hätte ihr Anwaltszulassung darauf verwettet, dass dieser Jemand von Seiferth geschickt worden war und seiner Ausführung besonders bei dem Wort Taxischeinverlust Nachdruck verlieh. Der Schachzug war absolut durchschaubar, aber leider ebenso wirkungsvoll.

Heute saßen Theresa und Vera dem zuständigen Polizeibeamten in einem schlecht aufgeräumten Büro gegenüber, um sich die ernüchternden Ermittlungsergebnisse offiziell präsentieren zu lassen.

»Herr Seiferth hat sich sehr kooperativ verhalten und die erbetenen Fingerabdrücke zu Vergleichszwecken ohne Weiteres zur Verfügung gestellt. Seine Anwesenheit an dem besagten Abend im Haus von Frau Rotschild hat er abgestritten. Er sei noch nie in diesem Haus gewesen. Ebenso wenig kennt er diese rothaarige Frau. Etwas anderes ist nach derzeitigem Stand der Ermittlungen auch nicht nachweisbar. Insbesondere da der Zeuge Schmidt mittlerweile unsicher ist, ob es wirklich Seiferth war, den er da in der Nacht in der Lindenstraße sah. Die rothaarige Frau konnten wir nicht ermitteln.«

»Was haben Sie dahingehend denn alles unternommen?«, erkundigte sich Theresa.

»Wir haben *nicht* sämtliche weiblichen Halter eines PKW vom Typ Golf älteren Baujahres und unbestimmter Farbe überprüft, falls Sie darauf anspielen. Auch nicht die zwischen fünfundzwanzig und fünfzig. Da blieben nämlich immer noch dreihundertsechsundzwanzig übrig.«

»Sie haben also gar nicht gesucht«, stellte Theresa fest.

»Ihr Zeuge ist umgeknickt«, erinnerte der Beamte. »Wir haben keinerlei Handhabe.«

Da war Theresa anderer Meinung. »Der Zeuge ist für die Suche nach dieser Frau bedeutungslos, wir haben das Video.«

»Auf dem zwar die Frau zu erkennen ist, aber keinerlei … körperliche Gewalt.«

»Meine Mandantin wurde betäubt und in diesem betäubten Zustand hat man demütigende Handlungen an ihr vorgenommen. Ihre Psyche wurde verletzt, was, wie Sie wissen sollten, auch eine Körperverletzung darstellt.«

»Das mag so gewesen sein«, räumte der Beamte ein. »Aber vielleicht war es auch einfach nur ein aus dem Ruder gelaufener Abend … und nachdem der einen Seite jetzt das Ergebnis vorliegt und unangenehme Konsequenzen anstehen, will sie sich … revanchieren.«

»Das ist Ihre Interpretation der Dinge?«

»Ich habe mir abgewöhnt, die Dinge zu interpretieren. Ich halte mich an Fakten. Und ich sehe hier nur ein harmloses Video. Kein Grund für eine Rasterfahndung nach dieser rothaarigen Frau!«

Vera erhob sich. »Komm Theresa, das hat keinen Zweck. Ich habe es doch gleich gesagt.«

Selina und Konstanze, die auf dem Flur warteten, sparten sich angesichts der Blicke ihrer Freundinnen jede Frage.

»Konstanze hat ja noch die Vermögensaufstellung, mit der sie Seiferth das Grinsen aus dem Gesicht wischen wird«, tröstete Vera sich und die anderen. »Wann ist dein erster Termin wegen der Scheidung?«

»Übermorgen«, grollte Konstanze.

»Was hältst du davon, wenn wir uns diese netten beiden Kapitalanlagen schon mal ansehen, von der eine bald dir gehört«, schlug Vera vor. Ihr aufgesetztes Lächeln und der laxe Ton waren ein schwacher Versuch, über ihre Niedergeschlagenheit hinwegzutäuschen.

Konstanze winkte lustlos ab. »Wir kommen in die Wohnungen doch sowieso nicht rein.«

»Darum geht es doch gar nicht«, erklärte Vera. »Wir stellen uns vor das Objekt und machen ein Selfie. Das legen wir deinem Mann dann mit zu der Aufstellung. Was meinst du, wie er sich darüber freut?«

Tatsächlich huschte ein Lächeln über Konstanzes Gesicht. Sie strich schuldbewusst Veras Wange. »Eigentlich müsste ich dich aufmuntern und nicht umgekehrt«, sagte sie.

»Das Wichtigste ist, dass der Kerl nicht erreicht hat, was er wollte«, erwiderte Vera. »Ihm den Stinkefinger zu zeigen, ist mir aber echt ein Bedürfnis.«

Konstanze lächelte. »Dann beeilen wir uns besser, damit wir noch genug Licht haben, wenn wir das Foto machen.«

***

Sturmklingeln zerriss die Gemütlichkeit, welche sich Theresa und Selina heute Abend nicht im Garten, sondern auf dem Sofa im Wohnzimmer eingerichtet hatten. Zu dem Klingeln gesellte sich aufgeregtes Klopfen und eine vertraute Stimme. »Macht auf, egal bei was immer wir euch stören«, rief Vera.

Selina rutschte vom Sofa, um die Tür zu öffnen. Mit einem »Was ist denn in euch gefahren«, ließ sie ihre Tante und Konstanze eintreten.

»Wir haben sie gefunden!«, musste Vera sofort loswerden.

Selina wagte nicht zu fragen.

Weshalb Vera heftig nickte. »Ja, sie! Die Rothaarige!«

Theresa schoss vom Sofa auf. »Wo?«

»Sie wäre uns fast direkt in die Arme marschiert. Wir konnten gerade noch hinter einer Hecke in Deckung gehen.«

»Von wo aus ich ein Foto von ihr gemacht habe.« Konstanze hielt triumphierend ihr Handy hoch. Sie und Vera waren völlig aufgelöst und Theresas Frage immer noch unbeantwortet. Aber mit etwas Kombinieren kam sie auch so darauf. »In dieser Luxuswohnanlage?«

»In selbiger«, bestätigte Vera. »Wie es aussieht, wohnt sie dort.«

»Dann ist sie …«

»… eine von den Frauen, die sich aushalten lassen,« beendete Konstanze Theresas Satz. »In diesem Fall von Jörg.«

Theresa wackelte mit dem Kopf. Sie erinnerte sich, dass der Taxifahrer etwas von einem klapprigen Golf und schrillen Klamotten erzählt hatte. Wenn diese Rothaarige wirklich Seiferths Affäre war, entsprach sie nicht seinem üblichen Beuteschema. Er umgab sich normalerweise mit mehr Stil. Andererseits, vielleicht war ihm Stil zu langweilig geworden und ihm gefiel zur Abwechslung mal etwas Frisches, Unberechenbares. Wer konnte das schon wissen.

»Wir haben sie endlich. Jetzt nehmen wir sie uns vor«, knurrte Vera.

»Ja, Vera, aber mit Vorsicht«, mahnte Theresa. »Wir wollen sie schließlich für uns gewinnen.«

Vera setzte sich aufs Sofa, legte die Hände auf die Oberschenkel und krallte sich mit den Fingern in ihrem eigenen Fleisch fest. »Ich bin ganz ruhig«, sagte sie. »Lasst uns einen Plan machen.«

»Da gibt es nicht viel zu planen. Wir gehen hin und reden mit der Frau. Dann schauen wir, was passiert.«

Vera sprang auf. »Gut, dann lass uns losfahren.«

»Jetzt?« Theresa schaute auf die Uhr. Halb neun.

»Auf was willst du warten?«, fragte Vera.

»Also gut, fahren wir.«

***

In die Tiefgarage kam man nur mit einer Zufahrtskarte. Mangels einer solchen parkte Konstanze Veras Wagen auf der Straße. Das Hindernis Haustür überwanden sie mit der üblichen Klingelmethode: nacheinander alle Knöpfe drücken, bis jemand den Türöffner betätigte. Der Fahrstuhl brachte sie in die neunte Etage, wo laut fotografiertem Exposee beide Luxuswohnungen lagen, die Seiferth besaß. Es gab auch nur diese zwei hier, wie Theresa feststellte. Sozusagen gehörte Seiferth eine ganze Etage. Noch! Genaugenommen schon nicht mehr. Oder auch noch nie. Eine der Wohnungen hatte er schließlich für seine Frau angeschafft … wenn man so wollte.

Grins.

Keine der Türen wies einen Namen aus. Weshalb Theresa auf beide Klingeln drückte. Ihr kam kurz der Gedanke, dass ein Blick durch den Spion die Rothaarige davon abhalten konnte, die Tür zu öffnen. Doch die Sorge erwies sich als unbegründet.

Die Tür der linken Wohnung wurde geöffnet. Eine Frau im Bademantel und mit Handtuchturban fragte baff: »Was ist denn hier los?« Sie zeigte Erkennen, als ihr Blick Vera traf. Aber kein schlechtes Gewissen.

Theresa stellte sich vor: »Theresa Kerner, Anwältin.« Sie deute nacheinander auf die anderen. »Vera Rotschild, wie Sie wissen dürften. Konstanze Seiferth, Ehefrau von Herrn Seifert, den Sie ebenfalls bestens kennen. Und das dort«, Theresas letzter Fingerzeig galt Selina, »ist Frau Sonntag, ihres Zeichens Psychologin. Wir würden Sie gerne sprechen.«

»Bei dem Aufmarsch stecke ich wohl in Schwierigkeiten«, wisperte die Rothaarige. Sie machte auf dem Absatz kehrt und tippelte in die Wohnung.

Theresa registrierte, dass die Frau weder ängstlich noch eingeschüchtert wirkte. Was sie verwunderte, aber auf

Kooperation hoffen ließ.

Sie folgten der Frau in das Wohnzimmer. Hier ließ sich die Rothaarige in einen der schwarzen Designerledersessel fallen, in dem sie sich demonstrativ rekelte. »Jetzt bin ich aber gespannt«, sagte sie.

Seltsamerweise nahm Theresa der Frau das ab. Theresas Ton fiel weniger scharf aus, als sie es ursprünglich beabsichtigt hatte. »Wir auch. Nämlich auf die Erklärung, warum Sie sich von Herr Seiferth dafür haben einspannen lassen, eine wehrlose Frau zu demütigen und das Ganze auch noch aufzunehmen.«

Der Handtuchturban löste sich auf. Das nasse Haar der Rothaarigen fiel auf ihre Schultern. Vera setzte sich auf den zweiten Sessel, der Frau gegenüber. Theresa wählte das Ledersofa. Selina und Konstanze blieben stehen.

»Demütigen?«, echote die Rothaarige. »Ich verstehe kein Wort. Das Ganze war doch nur ein harmloser Amateurdreh. Ich bin Schauspielerin. Jörg sagte, er wolle seiner Frau ein kleines Geschenk zum Geburtstag machen. Sie stehe auf so Lesbenkram.«

Konstanze lachte einmal spitz auf.

Auf Theresa stürzten tausend Fragen ein. Zunächst einmal die, ob sie sich verhört hatte. Deshalb schaute sie in die Gesichter von Vera und Selina. In denen spiegelten sich gleichermaßen Erstaunen und Unglaube. Auch sie mussten das »Geschenk« offensichtlich verdauen. Der Stimme der Rothaarigen nach zu urteilen, versuchte die nicht witzig oder zynisch zu sein, auch wenn sich das Ganze durchaus wie ein schlechter Scherz anhörte. Ihre blinzelnden Augen zeugten von echter Verwunderung.

Theresa rieb sich die Stirn. War hier tatsächlich schlicht Naivität im Spiel? »Ist Ihnen denn nicht aufgefallen, dass Ihre Schauspielkollegin stark benommen war?«

»Jörg sagte, sie war auf einer Party und hätte zu viel gebechert. Ich war deshalb sauer und fragte ihn, warum er mir jemand vollkommen unprofessionelles zur Partnerin gab.«

»Und was sagte er dazu?«

»Ich soll mich nicht so haben, sondern mich eben entsprechend professionell verhalten und das Beste daraus machen.«

»Aber«, Theresa hob die Hände und setzte Gänsefüßchen in die Luft, »Ihre »Partnerin« war nicht betrunken, sondern stand unter dem Einfluss von K.-o.-Tropfen. Das, was Sie getan haben, nennt man Körperverletzung.«

»Was?« Die Frau erblasste schlagartig und richtete sich im Sessel auf. Statt locker leger saß sie jetzt kerzengerade da. Ihr kleiner Adamsapfel hüpfte einmal. »Aber ich habe sie doch kaum angerührt. Nur so viel, dass ich Jörgs komische Regieanweisungen ausführen konnte.«

»Kam es Ihnen nicht seltsam vor, dass dieser Dreh offensichtlich im Haus der anderen Schauspielerin stattfand?«

»Doch, schon. Aber dann dachte ich mir, es soll ja sicher eine Überraschung werden und deshalb …« Sie brach überfordert ab.

Theresa beugte sich in ihrem Sessel vor. »Wie heißen Sie überhaupt?«

»Mona Palmer«, kam es stolz.

»Ist das Ihr Künstlername?«

»Ja.«

»Und der richtige?«

»Stefanie Bach.«

»Frau Bach, wissen Sie, dass die Polizei Sie sucht?« *Zumindest sollte sie es.*

»Die Polizei?«, schrillte sie hysterisch.

Konstanze begann herumzulaufen. »Ich fasse es nicht«, zischte sie. »Wie kann man nur.«

Theresa sah, wie Vera mit sich kämpfte. Ihr stand im Gesicht geschrieben, dass die Frage, die sie zu stellen beabsichtigte, sie quälte. Die Antwort, würde ihr, so oder so, keine Erleichterung verschaffen. Trotzdem brauchte sie sie.

»Wer hat mich ausgezogen?«, presste Vera hervor.

»Ich«, hauchte Stefanie alias Mona.

Veras Durchatmen interpretierte Theresa so, dass dies für

sie die weniger schlechte Nachricht war.

»Hat er mich irgendwann angefasst?«

»Als wir Sie die Treppe raufbrachten und aufs Bett legten.«

»Ich meine … als … ich nackt war.«

Kopfschütteln.

»Wirklich nicht?«

»Nein. Er hat mir gesagt, was ich machen soll ... und dann das Handy abgenommen und das Zimmer verlassen. Ich zog mich wieder an und … habe Sie zugedeckt. Betrunkene erkälten sich schnell, habe ich mal irgendwo gelesen. Wir sind dann zu Jörg gefahren.«

Konstanze kam vor der Möchtegern Schauspielerin zum Stehen. »Sind Sie verliebt in meinen Mann, oder warum sind Sie so blind?«

»Sie müssen sich wegen mir keine Sorgen machen, das zwischen mir und Jörg ist nur ein … Ägriment.«

»Agreement«, verbesserte Theresa und entschied: pure Naivität.

»Ja. Er unterstützt mich, bis ich mit meiner Karriere durchstarte. Und wenn ich berühmt bin, profitiert er von meinen Verbindungen. Momentan sorge ich vor allem dafür, dass er sich ein bisschen entspannen kann. Sie sind ja … körperlich nicht so sehr an ihm interessiert. Aber er liebt Sie!«

»Sagt er das?«

»Ja.«

Konstanze hatte dafür nicht mehr übrig als ein wütendes »Tzzz.«.

Theresa genügte das Gehörte. Sie konnten Seiferth am Schlafittchen packen – vorausgesetzt Stefanie Bach würde ihre Aussage offiziell wiederholen. Davon musste Theresa sie jetzt überzeugen.

»Ich möchte Sie nicht unnötig beunruhigen«, begann sie mit Bedacht, und in der Absicht genau das zu tun. »Aber wie gesagt, geht es hier um Körperverletzung, denn Unwissenheit schützt vor Strafe nicht. Das wissen Sie sicherlich.«

Stefanie Bach nickte ängstlich.

»Wenn Sie sich selbst einen Gefallen tun wollen, dann

fahren Sie am besten direkt mit uns zur Polizei und machen eine Aussage zu den Ereignissen des Abends. Ich gehe davon aus, dass Sie keine Vorstrafen haben?«

Eifriges Nicken war die Antwort.

Theresa schenkte Stefanie Bach ein beruhigendes Lächeln. »Dann kommen Sie, das kann ich Ihnen versichern, mit einem blauen Auge davon. Aber es ist wichtig, dass Sie *sofort* handeln.« *Und auf keinen Fall Seiferth anrufen!* Der wusste natürlich, dass von Körperverletzung nur dann die Rede sein konnte, wenn es einen Nachweis für die K.-o.-Tropfen gab. Ein solcher war aber nicht geführt worden. Deshalb konnten sich sowohl Stefanie Bach als auch Seiferth jederzeit aus allen ernsten Folgen herausreden. Wenn sie denn clever genug waren. Das traf auf Seiferth ganz sicher zu. Auf die ambitionierte, aber naive Schauspielerin hier zum Glück nicht. Das musste sie ausnutzen, solange sie Gelegenheit dazu hatte.

Stefanie Bach schaute unsicher. »Ich weiß nicht recht. Vielleicht sollte ich erst meinen Manager anrufen.«

Schlechte Idee. Der wird garantiert abraten oder einen Anwalt einschalten.

»Sicher, er ist ja für die Verträge zu Ihren Drehs verantwortlich. Nichts geht ohne Manager.« Theresa nickte.

»Na ja, normal schon … aber das war doch nur ein Gefallen, um den Jörg mich bat.« Stefanie Bach kaute auf ihrer Unterlippe. Man konnte förmlich dabei zusehen, wie die Erkenntnis durchtröpfelte, dass ihr Manager nicht begeistert sein würde, dass sein Schützling an ihm vorbei gearbeitet hatte. Auch wenn es keine Gage gegeben hatte. Wahrscheinlich auch genau deswegen. »Und Sie meinen, es wird mir nichts passieren?«

»Sie müssen eventuell mit einer Geldstrafe rechnen und natürlich mit einer Ermahnung des Richters, künftig ein wachsameres Auge in solchen Situationen zu haben.«

»Ja, verstehe. Okay. Dann werde ich morgen früh …«

»Besser jetzt gleich«, unterbrach Theresa. »Wir haben Sie zwar nur zufällig gefunden. Doch sollte ein ähnlicher Zufall

Polizeibeamte hierherführen, wäre Ihre Situation weniger günstig.«

»Na gut. Aber sollte ich vorher nicht noch Jörg anrufen? Schließlich ziehe ich ihn ja in die Sache mit rein.«

Theresa gingen weniger die Argumente als die Geduld aus. Sie schaute hilfesuchend zu Selina. Die setzte sich zu Theresa auf das Sofa und fixierte das naive Filmsternchen. »Stefanie! Vera ist keine Schauspielerin! Das haben Sie doch jetzt mitbekommen. Ist Ihnen klar, was das bedeutet?«

Ein schüchternes unsicheres Kopfschütteln antwortete.

»Jörg Seiferth hat Sie angelogen. Und zwar von vorne bis hinten«, betonte Selina. »Er kennt Vera und weiß, dass sie und seine Frau ein Paar sind. Das Video wollte er, damit seine Frau sich von Vera trennt. Und zwar nicht, weil er seine Frau liebt. Sondern weil er manipulativ ist und denkt, so den finanziellen Verlust, der ihn bei der Scheidung erwartet, verhindern zu können.«

Stefanie Bachs Augen starrten groß und rund. »Wirklich?

Selina nickte. »Er hat *Sie* in die Sache hineingezogen. Und es war ihm völlig egal.«

Enttäuschte Gutgläubigkeit paarte sich mit Empörung. »So ein Fiesling.« Stefanie Bach stand auf und warf ihre roten Haare nach hinten über die Schulter. Eine Pose die sie sicher oft vor dem Spiegel geübt hatte, um sie so wirkungsvoll darzubieten. »Ich zieh mich an. Das büßt mir der Kerl.«

Theresa betete, dass der etwas simpel gestrickten Frau bis zu ihrer Aussage auf dem Revier nicht einfiel, wer ihr derzeit ein Dach über dem Kopf gab. Und falls doch, dass ihr Gerechtigkeitssinn überwog.

KAPITEL 25

Vera und Konstanze standen pünktlich neunzehn Uhr vor der Tür. Vera hielt eine Flasche Rotwein hoch. »Frau Reuter empfiehlt diese spanische Tempranillo Rebe aus der Riojar-Region und lobt ihren Duftstrauß mit Noten von Beeren, Süßkirsche, Vanille und ein wenig Eukalyptus. Dieser edle Tropfen sollte dem Anlass gerecht werden«, verkündete sie feierlich.

Theresa umarmte erst Vera und dann Konstanze. Anschließend nahm sie Vera den edlen Tropfen ab. Im Küchenbereich packte Selina den Einkauf aus, welchen sie kurz zuvor gemeinsam getätigt hatten. Theresa kannte sich bereits gut genug in den Schränken aus, um zu wissen, wo sie die Auflaufform fand. Sie legte die tiefgefrorenen Seelachsstücke in die Form, rührte die Dillsahnesauce an und gab sie darüber. Der Backofen heizte noch vor. Theresa schob die gefüllte Auflaufform trotzdem schon hinein. Dann stellte sie sich hinter Selina, umarmte sie und schmiegte sich gegen ihren Rücken.

»Nicht hilfreich«, murmelte Selina, drehte sich um und zog Theresas Kopf zu sich, so dass sich ihre Lippen berührten, aufeinander verweilten und miteinander spielten.

»Hmmm, das schmeckt gut«, murmelte Theresa. »Warum haben wir Gäste? Ich würde viel lieber …« Ihre Finger krabbelten unter Selinas Bluse und strichen über ihre Hüfte.

»Weil man ab und zu soziale Kontakte pflegt, vorzugsweise bleibt man dabei angezogen«, kicherte Selina und schob Theresas Finger weg.

»Und weil ich uns eingeladen habe«, rief Vera. »Wir können euch übrigens hören!«

»Wird das so ein Niemals-Allein-Ding?«, fragte Theresa gespielt frustriert.

»Wenn ich ja sage, was machst du dann?«, gluckste Selina.

Theresa grinste. »Das hältst du nicht durch.« Sofort fiel ihr ein, wann sie diesen Gedanken das letzte Mal herangezerrt hatte und wie quälend die Erfahrung gewesen war, dass Selina durchaus stur sein konnte. »Und falls doch, werfe ich mich vor dir in den Staub und bettele, bis du mir eine Privataudienz gewährst.«

»Macht dir das keine Angst für …« Selina brach ab.

»Für die Zukunft?«, beendete Theresa den Satz.

Selina schaute jetzt doch ernst. »Du benutzt *dieses* Wort in Zusammenhang mit einer Beziehung?«

Theresa zuckte mit den Schultern. »Ja. Offenbar. Fühlt sich komisch an, aber irgendwie auch … gut.« Sie korrigierte sich. »*Vor allem* gut.«

»He, ihr Turteltäubchen, wann gibt es Essen?«, ließ Vera vernehmen.

»Ich muss das Nudelwasser aufsetzen«, erinnerte Theresa sich.

Dreißig Minuten später saßen sie zu viert am Tisch vor gefüllten Tellern.

»Wenn ich euch beide so sehe, muss ich daran denken, was für ein Drama es war, bis Selina es geschafft hat, Miss Eisblock aufzutauen«, gluckste Vera amüsiert.

»Also bitte! Eisblock? Das ist jetzt wirklich übertrieben«, beschwerte Theresa sich.

»So schwer war das gar nicht.« Selina machte eine wegwerfende Handbewegung. »Ich habe sie einfach zappeln lassen.«

»Das ist so ja nicht ganz richtig«, widersprach Theresa.

»Ich habe dir die Zeit gelassen, die du brauchtest, mich richtig kennenzulernen.« Sie würde sich hier nicht die Butter vom Brot nehmen lassen. Denn dann müsste sie sich den Rest ihres Lebens anhören, wie sie sich angestellt hatte.

Oh je, da ist es wieder.

Den Rest meines Lebens. Wie sich das anhört.

Selina quittierte Theresas Worte mit einem zärtlichen Kuss. »Verzeih, ich vergaß völlig, wie mutig du dich jeder meiner Fragen gestellt und wie souverän du gestottert hast, wann immer ich dir näherkam.«

Konstanze lachte herzlich.

Selina beugte sich zu Theresa und strich sanft über ihren Rücken. »Ich liebe dich«, flüsterte sie.

Theresa brummte nur.

Selinas Lippen näherten sich Theresa Mund. Wenige Zentimeter vor ihm verhielten sie. »Schmollst du?«, fragte sie leise.

Theresa musste sich entscheiden. Weiter grollen oder Selinas warme Lippen auf ihren. Sie wählte letzteres und forderte eine angemessene Entschädigung für Selinas Witzelei auf ihre Kosten ein.

»Oh bitte ihr Zwei, müsst ihr uns *sooo* deutlich zeigen, dass wir Störenfriede sind?«, beschwerte sich Vera.

»Also wegen mir müsst ihr nicht aufhören.« Konstanze schmunzelte und goss seelenruhig die Gläser nach. »Aber ich würde gerne etwas mehr darüber hören, wie das bei euch vor sich ging.«

Theresa setzte einen letzten sanften Kuss auf Selinas Lippen und gab sie frei.

Selina begann bereitwillig zu erzählen. Theresa nahm die kleinen Sticheleien, die ihr während dieser Erzählung zukamen, gelassen in Kauf. Sie wusste, dass Selina es nicht böse meinte. Schließlich erfuhr Theresa so auch ganz nebenbei, dass Selina ein wenig das schlechte Gewissen plagte, weil sie Franziska nie ernsthaft eine zweite Chance hatte geben wollen, sondern nur sehen wollte, wie Theresa darauf reagierte. Sie erfuhr, dass Selina sich schnell in sie verliebte, aber sie sie mit ihrer zynischen Art und den falschen Antworten zur falschen Zeit mehr als einmal von einem Geständnis abgehalten hatte.

»Also hast du mich gar nicht absichtlich zappeln lassen, sondern weil du dir nicht zu helfen wusstest«, stellte Theresa fest.

Selina rollte mit den Augen. »Du merkst aber auch alles. Kaum zu glauben das eine sonst so taffe, kluge Frau wie du, manchmal so auf dem Schlauch stehen kann.« Sie sandte Theresa ein zärtliches Lächeln. »Weißt du eigentlich, wie süß das ist?«

Eine wohlfühlende Wärme breitete sich in Theresa aus und stieg hoch bis in ihre Wangen. *Verdammt, ich werde doch hoffentlich nicht rot!* Schnell senkte sie den Blick auf ihren Teller. »Ich? Süß?«

Vera kicherte. »Ein süßer Eisblock. Sorbet am Stiel. Ich bin mir nur nicht sicher, welche Geschmacksrichtung. Vielleicht Zitrone?«

»Was ist daran süß?«, fragte Konstanze irritiert.

»Kirsche«, sagte Selina sinnend, gerade so als würde in diesem Moment eine in ihrem Mund zergehen. »Eine süße, fruchtige Kirsche.«

Auch wenn Theresa mit den Augen rollte, sie hatte das sichere Gefühl, gerade einen sehr schönen Abend zu erleben. Sie wollte in diesem Moment nirgendwo anders sein. Dabei konnte sie sich deutlich erinnern, dass sie früher, und dieses Früher war noch nicht lange her, Pärchenabende schrecklich fand. Sie verbreiteten diesen zweifelhaften Charme von Gemütlichkeit und Enge. Bis dato zweifelhaft. Hier und jetzt spürte sie nur Gemütlichkeit.

»Schaut nur, wie sie das Gesicht verzieht «, lächelte Selina. »Sie genießt es.«

»Aber nicht zu vergleichen mit Jörgs Gesicht heute Morgen«, meinte Konstanze zufrieden. »Er hat es überhaupt nicht genossen, den Entwurf der Scheidungsvereinbarung zu lesen. Lasst uns darauf anstoßen. Ein Prosit auf die Scheidung.«

»Ein Toast ganz nach meinem Geschmack«, grinste Theresa. Selinas Fußtritt gegen ihre Wade ließ sie jedoch schnell hinzufügen: »Zumindest in diesem speziellen Fall.«

Einziger Wermutstropfen, der sich in den Trunk des Triumphes mischte, blieb der Zweifel, dass die Aussage von Stefanie Bach ausreichen würde, Seiferth wegen dem Video zur Verantwortung zu ziehen. Theresa hatte Vera gegenüber bereits angedeutet, dass die Beweislage für eine Verurteilung vor Gericht wohl nicht ausreichte. Die Umstände des Abends waren zwar insgesamt sehr fragwürdig, aber am Ende gab es eben doch nur Indizien, keine Beweise für die K.-o.-Tropfen Theorie.

Was Theresa für sich behielt, war, dass sie noch ein As im Ärmel hatte, das sie auszuspielen gedachte. Und wenn die Karte stach, würde das Seiferth ebenso empfindlich treffen wie eine Verurteilung.

»Was habt ihr beide jetzt für Pläne?«, fragte Selina Vera.

»Wir haben überlegt, in eine andere Stadt zu ziehen, um den Ballast der schlechten Erinnerungen abzuwerfen und einen neuen Anfang zu machen.«

»Was? Nein!«

»Und es verworfen«, ergänzte Konstanze. »Hier seid ihr, unsere Familien und Freunde. Es wäre ein einsamer Neuanfang. Und es ist hauptsächlich mein Ballast. Ich will Vera diese Bürde nicht mit aufladen, indem ich sie aus ihrem Umfeld herausreiße.«

Veras Hand strich über Konstanzes Arm. »Wir werden uns gemeinsam eine Wohnung kaufen. Außerdem will Konstanze in ihre Fotografie investieren, um sie zu forcieren. Sie hat bereits eine Reihe neuer Aufträge. Sie wird viel unterwegs sein.«

»Oh, das ist …« Selina suchte nach den passenden Worten, wobei sie fragend in Veras Lächeln schaute.

»Ich werde Konstanze begleiten und ihr den ganzen organisatorischen Kram abnehmen, so dass sie sich auf das Fotografieren konzentrieren kann«, eröffnete Vera jetzt.

»Nein!«, rief diesmal Theresa.

»Nicht sofort. In etwa vier Wochen ist der erste Job in Hamburg, von dort fahren wir nach Amsterdam.«

»Wie soll ich denn so schnell einen Ersatz für dich finden?«

»Das schaffen wir schon. Noch bin ich ja da.«

Theresa brauchte einen Moment, die schlechte Neuigkeit zu verdauen. Natürlich nur schlecht für sie. Für Vera und Konstanze war diese Lösung perfekt. Dennoch beschwerte sie sich: »Da bleibt aber nicht viel Zeit, deine Nachfolgerin einzuarbeiten.«

»Ich weiß, aber wenn wir uns alle ein bisschen Mühe geben, wird das schon.«

Theresa seufzte. »Na gut.« Sie griff nach ihrem Glas und hob es hoch. »Auf eure glückliche Zukunft.«

»Dasselbe für euch.«

VIER WOCHEN SPÄTER

Selina und Konstanze schleppten Koffer und Gerätschaften zum Auto, wo Vera und Theresa sie verstauten.

»Sie hat die Akte von Frau Reuter in Kaffee ertränkt«, beklagte sich Theresa bei Vera über deren Nachfolgerin.

»Das kann doch mal passieren«, besänftigte Vera. »Ist unsere Weinexpertin denn nun endlich mit ihrem Mann einig geworden?«

»Nein, der Rosenkrieg geht weiter und wird in einer Schlacht vor Gericht enden.« Theresa hatte in diesem Fall keinen Frieden stiften können. Sie jammerte weiter über die Neue. »Sie braucht dreimal so lange, um einen Brief zu tippen. Und dann vergisst sie, ihn mir zur Unterschrift zu bringen.«

»Jetzt mach kein Drama daraus. Zugegeben, Tamara ist etwas schusselig«, räumte Vera ein. »Aber du bist nicht ganz unschuldig daran.«

»Ich?«

»Du bist so streng zu ihr. Das macht sie nervös.«

»Warum macht sie das nervös?«

»Weil sie dich anhimmelt.«

»Bitte?« Theresa fiel aus allen Wolken.

»Merkst du das nicht? Selina ist ein wenig eifersüchtig.«

»Blödsinn!«

»Frag sie!«

»Ernsthaft?«

»Du merkst mal wieder gar nichts.« Vera schüttelte resigniert den Kopf über den hoffnungslosen Fall.

Konstanze und Selina setzten die mitgebrachten Taschen ab. »Das sind die letzten«, schnaufte Konstanze. Sie legte ihre Hand auf das Dach des Wagens und zwinkerte Theresa zu. »Gleich bist du deinen Sorgenfall der letzten Wochen los.«

»Der Sorgenfall nimmt meine beste Fachkraft mit«, grummelte Theresa.

»Deine einzige Fachkraft«, verbesserte Vera.

»Umso schlimmer.«

»Das tut mir leid, wirklich. Aber sie kommt ja zurück, in zwei Wochen«, lachte Konstanze über Theresas Theatralik.

»In die Stadt, aber nicht in meine Kanzlei.«

»Für die ein oder andere Stunde, wenn du mich brauchst, kann ich immer aushelfen.«

Theresas Gesicht hellte sich auf. »Versprochen?«

»Versprochen.«

»Das ist doch in Ordnung für dich?«, fragte Theresa Richtung Konstanze.

»Vera muss mich nicht um Erlaubnis bitten und du natürlich auch nicht. Dank dir hat Jörg endlich bekommen, was er verdient.« Konstanze seufzte. »Ich kann es noch gar nicht glauben. Mein halbes Leben hat mich dieser Mann benutzt und versucht, mich klein zu machen. Jetzt ist er selbst so klein mit Hut.« Sie hob die rechte Hand und legte den Zeigefinger auf den Daumen. »Dass du ihn vor die Anwaltskammer bringst, damit hat er nicht gerechnet.«

Theresa winkte ab. »War mir ein Vergnügen.«

»Und ein hartes Stück Überzeugungsarbeit bei der zuständigen Staatsanwältin, dass sie meinen Fall trotz mangelnder Beweislage zur Klageerhebung bringt«, wusste Vera. »Ohne die Klage wäre die Kammer auf den Fall nicht aufmerksam geworden.«

Theresa griente. Den Gerichtssaal verließ Seiferth zwar noch mit einem herablassenden Grinsen, weil der Prozess für

Vera verloren ging. Der Anwaltskammer reichten die Protokolle von Schmidts erster Aussage und der Aussage Stefanie Bachs jedoch aus. Sie brauchte keinen Schuldbeweis. Ihr reichten die vorliegenden Indizien für das unethische Verhalten des Anwaltes. Seiferth musste seine Zulassung abgeben.

»Er hat uns unterschätzt.« Vera nahm Konstanzes Hand. »Wir sind alle Powerfrauen.« Sie küsste sanft Konstanzes Wange.

Konstanze legte ihre Arme um Veras Taille. »Aber erst mit dir fühle ich mich auch so.«

Selina öffnete die hintere Autotür und hievte die letzten Taschen auf die Rückbank. »So, alles verstaut«, verkündete sie und schlug die Tür wieder zu. »Ich wünsche euch richtig viel Spaß und ruft mal an, damit wir wissen, was ihr so treibt.«

Konstanze ging um die Rückseite des Wagens zur Fahrertür und nahm hinter dem Steuer Platz. Vera checkte als Beifahrerin ein. Die Hupe erklang zwei Mal. Theresa legte ihren Arm um Selina. Sie winkten dem abfahrenden Wagen hinterher.

»Die beiden haben es geschafft«, seufzte Selina zufrieden. »Ich freu mich so für sie.«

»War ja auch ein harter Kampf.«, murmelte Theresa.

Selina stupste sie in die Seite. »Und du hast dich förmlich für die beiden zerrissen.«

»Ich habe nur meinen Job gemacht«, schwächte Theresa ab.

»Du Tiefstaplerin.« Selinas Lippen legten sich auf Theresas. Dann zog sie sie mit sich zum Wagen. »Ich habe eine Überraschung für dich. Aber ich will sie dir erst zu Hause geben. Für den Fall, dass … na ja, für den Fall eben.«

»Was für einen Fall?«, fragte Theresa. Sie öffnete die Fahrertür. »Meinst du, ich könnte sie nicht mögen?«

»Ja, das könnte schon sein. Ich weiß nicht. Wir werden sehen.«

Sie stiegen ein und Theresa startete den Motor. »Mach es nicht so spannend. Gib mir einen Tipp.«

Doch Selina schüttelte den Kopf. Die Tatsache, dass sie während der Fahrt still blieb, machte Theresa nervöser als sie wahrhaben wollte. Was mochte das für eine ominöse Überraschung sein? Um gegen das Kribbeln in ihrem Bauch anzugehen, begann sie vorzutasten: »Jetzt lass mich nicht so zappeln. In welche Richtung geht sie denn, deine Überraschung?«

»Wenn ich dir das sage, ist es ja keine Überraschung mehr«, meinte Selina.

»Aber eine Andeutung könntest du doch machen. Komm schon. Hat es etwas mit Stoff zu tun? Neue sexy Unterwäsche?« Theresa grinste zu ihr rüber.

Selina schüttelte stumm und merkwürdig ernst den Kopf. Das in der Frage versteckte erotische Scherzpotential schien sie nicht einmal zu bemerken. Theresa meinte sogar, einen verkniffenen Zug um Selinas Mund zu bemerken. Hatte sie etwas Falsches gesagt?

»Habe ich irgendeinen wichtigen Tag verpasst?«, forschte sie also. »Kennenlerntag, erster Kuss? Hast du ein romantisches Dinner vorbereitet?« *Und ich denke nur an das Eine. Oh je.*

»Du hast keinen Tag verpasst. Noch ist es zu früh, um Jubiläen zu feiern.«

Kein Fauxpas. Gut.

Aber Selina war angespannt. Irgendetwas stimmte nicht.

Theresa legte unsicher lächelnd ihre Hand auf Selinas Oberschenkel. Von weiteren Rateversuchen sah sie lieber ab. Sie spürte deutlich, dass Selina etwas beschäftigte. Die Frage, ob dieses Etwas gut oder schlecht war, drängte sich förmlich auf. Was dazu führte, dass sich Theresas Nervosität steigerte. Also drückte sie das Gaspedal stärker durch. Je schneller sie bei Selina ankamen, je schneller würde sich das Gefühl der Unruhe auflösen. Ganz einfach.

Doch Selina schien genau die gegenteilige Strategie zu verfolgen. In ihrer Wohnung angekommen, suchte sie erst einmal in aller Ruhe eine Flasche Rotwein aus ihrem kleinen Vorrat und schickte sich an, sie zu öffnen. Theresa beobachtete sie aus den Augenwinkeln und blickte sich gleichzeitig nach einem Anzeichen der angekündigten Überraschung um. Sie konnte aber nichts entdecken. Hier war alles wie immer.

Selina goss Rotwein in zwei Gläser und schob Theresa über die Kücheninsel eines zu.

»Ist noch recht früh für Wein«, meinte Theresa.

»Ich muss mir etwas Mut antrinken«, eröffnete Selina ihr und trank einen kräftigen Schluck.

Theresa grinste breit. »Aber Schatz, du hast mich doch schon mehr als einmal verführt. Warum plötzlich so schüchtern? Ich bin im Übrigen absolut willig.« Sie öffnete zum Beweis die obersten Knöpfe ihrer Bluse.

Selina reagierte ungewohnt zurückhaltend. Sie kam zu Theresa und hinderte Theresas Hand daran, weiterzumachen. »Verlockend, aber … warte noch einen Moment. Es könnte sein, dass es dir die Lust vergällt, wenn du erfährst, worin die Überraschung besteht.«

»Dann rück endlich raus damit.«

Selina griff in ihre Hosentasche. Als ihre Hand wieder auftauchte steckte auf dem Zeigefinger ein Schlüsselring. An dem Ring baumelte ein Schlüssel und daneben, an einem dreigliedrigen Kettchen, ein knuffiger kleiner Plüschwaschbär mit Glubschaugen. Er presste ein Herz vor sein Bäuchlein.

Theresa blinzelte. »Du willst mir gestehen, dass du einen verkorksten Geschmack hast, was Schlüsselanhänger angeht?«

»Nicht ganz. Mal abgesehen davon, dass es ein sehr süßer Anhänger ist, mit einer gewissen *symbolischen* Bedeutung, geht es eigentlich um den Schlüssel.«

»Was ist mit ihm?«

»Er ist für dich. Es ist mein Wohnungsschlüssel.«

Theresas Blick wanderte zwischen Selina und dem Plüschwaschbär hin und her. Sie musste schlucken. Mit klopfenden Herzen griff sie nach dem Schlüssel. Ihr fehlten die Worte.

»Ist dir das zu viel? Wäre dir sexy Unterwäsche lieber gewesen«, fragte Selina leise. »Sag es, wenn es so ist. Du weißt, ich will dich nicht …«

Theresa zog sie in ihre Arme. »Ich *verstehe* die Symbolik. Und sie gefällt mir.«

In Selinas Gesicht standen Zweifel. »Das sagst du nicht nur so?«

Theresa lachte befreit. »Ich habe schon sonst was gedacht. Du warst so angespannt. Was hast du erwartet? Dass ich schreiend davonrenne?«

»Ich habe die Möglichkeit nicht ausgeschlossen. Du hättest es als Entscheidung für oder gegen etwas auffassen können.«

»Ich fasse es als das auf, was es ist. Eine Einladung zu dir zu kommen, wann immer ich möchte. Ein: Du bist jederzeit willkommen.«

»Gut, denn genau das soll es auch sein. Ich wusste nur nicht, dass du so … hm … offen bist für … mehr.«

»Na ja, das könnte daran liegen, dass ich seit einigen Wochen eine Art Therapiekurs mache. Nachhilfe für Scheidungsanwältinnen, das kleine Einmaleins der Lie… der menschlichen Schwächen.«

»Ach was, du gehst zu einer Therapeutin?«, tat Selina überrascht. Ein langer warmer Blick traf Theresa.

»Ja, und die Arme hat wirklich viel mit mir zu tun, fürchte ich. Ich bin eine schwierige Patientin, sehe das Glas immer halb leer statt halb voll, sagt sie.«

»Dann lässt sie sich die Therapiestunden hoffentlich mit dem doppelten Stundensatz bezahlen.«

Theresa gluckste. »Seltsamerweise gibt sie Gratisstunden.«

»Was? Die Frau muss verrückt sein.«

»Als Verrückte würde ich sie nicht sehen, eher als Idealistin. Was ja oft dasselbe ist.«

Selina boxte Theresa spielerisch gegen den Oberarm. »He!«

»Was denn? Du hast doch selbst … Ich finde das ja süß. Sonst würde ich doch nicht immer wieder zu ihr gehen.«

»Süß?«

»Unwiderstehlich süß.« Theresas Lippen senkten sich auf Selinas. »Und einmalig. Jedenfalls ist mir vorher noch nie so eine Frau begegnet. Sie bringt mein Leben völlig durcheinander, stiftet Chaos und Ruhe zugleich. Sie ist ein einziger Widerspruch, bringt mich um den Verstand und … fügt ihn mit einem einzigen Lächeln neu zusammen.«

Selinas Augen begannen zu schwimmen. »Du findest solche schönen Worte«, murmelte sie. »Aber du gehörst wirklich nicht zu den Frauen, die gerne »Ich liebe dich.« sagen.«

Theresa forschte nach einem vorwurfsvollen Unterton in Selinas Stimme, konnte aber keinen ausmachen. Sie küsste Selina erneut. »Das stimmt«, gestand sie. »Weil an diese Worte ein Versprechen gebunden ist, das schon tausendfach gebrochen wurde. Ich möchte dir so gerne ein Versprechen geben. Aber nicht mit denselben Worten, die alle benutzen, verstehst du? Ich wünschte, es gäbe größere Worte, Worte nur für dich.«

Selina blinzelte verwirrt. »Du benutzt die berühmten drei Worte nicht, weil du sie als wertlos erachtest?«

Theresa zuckte mit den Schultern. »Ja.«

Selina schüttelte den Kopf. »Und du hältst *mich* für eine hoffnungslose Romantikerin?« Ihre Hand strich sanft Theresas Wange. Eine Träne kullerte Selinas Wange hinab.

Theresas Daumen fing sie auf und wischte sie zärtlich weg.

»Ach Theresa«, seufzte Selina glücklich. »Ich glaube, deine Therapeutin hat noch viel Arbeit mit dir.«

»Wird sie mich während dieser Arbeit küssen?«, fragte Theresa schelmisch.

»Ja, und einiges mehr«, flüsterte Selina verheißungsvoll. Ihre Hände machten jetzt dort weiter, wo Theresa vor einigen Minuten aufgehört hatte, und knöpfte ihre Bluse weiter auf. »Eines Tages, serviert sie dir vielleicht sogar einen Muffin in der Therapiepause und darin steckt kein Schlüssel, sondern ein Ring, der dich fragt, was Ringe eben so fragen.«

Theresa wurde es mulmig zumute. Sie versteifte ganz automatisch.

»Kein Grund zur Panik«, lächelte Selina sanft. »Auch in meiner romantischen Enklave gilt: Drum prüfe, wer sich ewig bindet.«

Woraufhin sich ein schiefes Lächeln von Theresas Mund löste. »Etwas Besseres als mich findest du leicht.«

»Mach dir keine Hoffnung«, flüsterte Selina. »Du wirst irgendwann über deinen Schatten springen müssen.«

»Ich bin eine verdammt schlechte Springerin, das weißt du«, erinnerte Theresa. »Vermutlich wirst du die Geduld verlieren und mich entnervt in die Wüste schicken.«

Selinas Lächeln vertiefte sich. »Ich wiederhole mich gerne. Mach dir keine Hoffnung.« Weiche Lippen legten sich auf Theresas Mund und zärtliche Hände zogen sie in einen Strudel verwirrend schöner Gefühle.

E N D E

WEITERE BÜCHER DER AUTORIN

Das Lächeln in deinen Augen (2005)
Lass mich in dein Herz (2006)
Unter Verdacht (2007)
Vertrau mir (2007)
… und wenn du auch die Wahrheit sprichst (2008)
Liebe unerwünscht (2009)
Mein Geheimnis bist du (2010)
Die Frau im Rückspiegel (2011)
Partnerin wider Willen (2012)
Herz auf Umwegen (2013)
Ich wünsch mir dich (2013)
Rückkehr ins Glück (2014)
Good Feeling – Das Glück wartet an Bord (2016)
Good Feeling – Gegenwind für die Liebe (2017)
(K)eine Chefin zum Verlieben (2018) – Neufassung von »Das Lächeln in deinen Augen«
Rien ne va plus für die Liebe? (2019)
Die Eine für immer (2021)

WWW.JULIA-ARDEN-AUTORIN.DE

Printed in Poland
by Amazon Fulfillment
Poland Sp. z o.o., Wrocław

23090366R00136